OSCAR
BESTSE...

CW00548313

Di Luca Bianchini negli Oscar

LUCA BIANCHINI

INSTANT LOVE

© 2003 Arnoldo Mondadori Editore S.p.A., Milano
© 2015 Mondadori Libri S.p.A., Milano

I edizione Omnibus marzo 2003
I edizione Oscar Bestsellers giugno 2004

ISBN 978-88-04-74885-4

Questo volume è stato stampato
presso ELCOGRAF S.p.A.
Stabilimento - Cles (TN)
Stampato in Italia. Printed in Italy

 oscarmondadori.it

Anno 2021 - Ristampa   13 14

Facebook: Luca Bianchini
Instagram: lucabianchiniofficial

🅐 librimondadori.it

INSTANT LOVE

Al mio amico Gianni Borgo,
che non mi ha aspettato

Chiamami amore e sarò ribattezzato.
Da questo istante non sarò mai più Romeo.

William Shakespeare, *Romeo e Giulietta*, II. II

1

All My Loving
THE BEATLES

Era uno di quei giorni che se hai pensato di suicidarti, decidi di rimandare. Uno di quelli in cui la vita sembra un'esperienza ancora possibile.

Sole. Cielo a tutto schermo. Umidità zero. Nessuna nuvola in vista. Un filo di vento. I pensieri non riuscivano ad ancorarsi alla realtà. Si rifugiavano nel passato o rincorrevano il futuro, perché un cielo così sa conciliare i ricordi e i sogni meglio di una canzone. Più di un Caravaggio o un film di Lars von Trier.

Era però anche l'ultima domenica di agosto, quella. E l'Italia tutta, o quasi, si muoveva per rimettersi al lavoro. I telegiornali lo ripetono da anni, trasmettendo sempre lo stesso servizio in cui cambia solo la voce dello speaker.

La stazione di Pisa era vistosamente in imbarazzo. In cambio del paradiso climatico esterno, poteva offrire soltanto una bolgia infernale dei gironi più bassi.

I treni sembravano esplodere da un momento all'altro. Tutti volevano salire. La torre storta non interessava più a nessuno. O almeno, a nessuno dei passeggeri al rientro da quelle vacanze.

Malgrado la sua flemma, o forse grazie alla sua flemma, Rocco riuscì a imbarcarsi prima di molti altri. Direzione Nord. Mai come in quel momento avrebbe desiderato un raffreddore. Gli scompartimenti *maròn* davano il benvenuto ai passeggeri con un mix di odori terribile: peperonate, ascelle pezzate, panini al tonno e banane morte di caldo. D'improvviso, l'apparizione. Un posto libero.

– È occupato?
– Prego.

Un ragazzo e una ragazza – una coppia, visto il modo in cui stavano seduti, o due amanti – risposero all'unisono, sospinti da anni di buona educazione. Fecero sparire riviste, lattine, un vecchio walkman, scatole vuote di biscotti al cioccolato, tracce di burro, briciole. Rocco ringraziò, esausto. Ce l'aveva fatta. Si guardò intorno compiaciuto, ma incontrò solo lo sguardo della sua vicina cinquantenne, occhiali fumé e tanta cipria, un po' seccata per aver dovuto interrompere la conversazione con le due para-cognate che le sedevano di fronte.

– Dicevamo? Sì, la più piccola fa la ragioneria. È sempre stata brava con la calcolatrice, fin da bambina. Uguale al padre.
– Come la mia, come la mia. Solo che noi l'abbiamo iscritta al liceo. Scientifico. È la più brava della classe: tutti otto e nove, otto e nove.
– Ma li danno ancora i voti con i numeri?
– Certo, signora. Vede, è un liceo privato… E l'altro suo figlio cosa fa?
– Vive con mia nuora a Monaco, in Germania. Hanno aperto un ristorante che fa la pizza al tegamino, che ai tedeschi gli piace.
– Ha già dei nipotini?
– No, per ora non sono arrivati.

Rocco sollevò lo sguardo dei suoi occhi vivaci, due fanali accesi, incapaci di stare fermi e inerti di fronte alla realtà, qualunque realtà. Per farsi compagnia, cominciò ad ascoltare quei racconti di casalinghe. Che dopo essersi contate settecentocinquanta chilometri di generi, figlie, cognati e nipoti erano finalmente arrivate a riabbracciare la loro progenie di talenti.

– Arrivederci, signori, e tante belle cose a tutti.

Un sospiro di sollievo investì tutto lo scompartimento. Alla lunga, anche Rocco si era stancato di ascoltare. Guardò gli altri due ragazzi, gli occhi di nuovo accesi. Stettero tutti e tre un attimo in silenzio, poi scoppiarono a ridere.

– Ma quanto cazzo parlavano?
– E tu sei salito solo a Pisa. Queste ce le siamo trovate già a Roma. Ah, io sono Viola.
– Rocco, piacere.
– E lui è Daniele.
– Ciao. Siete stati a Roma?
– Solo di passaggio. Arriviamo da Los Angeles.
– Los Angeleees?
– Sì, siamo tornati prima del previsto e abbiamo trovato solo un volo su Roma. E tu da dove vieni?
– Da un matrimonio in Toscana.
– Dove?
– Hai presente Siena?
– Sì.
– Ecco, lì vicino. Arezzo.
– Quindi non a Siena.
– No. Solo che tutti conoscono di più Siena.
– Vabbè, io mica ti ho detto San Francisco per farti sape re che sono stata a Los Angeles.
– Ci mancherebbe.

Viola si stiracchiò per dare sollievo alle sue gambe indolenzite dai tacchi, tacchi alti, impensabili per un viaggio. Aveva una gran voglia di allungare i piedi sul sedile che le si era liberato davanti ma resistette, ligia.

– Come hai detto che ti chiami?

– Rocco.

– Come il figlio di Madonna.

– No. Come mio nonno.

– Dài, non fare quella faccia. Non sei mica l'unico, sai?

Pausa

– Anche tua nonna si chiama Viola?

– Mia nonna si chiamava Gertrude. Come la monaca di Monza. Un nome che se vuoi proseguire la tradizione la interrompi subito. Ma per Rocco è diverso.

– In che senso?

– Perché è un nome brutto ma che ha qualcosa di bello, non so se mi spiego.

– No.

– Voglio dire, preferisco conoscere uno che si chiama Rocco piuttosto che Alberto.

– Mi stai dicendo che anche Gertrude è un bel nome?

– No. Una bambina che si chiama Gertrude crescerà sicuramente complessata, grassa e piena di cellulite.

Rocco si sforzò di capire, ma nemmeno più di tanto. Era la prima volta che qualcuno prendeva le difese del suo nome, quindi meglio non indagare. Cominciò a perdersi con lo sguardo. Vide un piccolo neo vicino all'orecchio di Viola. Un neo liscio, capriccio degli dèi, un neo che sarebbe passato inosservato ai più. Lo guardò – i fanali puntati – fino quasi a studiarlo. Ci vide una goccia di cioccolato piovuta dall'alto, le briciole dei biscotti sparse in tutto lo scompartimento. Ci vide un desiderio, stella cadente, chissà se era felice e dove stava andando questa passeggera sconosciuta dai tacchi alti, tacchi non da viaggio. I sussulti del treno lo riportavano periodicamente alla realtà del suo ritorno.

Daniele intanto dormiva. Era crollato subito dopo le presentazioni. La bocca continuava a sorridere, ma gli occhi non guardavano più. Nelle sue orecchie, le voci erano diventate una ninnananna con cui dimenticare il fuso orario. La sua ragazza aveva finalmente trovato la conversazione che cercava da quando erano saliti sul treno. Dopo ore di risposte a monosillabi, si era arresa a due scatole di Chocolate Cookies comprate al duty free. Aveva poi anche lei tenuto la mente occupata ascoltando i discorsi altrui, chiacchiere rubate per ammazzare il tempo. Adesso era giunto il suo turno: un ragazzo simpatico – forse un po' troppe lentiggini, altrimenti non avrebbe esitato a definirlo un bel ragazzo – le faceva da spalla senza che al suo compagno potesse dare fastidio. Un compagno che non era mai stato geloso e che per questo li lasciò dire, mentre la testa gli dondolava da una parte all'altra come una bilancia insicura.

– Segno zodiacale?
– Sagittario.
– Ascendente?
– Ignoto.
– Se vuoi ti faccio il calcolo io. Sono bravissima.
– Impossibile.

Viola si tirò su le maniche della camicia, anche se non aveva caldo.

– Niente è impossibile per un'abbonata ad "Astra".

Rocco fece invasione di campo e la toccò – la sfiorò – con un dito. Ma ci provò soltanto.

– Vuoi vedere che è impossibile? Devi sapere che quando sono nato il parto è stato più laborioso del solito. A mia madre l'ostetrica le è pure salita sopra, per aiutarla a spingere. Poi mi hanno estratto con una ventosa.
– Sì, ma che c'entra l'ascendente?
– C'entra. Perché quando sono nato, per colpa di questo casino con la ventosa, hanno guardato l'ora senza fare troppa attenzione. Erano le tre e quindici esatte di notte.

Peccato che dopo mezz'ora fossero ancora le tre e quindici. Capisci? La sala parto aveva l'orologio fermo. Quindi non posso conoscere il mio ascendente.

– Che sfiga. Ci hai mai provato a fare un calcolo indicativo?

– Sì. Facendo le tre e venti viene fuori Leone.

– Mmm… fuoco.

– Alle tre e mezzo Toro.

– *Bleee*, terra. Secondo me sei Leone. Hai proprio la faccia.

– Vero? Anche secondo me.

Viola e Rocco cominciarono così una chiacchierata che li avrebbe tenuti occupati fino alla fine del viaggio. Lei si toccava continuamente i capelli – capelli lisci e abbastanza lunghi, mori, capelli di bambina – lui si perdeva dietro il suo neo, chissà se è felice, chissà dove starà andando. In apparenza, dissero le stesse identiche cose delle tre paracognate tanto derise prima. Solo che lo fecero senza sbagliare un congiuntivo. O quasi.

– E così anche tu hai fatto Lettere… E l'hai dato Retorica generale?

– Tre volte. Mi ci sono anche laureato.

– Su cosa l'hai fatta la tesi?

– La retorica nel cinema. I luoghi comuni nei film d'amore.

Viola guardò Rocco un po' schifata, certo che ne ha di lentiggini, dio mio quante.

– Sarebbe?

– Ho analizzato i cliché e le figure retoriche più ricorrenti nei film di questo genere, da *Love Story* ai giorni nostri.

– E hai sentito il bisogno di farne una tesi?

– Non dovevo?

– È strano per un ragazzo. Vuoi un biscotto?
– Grazie. In effetti, la tesi non era mia.

Viola alzò decisamente il tono di voce, ma non spostò la mano dai capelli.

– L'HAI COPIATA? Sto parlando con uno di quelli che copiano le tesi?
– Sì, ma mica l'ho fatto apposta. Una ragazza inglese che avevo conosciuto un paio di anni fa mi ha spedito la sua per sapere cosa ne pensassi...
– ... E tu hai pensato di copiarla. Che tristezza. Quindi di tuo non ci hai messo niente.

Le quotazioni di Rocco erano in caduta libera, e adesso cosa le dico, dio che figura, però è dolce no? chissà se è felice.

– Be'... di mio ci ho messo la traduzione. Poi ho aggiunto un capitolo sulla retorica del pianto in *Love Story*.

Viola guardò fuori del finestrino, poi si voltò. La faccia divertita, i capelli al vento, capelli per un attimo senza mano, liberi e indipendenti.

– "Amare significa non dover mai dire mi dispiace." Come hai fatto a prendere di mira un'espressione così nobile?
– Vedi, avevo ragione. Quante volte ci hai pianto, sentendola?
– Mai. Cioè... un paio di volte.
– E quante volte l'hai vista?
– Due.

Mentre parlava, Viola era un po' invidiosa che per Rocco l'università fosse ormai un ricordo. Lei, studentessa di Filologia moderna, che sarebbe andata nel pallone se solo

15

qualcuno le avesse chiesto di spiegare il significato della parola "filologia". Danièle dormiva così forte che quasi russava.

– E lui, è il tuo ragazzo?
– Sì, da due anni. Viviamo insieme da qualche mese in una mansarda in centro.
– E vi trovate bene?
– Sì, anche se a volte litighiamo.
– No, chiedevo se vi trovate bene in centro.

Viola sorrise. Aveva capito perfettamente la domanda, ma le era venuta voglia di sentirsi un po' stupida. Le capitava ogni tanto, con le persone che non conosceva e da cui era attratta, d'istinto. In queste occasioni dimenticava la timidezza – gli occhi bassi e sfuggenti, un po' maleducati – e metteva da parte il suo carattere schivo, quasi snob.

– Sì, con il centro andiamo abbastanza d'accordo. Anche se il sabato pomeriggio ci viene sempre una gran voglia di morire.

L'ultimo tratto del viaggio fu più silenzioso. Si guardarono a lungo, il neo, le lentiggini. L'arrivo presupponeva decidere se quella conversazione avrebbe potuto avere seguito. Chissà se è felice, chissà se ci rivedremo. Decisero entrambi di sì, senza cercare spiegazioni. Dopo essere scesi, Viola e Rocco si scambiarono così il numero di telefono sotto gli occhi assonnati di Daniele. Si salutarono con una stretta di mano e scodinzolarono verso le loro routine cittadine.

You're So Vain
CARLY SIMON

– Allora Daniele, come li tagliamo questa volta?
– Fai tu. Basta sfoltirli un po'.
– Ogni volta mi dici la stessa cosa, e ogni volta vedo che non sei contento.

Daniele cercò di trattenersi, ma non ci riuscì.

– Be', l'ultima volta tra una basetta e l'altra c'erano almeno due centimetri di differenza.
– Esagerato. Adesso solo perché sei tornato dal Canadà non è che puoi dire tutto quello che ti passa per la testa. Va bene l'acqua?
– Perfetta. Però sono stato in California, non in Canada.

Il massaggio alla testa – il vero, autentico motivo per cui Daniele andava periodicamente dal barbiere – venne interrotto all'istante.

– Ma chi ha detto Canada? Vedi, fai di nuovo lo stesso errore. Tu ti stai montando la testa, ragazzo… Da quando sei diventato account survivor.
– Vorrai dire supervisor.
– Sì, supervisor. Cosa ne dice la tua fidanzata?
– Cosa deve dire? È contenta: l'affitto lo pago tutto io e possiamo andare a cena fuori più spesso.

– Capirai che guadagno, se deve sopportare uno così borioso. Qualche anno fa non eri così.
– Alfredo?
– Dimmi.
– Non è neanche un anno che vengo qui.

Daniele si affezionava in fretta alle persone. Era un ragazzo privilegiato. Baciato dalla bellezza, guardava il mondo in positivo. Fin da piccolo aveva capito che la vita gli avrebbe sorriso spesso. Da quando la Shirley Temple della sua scuola elementare gli aveva regalato una margherita. Da lì, era stata tutta discesa. Successo con insegnanti, compagni e amici. Le difficoltà tendeva a crearsele da solo, per non annoiarsi. Una vita prevedibile? Non ne valeva la pena, diceva, e tutti gli davano ragione, ai belli si dà quasi sempre ragione, chissà perché. Ogni tanto aveva ceduto ai cazzotti per difendere i ragazzi del suo quartiere. Se lo ricordava ancora il suo sopracciglio destro, immortalato da una cicatrice cattiva, figlia di chissà quale impavido pugno, che per nulla aveva alterato il suo sguardo, anzi, gli aveva aggiunto una punta di dannato e imperfetto, di cui andava molto fiero. Eccelleva in molte discipline sportive – calcio e nuoto, soprattutto – anche se la sua preferita sarebbe rimasta il tennis. Cupido stava ovviamente dalla sua parte, lavoro facile per lui con elementi del genere. Insomma, Daniele incarnava esattamente lo stereotipo dell'amante perfetto. L'uomo che mette d'accordo mamme e figlie, senza provocare traumi nelle amiche. Da due anni aveva l'amore di Viola. Da otto mesi rispondeva alle domande di Alfredo.

– Ma la basetta la vuoi dritta come al solito, o proviamo a farla obliqua, come si usa adesso?
– Da quanto tempo non fai un corso di aggiornamento?
– Tu non ti preoccupare che io mi aggiorno tenendo gli occhi bene aperti. E poi sfoglio le riviste, leggo.

Daniele voltò la testa – testa che desiderava ancora il massaggio di quelle mani esperte – a guardare un tavolino basso traboccante di oscenità.

– Cosa c'è da leggere su "Penthouse"?
– Hanno degli ottimi tagli di capelli.
– Immagino. Comunque fammele dritte, però lunghe uguali.
– Certo che sei proprio all'antica. Quando ti metti in testa una cosa, non te la togli più.
– Smetti di parlare che poi ti distrai.

Il taglio era di nuovo un po' approssimativo ma a Daniele andava bene lo stesso, purché ci fosse un secondo, tiepido risciacquo. In quella bottega lui non aveva mai incontrato nessuno della sua età. Solo uomini pelati che vogliono provare l'ebbrezza delle forbici ai lati della testa. Lui preferiva così. La sua faccia ellenica poteva permettersi anche un taglio non perfetto, tanto una vita prevedibile non valeva troppo la pena, diceva.

L'unica a dissentire, ovviamente, era Viola.

– Ma come ti ha conciato, stavolta? Guarda qui, questa chiazza… sembra quasi che tu stia perdendo i capelli. Non l'avrai mica pagato, vero?
– La smetti di lamentarti e mi dai un bacio?
– Prima dimmi quanto gli hai dato.
– Quindici…
Smack
– euro…
Smack
– e sessantacinque…
Smack
– centesimi.
– Un furto.
– Però così sono arrivato a casa prima.
– Allora diciamo un regalo.

Non erano sempre così mielosi, Viola e Daniele. Ma sapevano esserlo nei momenti inattesi. Vivevano una vita senza anniversari, facendosi regali lontano dai compleanni – la vita prevedibile – e dalle ricorrenze. Delle feste comandate, rispettavano soltanto il Natale. Vivevano molto in due. Ma se li osservavi in compagnia di altre persone non ti accorgevi quasi che stessero insieme, così poco bisogno avevano di affermare gli spazi, dire coi gesti che sì, c'è qualcosa fra noi. Erano una coppia rilassata. Uguali e diversi, unici e complementari. Adamo ed Eva nell'Eden metropolitano.

– Sai che la prossima settimana devo andare a Verona?
– Nooooo, e quando torni?
– Starò via almeno tre giorni. Dobbiamo discutere la nuova campagna natalizia con il cliente.
– Sarà la solita menata barbosa.

Daniele s'irrigidì. Le sue fossette – i buchi, come li chiamava Viola – aderivano perfettamente alle guance di una faccia senza sorriso.

– Sbagli. Quest'anno vogliono lanciare un nuovo dolce natalizio, che in Italia è ancora poco diffuso.
– E cioè?
– Il mitico *cheesecake*.
– Ma non è un dolce natalizio. È un dolce.
– E chissenefrega. Noi vogliamo posizionarlo come dolce natalizio. Si chiamerà Sweetie.

Viola aveva voglia di una piccola lite.

– Come il film di Jane Campion?
– Come il nuovo *cheesecake* italiano.
– Cosa pensa Roxanne?
– È esaltata. Il merito di questo progetto è soprattutto suo. Ora sta spingendo perché facciano una grande cam-

pagna televisiva, e per questo vuole anche me. Dobbiamo rimbambirli di parole per fargli stanziare tutto il budget.

– Quando parli così, mi chiedo cosa ci sto a fare io, con un avvocato che ha scelto di fare il commerciale.

Daniele fu molto fiero di sentire quella critica. Sorrise, disarmante.

– Anch'io me lo chiedo, cosa faccio con una filologa ingrata.
– È semplice: ti piaccio.
– Ti amo.
– Ti che?

Viola avvicinò i suoi occhi – l'odore del mare – a quelli di Daniele, per ascoltarli meglio. Li guardava così da vicino che non riusciva a metterli a fuoco. Vedeva solo la cicatrice, solco distorto e confuso, figlia di chissà quale impavido pugno.

– Ti amo. Non te l'ha mai detto nessuno?
– No, oggi no.

Daniele sorrise e se la spupazzò come una bambina. Poi ritornò il felino affamato di sempre.

– Bene. Adesso me la merito la cena?
– Sì. Peccato che non abbia preparato niente. Hai voglia di fare tu qualcosa? Io devo finire di leggere un paragrafo.
– Stai scherzando?
– No, ti giuro. È il prezzo da pagare se vuoi l'amore di una studentessa diligente.
– Vieni qui che ti ammazzo...

Finirono subito al tappeto, a fare la guerra dei cuscini. Della cena non videro nemmeno l'ombra. Lui si limitò a cracker con formaggio, lei esagerò di biscotti e nutella.

Non avevano ancora assorbito totalmente il fuso orario, per cui si sentivano legittimati al disordine alimentare. La fame più irrequieta era quella di Viola. Come una poppante alle prime armi, si svegliava nel mezzo della notte e andava dritta al frigo. Mangiava le prime cose che trovava, facendo miscugli imbarazzanti per qualsiasi dietologo. Per fortuna, il suo stomaco le perdonava tutto.

Baby I Love Your Way
Big Mountains

– Dentelli&Associati, sono Rocco, in cosa posso aiutarla?
– Ciao, sono Viola.
Silenzio
– Hellooooo, ci sei?
– Viola del treno?
– No, Viola del *Titanic*. Certo che sono Viola del treno.
Quante ne conosci?
– Una.
– E allora?
– E allora niente. Semplicemente non me l'aspettavo
che mi chiamassi. Tutto qui.

Di lì a un'ora erano passati dalla cornetta del telefono ai
cornetti del bar sotto la Dentelli&Associati.

– Ma come rispondi al telefono? Sei ridicolo.
– Si vede che non hai mai lavorato...
– Guarda che ho fatto la hostess in Fiera per due anni.
Ero la più brava dello stand.
– Immagino le altre: tutte bionde e sorridenti, che se le
becchi in un momento in cui non ti guardano gli cade la
mascella dallo scazzo.
– Parli così solo perché non ti hanno mai cagato.

Viola parlava con la bocca piena, leccandosi ogni tanto

le dita sporche di zucchero a velo. Rocco la guardava, distratto solo dal neo, chissà se è felice, chissà dove starà andando. Temeva d'incontrare lo sguardo di qualche collega in pausa. E soprattutto di inzuppare la cravatta nel cappuccino, gli era capitato già due volte. Stava ancora pensando "mi-sembra-di-conoscerti-da-sempre", quando un inopportuno senso di colpa lo richiamò all'ordine.

– E Daniele, si è ripreso dal jet-lag?
– Daniele chi?
– Il tuo, come dire, ragazzo.
– Ricordi il nome del mio "come-dire" ragazzo?

Rocco annuì, perplesso. Viola fece tornare la mano sui capelli – capelli lisci – splendenti di balsamo al cocco.

– No. La sua pancia è ancora parcheggiata agli Starbucks di Santa Monica Boulevard. Per fortuna che sta già lavorando sulla campagna natalizia del suo cliente più importante.
– Ma cosa fa di preciso?
– È account supervisor in un'agenzia di pubblicità.
– *Fsssssssssssiuuuuuuuuuuuuuuu.*

Rocco emise un fischio di commento apprezzato solo dall'apprendista barista. Una scelta un po' fuori luogo per chi ha una giacca a tre bottoni e una cravatta che teme le macchie. Ma "mi-sembra-di-conoscerti-da-sempre", pensava, mentre non riusciva a staccare gli occhi dal neo, chissà dove andremo a finire.

– Cioè che fa? Vende, compra?
– Tiene i contatti tra l'agenzia e i clienti. Cioè, da un lato deve sopportare i capricci e le esigenze dei cosiddetti "creativi", dall'altro deve accontentare le richieste del cliente, che di solito sono patetiche. Quindi, più che un la-

voro è una rottura. E tu, invece? Che fai alla Dentelli&Associati?

– Non te l'avevo detto? Scrivo. Di francobolli. Su una rivista che si chiama "Il Filatelico".

Viola sgranò gli occhi – il mare in burrasca – in modo molto teatrale, la mano insisteva sui capelli a difendere la timidezza.

– Mi stai dicendo che c'è ancora qualcuno a cui interessano i francobolli?

– Qualcuno? Sono migliaia, e formano quasi una lobby.

– Io di francobolli conosco solo il Penny Black, perché sbaglio sempre la domanda a Trivial.

– Giochi a Trivial?

– Tu no?

– No. Sono drogato di PlayStation.

– *Bleee*, che gioco alienante. Anche se un anno mi sono mascherata da Lara Croft. Ero l'unica a non sapere da cosa ero vestita.

– E perché l'hai fatto?

– Me l'ha prestato una mia amica. Potevo scegliere tra odalisca e Lara Croft. Volevo essere originale, poi alla festa ce n'erano almeno altre quattro. E l'unica odalisca era la mia amica.

Viola s'intristì. Quell'amica l'aveva ferita terribilmente, in passato. Era accaduto in classe, uno dei primi anni del liceo, i soliti battibecchi per un motivo futile, forse un ragazzo. D'improvviso Viola si era sentita dire: "Sei solo una ricca di merda". Una frase asciutta, inopportuna, vera – ma la ricchezza è un tratto somatico come tanti altri, e per questo ingiustamente attaccabile – urlata davanti alla classe, un pensiero mormorato da tutti ed esibito da una voce soltanto, la voce amica, come un'offesa inevitabile. A giorni seguirono le scuse, gli abbracci dell'adolescenza. L'oblio sembrava aver affossato l'episodio quando all'improvviso, davanti a un quasi sconosciuto, uno stupido aneddoto recente le riapriva – la condanna del ricordo – una ferita ormai chiusa eppure ancora dolorante. Ma Viola seppe riprendersi presto, aiutata dalla sua velocità di reazione. Sorrise. Rocco le si perse dietro. Stavano realizzando uno dei sogni più diffusi a quell'ora in città: mangiare croissant inzuppati nel cappuccino.

Conta che te la conto, quella colazione andava avanti da mezz'ora e Rocco doveva prepararsi per la riunione editoriale, puntuale come una maledizione ogni settimana.

– Mi ha fatto piacere vederti, Viola del *Titanic*.
– Lo spero bene. Ma senti, io in realtà dovevo chiederti dei consigli per la tesi.
– Vuoi copiarla anche tu?
– No, però magari qualche consiglio me lo puoi dare lo stesso.
– Potevi chiedere.
– Mi sono dimenticata.

La conversazione stava intralciando la porta d'ingresso. Ma in quel momento sembrava così vitale che loro non ci fecero nemmeno caso.

– Sei proprio svanita.
– Si vede tanto?
– Un po'.

Viola si sistemò il vestito, un abito leggero che lasciava intravedere i segni dell'abbronzatura, i segni del suo non topless. Attese un istante di incoscienza, poi pronunciò le parole una più in fretta dell'altra.

– Se vuoi ci possiamo vedere una sera di queste: una pizza, un cinema. Scegli tu.
– È possibile tutti e due?
– Tutto è possibile.

Rocco fece qualche passo indietro, accompagnato dalla giacca a tre bottoni e dalla sua cravatta timorosa.

– Basta che non mi ritrovi il tuo ragazzo con un kalashnikov sotto casa.

– E perché dovrebbe farlo, scusa?

Viola salutò con i baci e se ne tornò sculettante verso i tomoni di Retorica generale. Correva spedita sulle sue gambe magre, i tacchi leggeri, senza voltarsi mai. Sembrava che avesse sempre camminato su una passerella. O che si fosse imparata a memoria i passi di Lolita. Rocco la guardava andare via.

Si sentiva ancora in viaggio.

Young Americans
DAVID BOWIE

Almeno una volta al mese, Rubens chiedeva a Daniele di accompagnarlo a fare shopping.

Aveva sempre una buona ragione per ampliare il guardaroba: un matrimonio, un incontro combinato su internet, l'anteprima di un film. Questa volta, per di più, era il primo appuntamento dopo la parentesi estiva. I due amici si erano già raccontati le vacanze durante la prima pausa pranzo della ripresa lavorativa.

Ma la vita di Rubens scalpitava tutto l'anno. Lui era costantemente sotto i riflettori. Poche fidanzate e tante amanti. Ma lealtà assoluta nei confronti degli amici. Non gli sarebbe mai venuto in mente di uscire con le loro ragazze, o con le ragazze cui andavano dietro, sebbene gli fossero capitate già diverse occasioni.

Faceva sangue, questo dicevano le donne. Forse perché i suoi globuli rossi venivano per metà da Pamplona. Occhi neri, pelle scura, capelli corti e duri. Antonio Banderas sotto falso nome. Lui e Daniele insieme erano pericolosi. La croce di tutti i maschi con cui avevano fatto un viaggio. Questi potevano tonificare il fisico, tirarsi al meglio, puntare sull'abbronzatura, ma quando loro arrivavano in spiaggia diventava un deserto senza più posto per nessuno. Per questo erano oggetto d'invidia e battute cattive. Avevano finito per isolarsi, coltivando la loro amicizia in modo quasi esclusivo. Si erano conosciuti giocando a biliardo, a una festa ricca – ricca di merda, qualcuno avrebbe detto – di qualche anno prima. Dopo pochi punti, alcune ragazze avevano cominciato a disertare la pista da ballo per diventare appassionate spettatrici della partita. I due giocatori si allearono in quel preciso istante. Un rapporto fondato su questo assioma: "Essere desiderabili non è una colpa, ma un colpo di culo". Non se lo dissero mai apertamente. Ma le loro esperienze erano una continua testimonianza in tal senso.

– Allora, mi raccomando. Se vedi che compro qualcosa che non mi sta bene, fermami.
– Va bene. Solo non ho capito per cosa ti serve un vestito elegante.
– Domani sera esco con una massaggiatrice thailandese.
– Una puttana?

Rubens provò a giustificarsi. Lo irritava sentire da altri le parole che lui stesso avrebbe usato.

– È una vera massaggiatrice, giuro. Mi ha appena raddrizzato la schiena.
– E hai bisogno di un vestito nuovo.
– Sì. Mi dà più carica. Mi sento più virile.
– Se lo dici tu…
– Cosa vuoi, è orientale. Non posso deludere le sue aspettative sul maschio "made in Occidente".

Entrati in boutique, fu il solito corri corri di commesse in aiuto. La più lesta aveva fatto il bagno in una vasca di Chanel n. 5. Marylin Monroe non gliel'avrebbe mai perdonato.

– Avete già visto qualcosa in vetrina?
– No. Siamo entrati direttamente.
– State cercando un capo in particolare?
– Sì, un abito per me.

– Da cerimonia?
– No, da appuntamento galante.

La commessa, colpi di sole e Wonderbra, squadrò Rubens dalla testa ai piedi.

– Capisco. Quindi qualcosa di classico.
– Senza esagerare, però.
– Ho quello che fa per lei.
– Me lo sentivo.

La ragazza sorrise compiaciuta, le tette sempre più su, e cominciò a tirare fuori i suoi cavalli di battaglia. Daniele aveva la faccia di chi sta lì solo perché gliel'ha chiesto un amico. Non amava lo shopping e detestava i commessi. Li trovava sempre poco sinceri. Non avevano etica, diceva lui. Volevano vendere a ogni costo – questa giacca è uno schifo ma a lei sta veramente bene – senza curarsi delle reali esigenze di chi chiedeva loro consiglio.

Rubens provò il primo vestito: un gessato grigio con camicia bianca. Molto Wall Street ma troppo classico. Miss Platino inzuppata di Chanel n. 5 annuiva con la testa, estatica. Daniele storse il naso e corrugò la cicatrice. Fu sufficiente per chiedere un'alternativa. Sulla porta del camerino di Rubens venne subito appoggiato un completo a quadretti stile Burberrys. *Very British* per la commessa. *Too much British* per Daniele, che bocciò a seguire: uno spezzato, un abito in pelle, un tre bottoni nero. La commessa cominciò ad annaspare. Si salvò in corner, grazie a un tessuto che sembrava velluto senza esserlo. Comprato. In un attimo erano fuori. Avevano fatto appena un paio di metri, che Rubens tornò nel negozio. Daniele pensò che avesse dimenticato lo scontrino. O il telefono. Si sbagliava.

– Le ho dato il mio biglietto da visita.
– Non ci credo.

– Be', non mi sembrava niente male e poi mi puntava. Hai visto quando mi sistemava i pantaloni? Mmm… Profumo a parte…

– L'hai sentito anche tu? Io con una così non ci uscirei mai.

– Io sì. Mi fa sentire più animale. E poi mi piace l'idea di uscire con una che sa di prostituta.

Daniele si fermò e lo guardò perplesso. Con Rubens giocava sempre a fare il Mr Right della situazione. Ma zittirlo era difficile.

– Fai così solo perché hai trovato un angelo di nome Viola. Fino a qualche anno fa eri peggio di me. E non fare quella faccia, che ti ricordi benissimo.

Daniele annuì, ammettendo quella che non sarebbe mai stata una colpa.

La giornata di shopping era ancora lunga. Difficile fermare Rubens quando decideva di spendere. Ogni vetrina era un pretesto per fermarsi, chiedere, scegliere e portare via. La carta di credito lo eccitava. Gli dava l'illusione di poter agire sulla realtà con una semplice firma, eliminando il senso di corruzione che il denaro fisico suscita, o per lo meno suscitava in lui. Si paga una tangente o una prostituta, in questo modo, non una giacca a tre bottoni. Malgrado la sicurezza magnetica che gli infondeva la sua Mastercard, l'assenso dell'amico gli era assolutamente necessario. Si fidava solo di lui. Daniele se la rideva a osservarlo mentre si crogiolava nei complimenti delle negozianti. Vedere il suo ego salire al cielo per guardare le donne dall'alto. Uno spettacolo cui non voleva mai rinunciare.

In genere chiudevano quei sabati pomeriggio con una partita a biliardo. Erano habitué di un bar abbastanza infame, tutto fumo e bestemmie. Però lì si sentivano a proprio agio – l'isolamento come antidoto a una simulazione continua – padroni fieri del territorio. Non c'erano ragazze. Non c'erano gay. Solo uomini veri da sfidare a colpi di sponda.

A volte continuavano i loro discorsi giocandosi una birra, ma finivano quasi sempre per dimenticare il punteggio. Così decretavano la vittoria su un unico colpo. Due volte su tre vinceva Daniele, per scatenare l'ira furibonda di Rubens, il sangue rosso, la festa di San Firmino che gli bruciava nel petto. Era passionale anche nel gioco e pativa terribilmente l'agonismo.

– Vaffanculo, basta.
– Scusa?
– Vaffanculo. Io con te non ci gioco più.
– Dài, non l'ho fatto apposta. Se vuoi ne facciamo un'altra.
– Non me ne frega. Io volevo vincere questa. Non è possibile, cazzo. A tennis vinci tu, a biliardo pure. Eccheccazzo.

La faccia di Rubens era livida e rabbiosa. Nei suoi cromosomi, il gene dell'infanzia si era sistemato in pianta stabile.

Daniele si divertiva a vedere le sue espressioni di delusione. Un bambino viziato dalla vita, abituato a vincere sempre. Ma Daniele era ancora più abituato di lui a primeggiare.

– Innanzi tutto sono mesi che non facciamo più una partita a tennis.
– Perché mi facevi troppo incazzare.
– Se vuoi, mercoledì ti concedo la rivincita.
– Preparati al massacro.
– Su, pagami 'sta birra e finiamola qui.

Rubens si sentì di colpo perduto. Gli occhi neri all'ingiù, gli occhi di Rocky prima e dopo la sconfitta, o la vittoria.

– Quindi non mi dai un'ultima possibilità?

Daniele si trasformò in fratello maggiore per dare a Rubens un'altra chance. Ma gli fece rimandare solo di qualche minuto la sua ordinazione al bar. Rubens ammutolì. Bevve la birra in silenzio, circondato dai suoi acquisti, le buone azioni della giornata senza aver scomodato il denaro, denaro che corrompe. Daniele sogghignava senza far rumore.

Il broncio durò fino a che uscirono dal locale. Alla prima bionda che incrociarono per strada, ripresero i loro discorsi dimenticandosi il passato.

5

La Cura
FRANCO BATTIATO

Din don.

– Chi è?
– Sono CarloG.
– Ommadonna, l'intervista.
– Dài, apri, che è veloce.

Rocco e CarloG si conoscevano dai tempi del liceo. Erano stati compagni di banco e d'interrogazioni. A diciassette anni avevano fatto pure un inter-rail insieme, entrando nel Guinness dei primati per la lite più lunga d'Europa: da Praga a Lisbona senza fermarsi mai, sberle sul finale, predica del bigliettaio, i soliti italiani.

Ognuno era geloso dei punti di forza dell'altro. CarloG avrebbe voluto avere lo stesso humour di Rocco: battuta fredda, ironia sottile e grande capacità di elevazione su luoghi comuni e banalità. Rocco, invece, desiderava innanzi tutto il nome di CarloG, che faceva tanto teen-ager. (Vero nome: Carlo Giacosa; pronuncia: Carlogì; origine: in classe, per distinguerlo da Carlo Bordone.) Poi gli invidiava la vita di eterno studente: trent'anni, due esami da dare a Scienze politiche, tanti giovedì sera in discoteca, troppe mattine trascorse a dormire. Per potersi permettere quelle ali da gabbiano, CarloG faceva interviste – non un lavoro ma una missione, per lui – per conto della Proxa Interna-

34

tional di Roma: andava in giro a chiedere alle signore che detersivi usavano, con che frequenza facevano l'amore, le chiamate interurbane, oppure se avevano mai fatto un viaggio in Corsica prendendo l'aliscafo. Se rientrava nel campione di età richiesto, la stessa persona poteva essere intervistata anche su argomenti diversi. Tuttavia, per evitare il formarsi di un clan artificiale di *opinion maker*, la Proxa International aveva posto il limite di cinque "*Frequent Interviewed*" per ogni intervistatore. Tra i prescelti di CarloG c'era ovviamente anche Rocco. Amico da troppo tempo – il tempo in questi casi è un valore fuori discussione, quasi un ricatto – per dirgli di no. Troppo disponibile per chiudergli la porta in faccia.

– Su cos'è stavolta?
– Sui whisky, ma è ultrarapida. Ti rubo un minuto.

Rocco storse il naso, mentre apriva il frigo e prendeva due Beck's. CarloG apparecchiò il tavolo della cucina con il suo PC portatile, i capelli impomatati e impeccabili, la barba fatta. Poi partì spedito, con voce anonima e neutrale, che poteva appartenere a chiunque. Ma non a un migliore amico.

– Allora, quanto le piace il whisky? Molto, abbastanza, poco, per niente?
– Mi fa schifo.
– Quindi scrivo "abbastanza".
– Ma se ti dico che mi fa schifo.
– Però così non mi pagano l'intervista. Su, non sia polemico. Andiamo avanti. Quand'è l'ultima volta che ha acquistato whisky? Oggi, questa settimana, questo mese o nell'arco di quest'anno?
Silenzio
– È proprio il caso di darmi del lei?
– Quindi "questa settimana". Lo preferisce liscio, on the rocks o con altre bevande?

Rocco non ascoltava già più. Guardava perplesso la sfrontatezza dell'amico, che digitava ad alta voce sulla tastiera: lo beve anche da solo, preferisce il Jack Daniel's per il prestigio che evoca il nome, se ne scola una bottiglia ogni tre settimane e non lo ha mai regalato per un compleanno.

– Bene, ho finito: ecco in omaggio questo portaghiaccio di Richard Ginori. È contento?

Rocco guardò l'oggetto come se fosse allergico al cristallo – mai un regalo che mi possa essere utile, nemmeno per sbaglio, mai – e diede un altro sorso alla bottiglia. Poi distese le gambe quasi sulla faccia di CarloG e si lasciò dondolare pericolosamente sulla sedia.

– Si può sapere quando la finisci di fare interviste false?
– Ma tanto queste non le controllano. Non muore mica nessuno se la Glen Grant sbaglia campagna pubblicitaria. Ho letto su "Men's Health" che basta un bicchiere di whisky al giorno per farti sballare completamente le transaminasi.

CarloG adorava parlare di malattie e forme virali. Erano la sua grande passione. Streptococchi, meningiti fulminanti, dermatiti, mononucleosi, melanomi e soprattutto l'ultima scoperta, l'incubo degli incubi, la peste del nuovo millennio: l'epatite K.

– Sai che si trasmette dalla pelle? Peggio dell'HIV.
– Senti, dottor Kildare, dimmi piuttosto come va col tuo filarino di Roma.

CarloG quasi si affogò nella sua sorsata di birra. Era teatrale anche quando non voleva esserlo.

– Dici Maurizio-er-Magnaccia? L'ho mollato. Era troppo possessivo: mi chiamava di giorno, di notte, al bar, per strada. Al cesso.

– Quando uno chiama mica lo sa che sei al cesso.

– Sì, ma se noti sono sempre le stesse persone che ti telefonano in quei momenti lì: quando caghi, parcheggi o stai mettendo in bocca il primo gnocco ai quattro formaggi.

– O se stai vedendo una finale olimpica.

– Vedo che hai inquadrato il tipo.

– E così l'hai mollato.

CarloG si fregò le mani, mani di manicure, unghie nuove e pellicine assenti.

– Di brutto. Neanche mia zia lo sopportava più. Lo ha anche mandato a cagare un paio di volte. E tu, novità?

– Mah… ho conosciuto una certa Viola in treno. Ieri ci siamo visti per colazione, e mi ha invitato per una pizza.

– Una pizza che è un dopo pizza o una pizza vera?

– Una pizza che non ho capito. In realtà l'ho invitata io. Solo che è fidanzata e l'ho pure visto, lui.

– Allora è già più un casino. E com'è, carina?

– È un po' Barbie, ma con i capelli scuri. Un tipo lunare. Di quelli che quando parlano il tempo vola e non ti ricordi mai cosa ha detto. Che faccio, la chiamo?

CarloG lo guardò come chi la vede sempre più lunga. Una storia già sentita altre volte, ma che non aveva mai preso troppo sul serio: amicizia è soprattutto ascoltare ciò che è fondamentale per l'altro, e dargli l'importanza che lui, lui e non tu, gli attribuisce.

– Con quella faccia lì, avevi già deciso di chiamarla. Mi raccomando le precauzioni.

– Le precauzioni per la pizza?

CarloG fulminò Rocco dall'alto della sua lotta alle malattie sessualmente trasmissibili. Poi andò avanti.

– A proposito. Lo sai da cosa si vede se la mozzarella non è fresca? Che lascia l'acquetta. Quindi, se vedi che la pizza lascia l'acquetta, non mangiarla.

– E questa dove l'hai letta?

– "Viver sani e belli" di questa settimana. Megainserto su latte e latticini con approfondimenti sul mascarpone. Se vuoi te lo tengo da parte.

Rocco non seppe cosa rispondere.

Mentre ancora parlava, CarloG si era già precipitato per le scale, a rincorrere la sua vita in ritardo. Scendeva con la furia di un cavallo, seminando alle sue spalle chilometri di CK One in offerta speciale.

6

Sign of the Times
PRINCE

CORSI DI CUCINA ANTIPANICO, INDIVIDUALI O DI GRUPPO. ISCRI-
VITI SUBITO.

Era il titolo di un manifesto appeso alla fermata dell'autobus. Viola lo fissava incuriosita. Una certa Madame Germaine prometteva corsi sperimentali per imparare, in un
giorno, a cavarsela tra i fornelli nelle situazioni più complicate.

Viola non riuscì a resistere, la novità come gioia di vivere, l'adrenalina che ti fa sentire utile a qualcosa, anche
solo a te stessa. E poi il ritorno dalle vacanze le aveva
portato nuove energie e buoni propositi. Così decise di
spendere centocinquanta euro per una lezione individua-
le di otto ore. D'altronde, alla morte di sua nonna ne aveva ricevuti cinquecentomila, di euro – ricca di merda, le
avevano urlato – direttamente sul conto. Poteva farne
quello che voleva. Tra le altre cose, aveva deciso di mi-
gliorarsi in cucina.

La sua vita di studentessa le permetteva una grande
flessibilità di orario, per cui non ebbe problemi a scegliere
il primo giorno disponibile. Era perfettamente cosciente
di quel privilegio: potersi godere i negozi senza l'assalto,
viaggiare nelle ore lontane dal traffico, nuotare in piscina
e non guardare l'orologio, frequentare un corso in totale
libertà. Madame Germaine era ovviamente francese, cin-
quant'anni circa, un passato di cuoca e un compagno ita-

liano. Si era decisa a fondare questa simil-scuola per concedersi qualche sfizio. Aveva una casa strabordante di roba, ma una cucina spaziosa ed essenziale. Molto Banana Yoshimoto *style*. Quello era il suo regno.

Viola si sentiva un po' spaesata e non sapeva da che parte guardare, gli occhi più grandi del solito, l'imbarazzo a cercare i capelli. Madame Germaine le fece lavare le mani e le mise un grembiule.

– Innanzi tutto vorrei dirti che il corso di oggi non ti aiuterà tanto a cucinare, quanto a non perdere lucidità in cucina. Succede sempre di avere ospiti inattesi o di accorgersi all'ultimo di non avere l'ingrediente più importante. Vero?

– Verissimo.

– Ecco, ti insegnerò i trucchi per salvarti nelle situazioni più complicate: dal soffritto senza cipolla all'insalata con pochi ingredienti, per finire con la più elementare omelette. Ricordati che deve apparire tutto come una scelta, mai come una necessità.

Viola annuiva, mentre Madame Germaine le dava un block notes su cui prendere appunti. Il primo passo fu la decisione rapida del menu. La signora fornì a Viola un piccolo elenco di ingredienti base. Ne avrebbe dovuto tirar fuori una cena. Viola sorrise, la mano sui capelli, e azzardò l'unica soluzione che le sembrava possibile: pasta all'olio e fagioli al tonno. Madame Germaine non poteva ricevere risposta migliore.

– Impara a guardare gli ingredienti da un altro punto di vista. A volte bastano delle spezie per rendere interessante anche la portata più banale. Prendi la pasta al tonno. È una delle paste più noiose del mondo, giusto? Anche se è molto buona. Prova a farla senza il sugo di pomodoro. Se hai i piselli, mischiali insieme al tonno dopo aver fatto il soffritto. Ma il vero tocco è una spruzzata di cannella prima di servire in tavola.

Viola rimase a bocca aperta, lo stupore di fronte alla verità, anche se piccola, anche se non totalmente vera.

– È questo che fa la differenza. È questo che i tuoi ospiti ricorderanno. Regola numero uno: mai aver paura di inventare. Passiamo ora al secondo punto: i colori.

– I colori?

– Sai benissimo che mangiamo più con gli occhi che con la bocca. Dei cinque sensi, la vista è quello che più solletica la nostra fantasia. Per cui non dobbiamo mai sottovalutarlo. La portata più prelibata passa inosservata se non si presenta bene. E dunque devi sempre riempire il frigo di elementi che danno colore: carote, zucchine, formaggi di capra, olive verdi e nere. Prezzemolo. Sembrano cavolate, ma sono la base per la buona riuscita di una cena.

L'elenco durò un bel po'. Per fortuna Madame Germaine aveva anche la preziosa lista fotocopiata. Viola la mise subito in borsa.

Il passo successivo, nonché il più importante, fu l'esercitazione pratica. La preparazione di piatti che richiedono poco tempo – anche se Viola ne aveva di tempo, e le piaceva sprecarlo – e garantiscono un figurone. Madame Germaine cominciò con le uova alla Renoir e finì con i pomodori ripieni di feta. Si mise lei stessa ai fornelli, per mostrare meglio tutti i passaggi. Era la prima lezione non leziosa cui Viola avesse mai assistito. Le si stava aprendo un mondo che non conosceva. La fantasia. La semplicità.

Forse una sola seduta non era sufficiente. Ma Madame Germaine voleva soprattutto cambiare gli atteggiamenti, in cucina. Di questo era fermamente convinta. Se si fosse limitata a fare un corso vero e proprio, avrebbe certo guadagnato di più. Ma non era questo che veramente cercava, l'ambizione si dimentica dei guadagni, quando è pura.

La sessione terminò con la torta di pane avanzato. Un vero colpo di genio, che nobilitava a dessert il re della tavola. Una rivincita nei confronti di grissini, cracker e ogni sorta di snack salati in superficie. Presa dall'entusiasmo, Viola quasi si scordò che quelle dritte le sarebbero costate centocinquanta euro esentasse.

– Madame, che dire. Ho imparato più oggi che in anni di ricette sui settimanali.
– Adesso non esageriamo. Spero che tu ti sia divertita e in bocca al lupo per le tue prossime cene.
– Grazie.

Viola era quasi sul pianerottolo, quando una porta socchiusa le fece intravedere una stanza rossa, da cui arrivavano profumi.

– Che buon odore.
– Ti piace? È incenso. Lo tengo sempre acceso nella stanza dove medito e leggo i tarocchi.
– I tarocchi? Lei sa leggere i tarocchi?
– Sì, ma lo faccio per puro diletto, per gli amici. Non mi piace speculare su questo.
– Io non mi sono mai fatta leggere niente. Ho troppa paura. E poi la maggior parte delle volte ti dicono cose così generiche che andrebbero bene per chiunque.
– Tu come lo sai?
– Guardo le chiromanti in televisione. Quelle che rispondono al pubblico da casa con il telefono in sovraimpressione. Sono bravissime a intuire quello che ti aspetti a seconda della domanda che fai: "Vedo un'altra accanto a tuo marito…", "Sì, c'è grossa crisi sul lavoro…", "È un male che ti fa molto soffrire, vero?". Vedono solo disgrazie.
– Ma quelle sono delle ciarlatane. Non siamo tutte così. Se comunque questo è quello che pensi, fai bene a non consultare una cartomante.

Viola stette un attimo zitta, educata e perplessa. Poi tirò fuori dalla borsa i centocinquanta euro – il denaro fisico, il denaro per corrompere – che Madame Germaine piegò distrattamente prima di metterli nella tasca del grembiule.

– È stata una bellissima esperienza.
– Anche per me. Se hai bisogno di altri consigli su antipasti o biscotti, non esitare a chiamarmi. Sarò ben lieta di aiutarti. Tu hai un indirizzo e-mail?
– Sì, perché?
– Bene, così puoi scrivermi. Adoro internet, e sono in contatto con moltissimi cuochi provetti. In caso di emergenze, mandami una e-mail. Questo è il mio biglietto da visita.
– Perfetto. Grazie ancora e buona serata.
– Anche a te. E ricorda che la soluzione è sempre in cucina.

Viola la salutò con un bacio, come una cara zia. Prima di uscire chiese di riguardare la cucina, isola felice, stanza del buon ricordo, dove tutto si crea con rigore ma che non si riesce a spiegare pienamente senza la magia.
Chiuse la porta e camminò fino alla fermata dell'autobus. I rumori del traffico non le permisero di ricordare tutto quello che Madame Germaine le aveva detto. Sbadigliava ancora per il fuso orario.

7

Rocco applicò la tattica, devastante, "aspetta-che-ti-chiami-lei". Riuscì a resistere solo un paio di giorni.

Poi il telefono gli fece coraggio e Viola vide per la prima volta quel nome sul display del suo GSM. Fece finta di nulla, dissimulando con il sorriso della voce tutta la sua inquietudine. È solo un amico. Sarà solo un film. Mangeremo solo una pizza. Una pizza e una birra, toh, a voler esagerare.

Balle. Rocco le piaceva. L'aveva colpita il suo modo di presentarsi, irreale e non invasivo. Ma la ciliegina era arrivata dall'accostamento pantaloni con la piega e scarpe da ginnastica. Viola non avrebbe mai scoperto che quell'accostamento era assolutamente non voluto, dettato da una necessità impellente: una grossa vescica sul calcagno che Rocco si era procurato con le scarpe inaugurate al matrimonio del suo amico. Qualunque fosse la ragione di quell'abbinamento – comico per lui, se avesse saputo, e romantico per lei, che non avrebbe saputo – non poteva certo essere sufficiente per rimuovere Daniele dalla sua vita. Però, magari, per metterlo da parte una sera.

Così Viola accettò l'invito di Rocco e si preparò a quell'appuntamento pieno di aspettative. Non si tirò a lucido. O meglio, fece in modo che non si notasse. Il che occupa ancora più tempo: trucco leggero, camicia vedo-non-vedo, pantaloni larghi, tacchi – i soliti tacchi – miniborsa a tracolla e capelli al vento. Minimal-chic.

Rocco era decisamente più casual, indipendentemente dalla vescica, la vescica sul piede. Ci era voluta un'ora solo per i capelli, che si erano messi a fare le bizze con il gel. Ma dopo il dramma dei ricci, tutto filò liscio davanti allo specchio: camicia azzurra, jeans sbiaditi, New Balance blu e due gocce di Gucci. Radical-chic.

I due belli che non dovevano sembrare belli si salutarono con un po' d'imbarazzo: bacio sulla guancia, veloce radiografia del look e tanti sorrisi, sorrisi nervosi, pronti a scattare sull'attenti al minimo silenzio. Al cinema, nessuno aveva pensato. In un clima d'indecisione adolescenziale, Rocco lanciò l'idea di un film in inglese. *Lovely*.

Di lì a poco erano in un cineforum di persone sole e studenti ambiziosi. In programma, il remake postmoderno di *Romeo e Giulietta*. Viola sorvolò se fosse caso o premeditazione – le coincidenze sono sempre amiche di chi si vuole innamorare, anche solo per una sera – e cedette ai popcorn annaffiati di Coca-Cola. Le immagini la rapirono subito, ma il senno non riusciva a capire un'acca di quell'inglese shakespeariano. Idem per Rocco. Senza dirsi una parola, si accontentarono di guardare le figure, il cinema muto con gli attori del momento.

Poi arrivò la scena dell'acquario, in cui Romeo DiCaprio incontra la Giulietta più acqua e sapone di Hollywood. La mano di Rocco sfiorò la mano di Viola, e lì rimase. Viola deglutì. Appoggiò la testa sulla spalla di lui e si ubriacò di pensieri.

Del film non seguirono più niente. Si scrutavano l'un l'altro con la coda dell'occhio, attenti a non rompere quell'equilibrio precario. Si baciarono sulle note di *Kissing You*. Il tempo era sospeso. Romeo e Giulietta erano finiti in piscina.

Per tornare alla realtà, bastò uscire dal cinema. "Sono sotto il balcone di Giulietta. Perché non ti affacci?" Il telefonino di Viola faceva scorrere sotto i suoi occhi imbarazzati un pensiero di "Daniele from Verona". Non se l'aspettava. Le venne un'incontrollata paura di perderlo – i capelli, dove sono i capelli, cazzo – e lo chiamò.

– Romeo?
– Finalmente. Solo che io non sono più sotto il tuo balcone.
– Ero al cinema e avevo il telefono spento. E sai cosa ho visto? *Romeo e Giulietta* in inglese.
– Giura. E con chi sei andata?
– Con Rocco.
– Rocco chi?
– Rocco, il ragazzo che abbiamo conosciuto in treno. Mi doveva dare due dritte per la tesi.
– E tu lo porti al cinema.
– Geloso?
– No, sono solo lontano. Anzi, perché non lo inviti alla cena che facciamo quando torno? Mi sembra simpatico.
– Adesso glielo chiedo.
– Ci sentiamo domani con calma. Vado che Roxanne quando è sola si spazientisce. Buonanotte.
– 'Notte.

Rocco non vedeva l'ora che la telefonata finisse. Si sentiva di troppo e inopportuno. In malafede e colpevole. Ma in fondo, finora avevano visto solo un film con DiCaprio, senza nemmeno capirlo bene. Però si erano baciati. Ed era stato un gesto pieno di presupposti – la lingua nell'orecchio – un bacio intimo, che promette più di quanto dice. Come se non bastasse, Rocco era stato nominato esplicitamente durante la telefonata e adesso doveva anche sentire un messaggio tutto per sé.

– Daniele vuole che tu venga da noi venerdì prossimo. Facciamo una cena per salutare i nostri amici di ritorno dalle vacanze. Vieni? Dàai, vieni. Puoi portare chi vuoi.

Viola sembrava di nuovo Lolita. Una quindicenne alle sue prime bugie. La bambina che gioca col fuoco e fa bruciare solo te. Eppure era sincera. Rocco l'aveva sentito dalla telefonata con Daniele – una voce terrorizzata dalla paura e malgrado ciò naturale all'orecchio, orecchio sconosciuto – lo vedeva dall'innocenza dei suoi occhi e dal fascino di quel neo, chissà se è felice. Così le rispose temporeggiando, nascondendo l'imbarazzo di un sì dietro i languori dello stomaco.

Scelsero una pizzeria qualunque: camerieri di corsa, pizze senz'anima e tutti i dolci a quattro euro e cinquanta. Le pareti giallo ocra s'intonavano perfettamente con le tovaglie e i menu. In quel mondo agitato di efficienza, Viola e Rocco ricercarono nuova complicità. Bevvero Glicine di Sicilia: al momento dell'assaggio, Rocco si sforzò di sembrare verosimile per dare l'okay al cameriere. Fece fare un giro al vino nel bicchiere, ne annusò i profumi e concluse con uno sciacquo nella cavità orale. Viola scoppiò a ridere. Non avrebbe più smesso fino alla grappa dopo il caffè. Non amava la grappa, Viola. Ma si stava divertendo così tanto – la telefonata già dimenticata, o rimossa – che un dissenso a quel punto della cena stonava come un antipasto. L'unica cosa su cui provò a ridire fu la pizza.

– Non era un granché e la mozzarella lasciava pure l'acquetta. Sai cosa significa?
– Certo che lo so.
– Allora dimmelo.

Rocco la guardò, fiero di sé e dei suoi amici.

– "Viver sani e belli" di questa settimana, con finestra sul mascarpone e servizio sui latticini.

Viola credette di aver trovato l'uomo della sua vita. Si mise una mano tra i capelli senza voler sapere oltre. Continuarono a parlare, a fumare, a fumare, a parlare fino a che il meno timido dei camerieri li invitò gentilmente a uscire.

Era notte. Una prima brezza annunciava l'autunno. Viola prese Rocco sottobraccio.

– Allora, mi accompagni a casa?
– Certo, non vorrei mai che un bruto ti aspettasse sotto il portone.
– Un bruto? Ti rendi conto che hai detto "bruto"?
– Scusa. Noi filatelici siamo un po' démodé.
– Ma no, è bellissimo. Mi sembra di vivere negli anni Sessanta.

Rocco si fermò. Ebbe la percezione di essere caduto, per un attimo, dentro un film. Una di quelle commedie con Paul Newman, trasmesse solo al mattino o di notte – film destinati a insonni o baby-sitter, o agli appassionati che lo registrano e non lo vedranno mai, perché finirà più tardi – dove guardi sperando solo che accada anche a te, un giorno, una storia così.

– Dici di me, ma anche tu non scherzi a stranezze, Viola.
– Sarà colpa dell'ascendente. Io sono Gemelli con la luna in Acquario. Il mio karma astrale dice che vivo sulla terra solo per la forza di gravità.
– Da quando esiste il karma astrale?
– Da quando c'è internet. Però se non ho la tua luna non posso farci niente.

Lolita, ancora Lolita. Nabokov avrebbe trovato nuove ispirazioni se l'avesse vista in quel momento, i tacchi stonati – i piedi stanchi – ma ancora in grado di fermare gli occhi dei passanti. Rocco riprese a camminare per non perdere il filo del discorso.

Andarono avanti così fino a casa di Viola. Ogni tanto barcollavano e, parlando, si rendevano conto che non si conoscevano affatto. Lo avevano dato per scontato.

– E così abitate qui.
– All'ultimo piano. Rocco?
– Sì?
– Non abbiamo di nuovo parlato della tesi.
– Non abbiamo parlato di un sacco di cose.

La vita stava tornando film. Gli attori si guardarono negli occhi, in silenzio. Poi si resero conto che il film era finito da un pezzo e tornarono alla realtà dei loro appuntamenti.

– Allora vieni alla nostra cena? Così ti faccio assaggiare le specialità che ho imparato al corso di cucina.
– Tipo roba al curry e feta cake?
– Tipo che mi farebbe piacere che tu venissi. E porta chi vuoi.
– Promesso. Così magari parliamo della tesi.
– Magari.

Si diedero un bacio lieve, a suggello di una serata speciale. Poi ne aggiunsero un altro, più passionale. Riuscirono a fermarsi prima di prenderci gusto. Viola non ebbe il coraggio di invitarlo a salire. Non si fa la prima volta, pensava, anche se aveva perso mezz'ora a mettere tutto in ordine, prima di uscire. Rocco desistette. Non si fa la prima volta, pensava, anche se aveva perso mezz'ora a decidere gli slip, prima di uscire.
Stettero lì, senza più baci, a dirsi ancora un paio di scemenze. Poi il portone decise di separarli e li spedì a dormire.

8

Together Again
JANET JACKSON

– Dentelli&Associati, sono Rocco, in che cosa posso aiutarla?

– Si può sapere dove sei stato ieri sera?

– Ciaooo. Quando sei tornata?

– Non fare il premuroso adesso, che hai avuto due giorni per chiamarmi e te ne sei altamente fregato.

– Comunque ieri sono andato al cinema.

– Al cinema?

– Sì, con un'amica.

– Amica o amichetta?

– Amica. Potenziale amichetta. Felicemente fidanzata. Simpatica. Divertente.

– Vado via una settimana e succedono gli eventi.

– Marina, tu vai via una settimana ogni tre.

– Non è colpa mia se ho un sacco di ferie arretrate.

– Di vacanze.

– Sì, di ferie.

– Vabbè. Mi inviti a cena stasera?

– Dài, così ti racconto del mio fidanzato tedesco di Mykonos: il mitico Thorsten.

– Sei sempre la stessa.

– No, è che sono sempre in ferie.

– In vacanza.

– Ma perché ripeti quello che dico? Ora vado che è arrivato un cliente. Ti aspetto dalle otto in poi.

– Ciao ciao.
– A dopo.

Marina era stata compagna di Rocco molto prima di CarloG. Per la precisione, dalle elementari in su. E Rocco aveva seguito le prese in giro sulle sue tette in ogni periodo dello sviluppo. In effetti, le tette grandi non sono proprio facili da portare. Se le nascondi ti cadono. Se le metti in mostra ti danno della zoccola. E se provi a fartele ridurre scopri che non te lo puoi permettere. Più facile il processo inverso. Pamela Anderson *docet*.

Dopo aver sopportato anni di battute idiote, Marina decise di ribellarsi. Avvenne intorno alla quarta liceo. Imparò a essere sorda alle cattiverie gratuite, a riderne anche lei. E scoprì una forma di seduzione che non aveva mai preso in considerazione: la sua voce. Ruvida come il tedesco DOC ma con le stesse, inattese potenzialità: capace di emettere i suoni più dolci e le vibrazioni più calde, i velluti. Cominciò così per diletto a fare la speaker in una piccola radio locale. La musica dei teen-ager trasmessa da una teen-ager. Il programma, in onda la domenica pomeriggio, era seguito praticamente solo dal suo liceo. Quanto bastò, comunque, per far impennare immediatamente la popolarità di Marina, soprattutto tra i ragazzi. Cominciarono i primi appuntamenti e le prime sicurezze. E, soprattutto, cominciarono a toccarle le tette. Il fenomeno continuò anche durante l'università. Dopo la laurea in Economia, passò cinque test e pile di colloqui per finire in una banca, a seguire i mutui di chi acquista la prima casa. Per lei che non voleva avere radici, i suoi clienti erano la categoria peggiore: coppiette coccolate dai risparmi dei genitori, che fanno il mutuo solo per poter comprare mobili di prima scelta. Ma spesso le capitavano anche i single squattrinati – meno ambizioni e più sogni – che cercava di agevolare in ogni modo. Lo sapeva di essere un po' sprecata, lì. Ma i vantaggi della piccola impiegata erano tanti: orario di sette ore e trenta spaccate – mi dispiace per la

51

vostra casa, signori, ma l'ufficio chiude – quindici mensi-
lità, premi vari e vacanze in ogni periodo dell'anno, pre-
via autorizzazione scritta del direttore.

Quando usciva, c'era ancora la sua radio ad attenderla,
almeno due sere a settimana, anche se nessuno dei colleghi
ne era a conoscenza. Ora aveva cambiato frequenze e programma. Teneva una rubrica tutta sua, *Pink Link in* FM, rivolta ai nottambuli che avevano voglia di curiosità e pettegolezzi. In realtà, la maggior parte delle storie che raccontava
erano opera della sua fantasia. Tanto, diceva, in questo settore nessuna voce era veramente attendibile. Meglio quindi
spararle più grosse. Un'impiegata dalla doppia vita, insomma. Regolare e bastarda, competente e inaffidabile.

Uscita dall'ufficio, fece un giro anche quel giorno con le
sue migliori amiche del pomeriggio: le vetrine. Si lasciò
impapocchiare da una commessa più abile delle altre – i
negozianti la chiamavano "la parruccona", per via della
sua chioma esplosiva, ma lei non lo sapeva – e si concesse
un paio di scarpe che avrebbe messo solo tre volte. Dopo
essere passata dal solito fruttivendolo, s'impantofolò a casa nell'attesa di Rocco.

Din don.

– Marina, sono CarloG. Posso farti un'intervista?
– Certo che puoi, tesoro. Sali.

Lo accolse in slip e T-shirt, la *mise* di una sorella, i capelli impazziti dietro un nastro rosa confetto.

– Madonna che abbronzata…
– Anche tu mi piaci con questa camicia a fiori. Fa molto
Sanremo.
– Fa molto che non ne avevo un'altra pulita.
– Sai che stavo aspettando Rocco? Mi deve parlare d'am-
more.

– "Ci" deve parlare d'ammore. Perché voglio sapere tutto anch'io di questa qua del treno.

E così, come due vecchie amiche, cominciarono a fare supposizioni sulla love story del loro amato compagno di banco. Rocco, Marina e CarloG erano un trio talmente affiatato al liceo da risultare a prima vista insopportabile: troppo uniti e troppo simili, gli uguali s'incontrano sempre, dicevano. Marina era la regina, CarloG e Rocco i suoi vassalli. Non era tuttavia mai esistito regno dove si volessero così bene.

Quando Rocco arrivò, gli altri due erano sulla moquette del salotto circondati da lattine di birra vuote e posaceneri sovraccarichi. Ridevano davanti al PC dopo aver simulato l'ennesima intervista sul whisky. Anche Marina, ovviamente – ti prego, dài, ci conosciamo da tanto tempo – era una *"Frequent Interviewed"* di CarloG. Povero Glen Grant.

Rocco posò la sua borsa da ufficio, si tolse le scarpe e aprì subito una lattina. Cercò di recuperare il livello alcolico, ma gli altri erano troppo distanti.

Dopo aver riconquistato un po' di lucidità, Marina cominciò a preparare il suo cavallo di battaglia per cena: riso pilaf, pollo grigliato e verdure. Da quando aveva scoperto quella ricetta, la riciclava ogni volta – in fondo aveva un costante bisogno di conferme, Marina – cambiando solo la verza con il cavolo bollito.

– Allora, Rocco, ci vuoi raccontare di questa ragazza?

CarloG ruppe il ghiaccio, dal basso del pavimento. Rocco stette un attimo in silenzio, chiedendosi se fosse già il caso di una confessione. Ma le facce dei suoi spettatori non lasciavano vie d'uscita. Così raccontò dell'incontro in treno a Pisa, dei croissant col cappuccino, del bacio davanti a DiCaprio – non della lingua nell'orecchio – dell'invito a cena da parte di Daniele e della pizza senza dopo

53

pizza. Sotto il piacevole effetto della birra, Marina e Carlo G suggerivano strategie strampalate. Diede più per il piacere di dire che di risolvere. Rocco un po' li ascoltava, un po' rideva con loro. Era, quello, un rituale che si ripeteva in ogni loro storia d'amore o di presunto tale.

– Adesso parlaci di Thorsten.

Rocco provò a spostare l'asse della conversazione. Lo chiese per gentilezza, nel gioco dell'amicizia si parla, ma soprattutto si chiede. Marina prese tempo adagiando sulla moquette i piatti fumanti.

– Be', fisicamente sarebbe piaciuto molto a CarloG: rasato, addome a quadretti e sorriso Kinder. Solo un po' stupido.
– Almeno te l'ha trovato il punto G?
– Macché. Secondo me non ce l'ho.

CarloG la guardò perplesso.

– È evidente che non ce l'hai, per una ragione molto semplice: il punto G non esiste. È un UFO ginecologico, te lo dico io.
– E chi sarebbe la fonte? Tua zia?
– "Medical Insurance" dello scorso agosto. Se vuoi te lo presto.

Rocco cominciò a ridere. CarloG gli andò dietro quando lo interruppe – che palle, proprio adesso – il suo telefonino.

– Zia Irvana, eccola qua. Che succede?
– Sono rimasta fuori, cazzo.
– Ed è colpa mia?
– Dimmi che sono una cogliona.
– Sei una cogliona.

54

– FACEVO PER DIRE. Ho tirato la porta e ho lasciato le chiavi dentro. Come faccio adesso, eh?

– Vuoi stare calma? Non muoverti che arrivo.

Zia Irvana era una priorità nella vita di CarloG. Di fatto, lo aveva cresciuto lei. Suo padre era scappato di casa quando era ancora piccolo. Sua madre si era risposata e aveva fatto altri figli. Carlo, purtroppo, rappresentava un passato che lei non amava ricordare: la mamma che dimentica i figli, catastrofe naturale rara, ma non impossibile. Così, a quattordici anni, si era trasferito dalla zia, nonché sua madrina di battesimo e più giovane vedova della storia. Il marito le era morto d'infarto subito dopo il lancio del riso, davanti ad amici e parenti tutti, la morte inopportuna e stupida a volte succede.

Grazie a CarloG, Irvana dovette imparare a fare la mamma, anche se spesso il ruolo di zia prendeva il sopravvento. Quando lui le disse di essere gay, fu più dolce e comprensiva di Mary Poppins. Anzi, trovò in quello shock un motivo per smuovere la sua esistenza frustrata di casalinga con eredità. Approfondì ogni aspetto dell'argomento e venne eletta presidentessa *ad honorem* dell'associazione Equality, che rappresentava i genitori di figli omosessuali. Per lei esistevano solo due colori: il bianco e il nero. E applicava la loro dicotomia a tutti gli aspetti della vita. O eri IN o eri OUT, senza mezze misure. sì Almodóvar NO Wenders. sì marijuana NO cocaina. sì Mick Jagger NO Paul McCartney. sì Parigi NO Londra. sì Ollio NO Stanlio. sì gay NO *straight*. sì Irvine NO Schumacher. Poi però confessava che, di fatto, la sua passione per Irvine era solo per il cognome. L'avrebbe addirittura sposato, per potersi firmare un giorno "Irvana Irvine".

Per quanto riguardava gli amici di suo nipote, invece, amava Marina e odiava Rocco. Le stava sul culo. A pelle. O forse ne era semplicemente gelosa. Lui lo sentiva – ci voleva poco, in realtà, a capirlo – e cercava di starle a distanza, anche quando non le era vicino fisicamente. Così evitò di chiedere a CarloG dettagli sull'attuale inconveniente, e lo salutò come se dovesse andare a un appuntamento qualunque.

Rimasto solo con Marina, Rocco lanciò timidamente un invito.

– Allora, mi accompagni tu alla cena? Ho paura di essere troppo imbarazzato con Daniele. Anche se in fondo io e Viola non abbiamo fatto niente, o quasi.

– Va bene. Ma perché non portiamo anche CarloG? Così se tu inizi a fare il provolone con Viola io so con chi parlare.

– Non vorrei sembrare invadente.

– Sei già stato invadente. Quindi, poche storie: andiamo tutti e tre. Ora vai che ho sonno. 'Ste birre mi hanno dato alla testa.

Rocco venne così amabilmente cacciato fuori, e i suoi dubbi con lui.

Marina chiuse la porta. Sul pavimento del suo salotto le apparve improvvisamente la Normandia dopo lo sbarco.

9

Somethin' Stupid
ROBBIE WILLIAMS + NICOLE KIDMAN

Arrivò l'atteso giorno. Rocco era stato tutto il pomeriggio a scrivere, riscrivere e interpretare l'articolo di fondo del magnate della filatelia italiana: il dottor Manzoni, padre-padrone della Dentelli&Associati. Aveva tenuto Rocco prigioniero per ore – perversione comune a molti capi, forse per contratto – come faceva di solito con le sue segretarie. E dalla maestosa scrivania aveva dettato le proprie opinioni sull'ultimo 3 Skilling di Svezia, battuto a un'asta per oltre due milioni di dollari. Rocco avrebbe poi dato forma e logica a quei pensieri, controllando l'esattezza dei dati che la memoria del dottor Manzoni non poteva garantire. Povero Charlie Brown. L'unica cosa che lo tirava su – e al tempo stesso lo agitava – era la cena di quella sera. Tra una stesura e l'altra dell'articolo aveva chiamato Marina e CarloG, per dare a Viola una conferma definitiva. Avevano risposto un grande sì. Non potevano perdersi un'occasione così ghiotta di gossip.

Si diedero appuntamento per un aperitivo, in modo da arrivare a cena già carichi. Rocco era tutto blu, Marina era tutta scollata e CarloG era tutto un profumo. Bevvero un Negroni a testa, tanto per stare leggeri. Poi si fermarono in un'enoteca per comprare del vino: ne trovarono uno che si chiamava San Daniele. Come il prosciutto. Come il padrone di casa. Vollero fare i simpatici e scelsero quello.

Viola, intanto, spignattava tra le sue torte salate, grembiule rosso, le dita in bocca per assaggiare. Da due giorni era in collegamento costante con Madame Germaine, che le aveva praticamente fatto il menu via e-mail. Ma quando cominciarono le prime difficoltà, non seppe resistere al telefono e la consultò più volte. Fu gentile, paziente e incoraggiante. Se ne accorse soprattutto la cena.

Quando Daniele aprì la porta, si trovò davanti tre persone con lo stesso sorriso e due bottiglie con il suo stesso nome. Servì. A cercare di rompere l'imbarazzo, innanzi tutto. E a creare subito un facile argomento di conversazione. Marina e CarloG avevano le antenne drizzate, per dare all'istante un responso su Viola, Daniele, la loro mansarda *big-size* e i pochi ospiti presenti. Fu un trionfo generale – l'alcol li aiutò a essere buoni – con nota di merito per Daniele. Mentre lo squadravano, avevano quasi la bava: il suo corpo sembrava baciato dagli dèi. La camicia bianca che indossava sottolineava timidamente le curve del suo torace. Il sorriso ancora sconosciuto. La cicatrice cattiva. Gli occhi neri. Viola ne era molto fiera, ed era contenta di esibirlo – la bellezza è un trofeo – a tutti i suoi ospiti, Rocco compreso.

– Quando vi siete visti, Daniele ha dormito tutto il tempo.
– E ha fatto bene. Dopo un volo da Los Angeles, un viaggio in treno stroncherebbe chiunque.
– Un viaggio in treno stronca sempre chiunque.

Viola riprese Daniele con lo sguardo. Bastò a fargli cambiare tono.

– Ti va un aperitivo?

Rocco era in imbarazzo. Accettando il drink, gli sembrò di espiare il suo peccato. Il bacio al cinema ce l'aveva ancora stampato in mente, la lingua nell'orecchio, i sussurri davanti al portone. Il destino, poi, riuscì a fare un'uscita delle sue.

– Mi ha raccontato Viola che in *Romeo e Giulietta* non si capiva una mazza.

– Proprio niente. Perché l'inglese è ancora quello di Shakespeare. Doppiato in italiano sembra così elementare, poi li senti dire *"thee"* anziché *"you"* e ciao, sei fregato. Fortuna che la storia è facile.

Daniele sorrise per la prima volta, tirando fuori le fossette – i buchi – e Rocco si rilassò. Viola, Marina e CarloG li osservavano da lontano. Gruppetti di ragazzi abbronzati mangiavano tramezzini multicolor.

CarloG strinse subito amicizia con l'invitata più triste della serata: Olga. Senza fidanzato, senza lavoro. Bruttina. Per tirarla su, la intrattenne con le ultime scoperte sull'epatite K.

– C'è una clinica a Boston dove stanno sperimentando una cura a base di bile clonata, che pare riporti i valori del fegato alla normalità. Solo che costa migliaia di euro.

– E tu, come te la sei potuta permettere?

– Ma io non ho l'epatite K. O almeno, non credo. Mi vedi giallo?

– No, direi di no.

– Come, "direi"?

Viola e Rocco si guardarono spesso ma si parlarono poco. La coda di paglia li rendeva timidi. Anche se a ogni stuzzichino ne approfittavano per assaggiare dai rispettivi piatti, la confidenza, prima dichiarazione d'amore.

– Complimenti. Questa casa mi piace molto.

– E la cucina?

– Sì, anche la cucina è molto bella.

– No, dico i piatti. Ti sono piaciuti?

– Quelli che ti ha insegnato la Madame? Molto. Adoro la senape.

– La "senape"?

Gaffe. Rocco provò a distrarre Viola con una risata riparatoria. Inutile. Lolita – i bambini non ce la fanno a perdonare subito, è più forte di loro – passò immediatamente al contrattacco.

– E mio marito, ti è simpatico?

Rocco guardò il bicchiere di Viola in cerca di un appiglio.

– Sì, Daniele. Quello a cui ho promesso di essere fedele sempre, nella salute e nella malattia, nella gioia e nel dolore finché morte non ci separi.

Rocco impallidì. Lo scherzo era troppo grande per non essere vero.

– Non pensavo fosse tuo marito. Mi avevi detto che era il tuo ragazzo.
– Non è una cosa da dire agli sconosciuti.
– A me sì, però. Potevi dirmelo.
– Perché?
Un attimo di silenzio.
– Perché io sono Romeo.

La vita tornava a essere un ciak. A Viola vennero gli occhi rosa. Volò subito in cucina – i tacchi a rovinare il parquet – per distribuire sorrisi ai suoi ospiti. Ci teneva che il clima fosse rilassato. In fondo, lei e Daniele non ricevevano spesso gli amici in casa.

Marina, nel frattempo, gustava il piatto forte della serata: Toro-Rubens, il Daniele *best friend*, sorriso ammiccante e cattive intenzioni. Dopo la massaggiatrice thailandese era uscito, nell'ordine, con:

– la commessa caduta nello Chanel n. 5;
– l'istruttrice di funky;

– la vicina del palazzo di fronte che porta fuori il cane;
– la nuova responsabile marketing dell'azienda;
– la nuova responsabile risorse umane dell'azienda;
– la sua ultima ex.

Il décolleté di Marina – le tette strizzate, i pensieri sconci – lo mandò subito in palla. E si divertì un sacco a sentire le sue storie della radio. Non riusciva a credere che una voce in FM potesse avere corpo, e che corpo, anche se non aveva mai sentito quel programma prima di allora. Dopo un'ora avevano già la scusa di aver finito le sigarette. E la serata si era conclusa a fumare, per così dire, sul divano di lui.

La festa stava per chiudere, quando Rocco e Daniele – ancora sconosciuti e già rivali – scoprirono una fissa comune: il tennis degli anni Ottanta e Novanta. Quelli in cui non lavoravano ancora e potevano seguire le partite in TV. Così cominciarono a disquisire sui colpi più belli della loro memoria tennistica: il servizio di Sampras, il diritto di Steffi Graf, il rovescio di Edberg, i tuffi di Becker, le volée della Navratilova, le risposte di Agassi, i passanti di Monica Seles, il talento lontano di Björn Borg e John McEnroe. Ricordavano le stesse, memorabili finali. Entrambi adoravano Wimbledon e gli Open d'Australia. Daniele giocava regolarmente in un circolo, Rocco lo faceva in modo più occasionale. Nessuno osò sfidare l'altro: io non ti voglio conoscere, io non voglio che tu esista.

– E tua moglie, gioca?
– Mia moglie?
– Sì, Viola.
– Ma non è mia moglie, Rocco, su. Comunque non gioca.
– Non ci vedo niente di male a essere sposati.
Pausa
– Io non ci vedo niente.

Daniele alzò gli occhi e sorrise. Le fossette sembravano due virgolette che rendono bella qualsiasi frase.

– Preferisco la convivenza.
– E Viola?
– Forse lei sì che si sposerebbe. Ma non con me.

La coda di paglia tornò a bussare sulle spalle di Rocco. Divenne più rosso di un peperone rosso, la goccia di sudore, io non ti voglio conoscere. Daniele andò a tirare fuori nuove bevande dal frigo. Viola passò in quel momento con i bignè, i piedi strascicati per la stanchezza improvvisa.

– Allora, mi vuoi sposare o no?

Rocco la guardò come uno che si sente stupido, gli occhi all'ingiù. Lei fece finta di nulla.

– Non mi dirai che Romeo non ha intenzioni serie.
– Non ti dirò niente fino alla prossima volta.
– Allora non vedo l'ora che sia la prossima volta.

Verso l'una gli ospiti cominciarono ad abbandonare i loro discorsi postvacanza e tornarono a casa. CarloG stava rallegrando la sua neoamica con una bella discussione sulla pena di morte. I gesti ampi, come se fosse davanti a un'attenta platea.

Il brusio sempre più silenzioso amplificava le occhiate di Viola e Rocco, gli ultimi slanci, chissà se è felice, chissà dove stiamo andando.

Avvistato l'imminente pericolo, CarloG andò a prelevare Rocco – gli amici devono saperti portare via, è una delle responsabilità maggiori – e lo trascinò verso il pianerottolo. Abbracciarono Viola e strinsero con forza la mano a Daniele. Arrivati giù, Rocco alzò la testa a cercare Giulietta. Già gli mancava.

10

Lucky Star
MADONNA

– Daniele, puoi venire un attimo nel mio ufficio?

Ci siamo, pensò il malcapitato account supervisor. Il direttore creativo dell'agenzia lo chiamava a rapporto con tono poco rassicurante. Le ragioni potevano essere varie ed eventuali: ritardo nel ciclo mestruale, proteste del cliente, fine dell'effetto dei sedativi, fine del burro cacao, fine del progetto, multa per sosta vietata. Roxanne era così da quarant'anni. Lunatica come una donna lunatica, vulcanica come le sue origini catanesi, paradossale come la versione inglese del suo nome originario: Rosanna. Capace nella stessa giornata di portarti in paradiso o precipitarti al piano di sotto. Il fascino del potere – fare cose con le parole – era il suo unico, grande difetto.

– Secondo te, ti abbiamo assunto perché sei bello o per ché sei bravo?

Daniele si sentì di nuovo alle elementari. Il grembiule nero e macchiato, la maestra acida.

– Perché sono bravo, spero.
– Infatti sei bravo. O meglio, saresti bravo. Ma sei soprattutto bello, è evidente. Due occhi come i tuoi sono più

efficaci a convincere il cliente che la campagna funzionerà, vero? Non c'è niente di male, è sempre andata così.

Daniele sgranò, per l'appunto, gli occhi.

– Anche per questo ti ho portato con me a Verona. Volevo che ci fossi anche tu come argomento in riunione. Peccato che tu sia servito solo a quello.
– Non capisco.
– Arrivo al dunque. Sbaglio, o hai già passato ai creativi il brief per la campagna TV di Sweetie?
– Non sbagli.
– Spiegami perché l'hai fatto senza la mia autorizzazione.
– Perché non c'eri. Visto che lo abbiamo rielaborato insieme, pensavo di poterlo già passare per non perdere tempo. Tutto qui. Te ne avrei parlato io tra poco.

Roxanne prese fiato come se dovesse entrare in apnea. Le rughe incazzate, la pelle giallastra – la collera nemica dell'epidermide – la lingua sul piede di guerra.

– I brief importanti li passo io, chiaro?
– Chiaro.
– E poi chi ti ha detto di scrivere questo cappello introduttivo sul mercato natalizio dei dolciumi?
– Veramente sei stata tu, ieri.

Fu come il lampo che precede il tuono.

– Ti prego, ripeti.
– Tu. Sei stata tu.

Roxanne fu sul punto di esplodere, ma riuscì a contenersi. In fondo i suoi scatti d'ira erano fuochi di paglia, dettati esclusivamente dal ruolo che ricopriva, e che gli altri volevano ricoprisse.

Daniele non disse niente. Rimase lì, impalato, la cicatrice scura, a osservare quella tigre in apparenza feroce. La disarmò senza proferire parola. Gli venne una faccia che era un incrocio tra "hai-finito?" e "non-ti-permettere-mai-più". Il sangue, però, pulsava con grande violenza nelle sue vene furibonde. Gli attacchi per demeriti burocratici lo mandavano in palla, anche se dettati da un protocollo obbligato e necessario. Ma lui sapeva che bastava guardarla fissa, la tigre, perché si calmasse. Il silenzio la mise a disagio. Capì di aver esagerato e tirò un lungo sospiro. Si tolse le scarpe – scarpe da tennis da ragazzina – e le fece cadere sul pavimento. Prese il brief dal cassetto e lo commentò con Daniele come se nulla fosse.

– La *Reason-why* che hai scritto mi sembra buona. Perché questo Sweetie è veramente il dolce di Natale dei giovani che hanno voglia di cambiare. E mi piace molto anche l'*Insight*: io sono il dolce che mangio. Ricco, cremoso e denso di significato. Se è questo il brief che hai passato, potrebbero venire fuori delle buone campagne.

Daniele scelse la strada del *no comment*. Annuì, sapendo che le scuse non sarebbero mai arrivate, vietate com'erano dal regolamento. Dopo aver chiuso la porta, salutò Roxanne con il dito medio e tornò nel suo gremitissimo ufficio. Tutti gli altri account erano al telefono: o esageratamente zerbini con i clienti, o estremamente duri con i colleghi. Tranquillizzò con un gesto la sua vicina di scrivania – i compagni di squadra ti consolano se sbagli il rigore – preoccupata per il ciclone Roxanne, e si mise a rielaborare un nuovo approfondimento per Sweetie.

Una busta lampeggiante sul suo computer gli segnalava una nuova e-mail. Titolo: "Forfait". Mittente: "Rubens". Testo: "Ciao Dani, scusa ma domani ti devo paccare a tennis. Mi ha invitato a cena quella Marina che ho conosciuto la scorsa settimana a casa tua. Sai, la tettona. L'amica di quello che secondo te piace a Viola. Se non riesci a trovare uno che mi sostituisca, chiamami. *Sorry* e a presto, Rubens. P.S. Non è paura di perdere, giuro".

Daniele rideva davanti al video. Per lo meno una volta al mese Rubens disdiceva la consueta sfida per uscire con una donna. Lui non se la prendeva mai per questo: era una regola non scritta del loro galateo tennistico. Aprì l'agenda fitta di numeri per cercare un degno sostituto dell'amico playboy. Flash. Si fece dare da Viola il numero di Rocco e lo chiamò.

Rocco della "Dentelli&Associati-in-cosa-posso-aiutarla" quasi trasalì. Una chiamata da Daniele proprio non se l'aspettava. Un invito a tennis ancora meno. In fondo si erano appena conosciuti. E lui si era anche baciato la sua ragazza, i rivali s'incontrano solo a duello. Però accettò senza remore, senza paura. Anzi, si sentiva onorato. Dedicò tutto il pomeriggio a convincersi che avrebbe potuto batterlo, uno che rideva così poco. Si sarebbe imbottito di banane e sali minerali. Come un esaltato qualsiasi, si mise subito a provare nell'aria il gesto del servizio quando il dottor Manzoni entrò in ufficio per dare conferma di una riunione.

– Ma che fa, giovanotto, è impazzito?

– No... veramente è che domani devo sfidare mio padre a tennis.

Il dottor Manzoni alzò le sopracciglia in modo talmente marcato da sembrare innaturale.

– E scommetto che ha paura di perdere.

– Un po'.

– Voi giovani mi fate ridere: dalla vostra parte avete la forza, e sottovalutate l'esperienza. Come nella filatelia. I collezionisti inesperti guardano i francobolli con gli occhi. Il vero filatelista sa riconoscerne la bellezza con il cuore.

La retorica fatta persona non era nemmeno così cattiva,

vista da vicino. E Rocco sapeva che tirando fuori l'argomento "padre" avrebbe evitato che il dottor Manzoni s'inalberasse. La famiglia era il suo punto debole. Forse perché, malgrado le intenzioni, il suo nido era privo di valori. Quattro figli in grado di farsi espellere dai più prestigiosi collegi svizzeri e inglesi. Una moglie di plastica, rispettata soltanto dalle commesse del centro, e soltanto all'interno della boutique. Di fatto, il dottor Manzoni era solo. Gli faceva compagnia il suo patrimonio dentellato, oltre naturalmente alla storica ira. Lo consolava il fatto che il mondo era pieno di gente ancora più sola di lui.

11

What's the Frequency, Kenneth?
REM

Viola chiuse il libro e accese la radio. La frequenza era difficile da trovare e sembrava che la manopola fosse spostata ogni volta dai fantasmi. *Pink Link* era uno dei suoi programmi preferiti. Trasmetteva classici un po' kitsch, da *Dancing Queen* a *I Like Chopin*, conditi da pettegolezzi sullo star system e sporadiche e-mail. Un'ora trascorsa in un'atmosfera intimistica e surreale, gestita dalla fantasia di Marina. Viola non sapeva di averla invitata a cena, quella voce, anche se all'epoca le era sembrata subito familiare. Ma quella sera tutto ciò che gravitava intorno a Rocco le era sembrato familiare, le coincidenze frutto della volontà, prima che della realtà.

Si sdraiò sul letto a pancia in giù e si allungò per alzare il volume.

"Amici di *Pink Link*, vi parla come sempre Marina. Sarò in vostra compagnia fino alle ventitré. Accanto a me, in regia, c'è Tony Mottola che continua a ribadire di non essere parente né di Tony Mottòla né di Mariah Carey. Per chi ancora non lo sapesse, Tony Mottòla – mi raccomando pronunciatelo come Stanlio e Ollio, con l'accento su Mottòla – era il boss numero uno della Sony e, soprattutto, il primo marito di Mariah Carey. Ma questa storia ormai la sapete, quindi godetevi la dolcissima *Carrie*. Loro sono gli Europe e questa è *Pink Link in FM*."

Viola stava provando a ripetere la parola "Mottòla", quando Daniele entrò nella stanza.

– Che fai, parli da sola?

– Questa della radio è troppo stupida. Mi fa morire. È già finito il tuo film?

– C'è la pubblicità. Ma non è la mitica *Carrie*? Alza un po'.

Separati in casa, ognuno con i propri interessi. Viola e Daniele passavano molte sere così: lei a leggere, ad ascoltare musica, i piedi scalzi, piedi per una volta senza tacchi. Lui davanti alla TV, o in internet, in shorts, il torso nudo. Non si mancavano né sentivano il bisogno di cercarsi, senza che ciò significasse un allontanamento. Sì, forse in quel preciso momento Viola aveva la testa concentrata su qualcuno che non si chiamava Daniele. Lui lo aveva intuito ma era troppo orgoglioso per fare domande.

Sapeva aspettare, la seduzione è un'arte. Questo lo rendeva un predatore irresistibile.

"A proposito di Mariah Carey…"

Daniele riprese il suo posto in soggiorno. Viola chiuse la porta e abbassò il volume, la monopola gracchiava un po'.

"Lo sapete che la sciagurata ha di nuovo distrutto una suite? Le capita un anno sì e uno no. Ma pare che Tony Mottòla non c'entri, stavolta. Eh sì, è accaduto in un hotel di Las Vegas: causa il tiepido successo del suo ultimo CD – ma i bene informati danno la colpa a Julio Iglesias, che ce l'avrebbe con lei – ha cominciato a rompere piatti e bicchieri nella stanza, procurandosi ferite su tutto il corpo. Ora è ricoverata in un ospedale per malati di mente. Sua vicina di stanza, ironia della sorte, la nemica numero uno: Whitney Houston. Rieccola, in *The Greatest Love of All*."

Viola rialzò il volume e cominciò a sognare. Rocco. Daniele le aveva detto dell'imminente partita a tennis e lei si era sentita a disagio. Aveva sperato che Daniele perdesse.

Forse perché non capitava spesso. Ma forse no. Non lo sapeva e non voleva saperlo. Sperava solo di rivedere Rocco, e presto. Magari avrebbero fatto l'amore. O all'amore. O avrebbero, più brutalmente, scopato. Chissà. Cominciò a chiedersi se tradire col pensiero è già tradire. Se sognare qualcuno che non divide con te il cuscino – e la coperta, e la vita tutti giorni – è già sufficiente per farti sentire in colpa. Ma decise che i sogni sono sempre legittimi, l'ultima vera libertà di un mondo pieno di convenzioni.

"Mi è arrivata adesso una mail molto curiosa qui a *Pink Link dotcom*: 'Cara Marina, sei molto simpatica eccetera eccetera, ti racconto questa cosa strana che mi è capitata ieri sera. Ho invitato a cena un ragazzo che mi piace molto, quindi avevo preparato una tavola tutta romantica con pomodori ripieni, salame affettato, *vol-au-vent* con fonduta e pasta e piselli. Quando ha visto la cenetta, questo è quasi svenuto. Dice che non riesce a mangiare le cose di forma ROTONDA. Ripeto, di forma ROTONDA. Gli fanno senso. Per fargli mangiare il resto, ho dovuto tagliargli le cose in modo che non sembrassero tonde. Tutto l'eros è ovviamente andato a farsi benedire. Ti sembra normale? Ciao, Mik'. E no che non mi sembra normale, ma non so che altro dire. Qui serve lo psicologo. E subito. Adesso tirati su con Rick Astley, buonanima. Ma dove sarà finito?"

Per la prima volta, a seguire questo teatrino radiofonico c'era anche Rubens. Se lo godeva dal suo divano, davanti a una bottiglia di chinotto, fumando e facendo i cerchi con la bocca.

Quello che gli aveva confessato Marina era quindi vero. La voce, sì, era proprio la sua. La riconobbe subito. La trovò solo più spigliata – il microfono al buio disinibisce – più libera di dire quello che le passava per la testa. Era la prima volta che Rubens ascoltava un programma radio non vedendo l'ora che le canzoni finissero. Sperava di sentire qualcosa che lo riguardasse, magari criptato in codice da Marina. Il massimo per lui sarebbe stato un: "Ehi, Rubens, non arrivare in ritardo alla cena di domani. Mi raccomando". Si dovette accontentare di una buonanotte corale, indirizzata genericamente a tutti gli ascoltatori. Cioè a lui, Viola, Rocco, CarloG, la madre e il padre di Marina, le sorelle di Marina, i cugini di Marina, gli amici delle vacanze di Marina e pochi altri, parenti di Marina.

"Prima di salutarvi, la perla di saggezza pescata dall'archi- vio. Questa sera ce la regala Nicole Kidman. Intervistata dopo essere stata lasciata dal marito Tom Cruise, aveva dichiarato, all'epoca: 'Sto bene. Finalmente posso mettere i tacchi'. Fantasti- ca, no? E siamo giunti al termine anche stasera. Spero che non vi siate annoiati troppo con noi. Se vi è capitato, scriveteci. Cer- cheremo di annoiarvi in un altro modo. Un bacione da me e da Tony Mottola in regia da non confondere, mi raccomando, con l'altro Tony Mottòla. 'Notte e a presto."

Viola spense la radio e mise su un CD di acid jazz. Il film, un classico degli anni Settanta, era finito. Sentiva Da- niele cambiare avidamente canale, senza fermarsi sullo stesso per più di tre secondi.

Rocco non si era fatto sentire e non aveva mandato neanche un messaggio. L'unico ad aver avuto contatti re- centi con lui era stato proprio il suo ragazzo. Meglio non fare domande. Spense il telefonino. Preferiva disattivarlo che vederlo silenzioso. Quando Daniele entrò in camera, la trovò addormentata sopra le coperte. La sollevò senza svegliarla e la infilò sotto le lenzuola. Poi si spogliò – o meglio, si tolse gli shorts – e la raggiunse, abbracciandola da dietro.

L'unico che non riusciva a dormire era Rubens. Incaz- zato nero con se stesso per non aver registrato il programma di Marina. La sua voce, voleva sentire la sua voce. Ma non poteva chiamarla a quell'ora. No, proprio non poteva permetterselo.

12

Cose della Vita
Eros Ramazzotti

Prima del big match, Viola lasciò un messaggio sulla segreteria di Rocco: "Stasera faccio il tifo per te. Se vuoi batterlo, attaccalo sul rovescio. È il suo vero punto debole. Poi domani mi dici com'è andata".

A sentirla parlare, ispirava tenerezza ed era straniante al tempo stesso. Perché, anche se lei faceva il doppio gioco, non riuscivi a vedere cattiveria nelle sue intenzioni. Se glielo avessero chiesto, senza tergiversare troppo, avrebbe ammesso che Rocco le piaceva.

Meglio comunque che nessuno le chiedesse nulla. Il sogno non ammette risveglio e confidare a qualcuno un tradimento – anche se potenziale, anche se solo un bacio – è già la prima colpa, ammesso che tradire sia una colpa.

Daniele arrivò al club con dieci minuti di ritardo. Inamidato dentro un completo grigio, sembrava "L'Uomo Vogue" in persona. In pochi minuti si mise pantaloncini Fila, calzettoni Adidas, Nike Air Jordan e polo con cerniera Sergio Tacchini. Della serie viva gli sponsor.

Armati e vestiti, Rocco e Daniele raggiunsero di corsa il loro Central Court del Roland Garros. Era il clima ideale per giocare all'aperto: vento leggero, aria tersa, cielo stellato. Il campo bagnato da poco. Fecero qualche palleggio di riscaldamento, conoscersi attraverso gli scambi, lo sport amico della socializzazione. Entrambi avevano un diritto bellissimo: perfetto e scolastico Rocco, sicuro e istintivo Daniele.

Partita. Forse per un po' di tensione, forse per le troppe banane mangiate nell'ultima ora – il potassio che aveva salvato Michael Chang in un celeberrimo incontro sui campi di Parigi – Rocco si trovò sotto zero a quattro in meno di venti minuti. Eppure la picchiava, la palla. Ma sullo scambio lungo Daniele aveva sempre la meglio. Bisognava cambiare tattica. Provò il *serve and volley*: tenne i suoi turni di servizio, ma il primo set se ne andò 6-2. La fiducia di quei due game lo fece partire alla grande nel secondo set. Si ricordò del suggerimento di Viola, che scese così in campo contro Daniele per interposta persona. Rocco prese ad attaccarlo sul rovescio, portando a casa spettacolari punti a rete e il secondo set per 6-4. Lo spirito agonistico venne interrotto proprio sul più bello, con l'arrivo dei due giocatori che avevano prenotato il campo per l'ora successiva.

Rocco e Daniele li odiarono a morte: due mummie fuggite dal British Museum e pronte, il giorno successivo, a dirigere il loro ufficio di segretarie. Ma tant'è. Tornarono in spogliatoio con i loro pensieri. Rocco si sentiva vincente, Daniele sapeva che avrebbe potuto batterlo. Non vedevano l'ora di ripetere la sfida, i rivali s'incontrano solo a duello.

Rimasero a bere Gatorade nella piscina del club.

– Era da un po' che non mi divertivo così. In genere con Rubens non facciamo mai partita. S'incazza troppo.
– Anch'io m'incazzo, ma la prima volta che giochi con qualcuno è più difficile. Sembri subito un povero esaltato.
– Quando si gioca bene ci s'incazza sempre meno.

Rocco pativa i complimenti – almeno così dava a vedere – soprattutto se non aveva confidenza con le persone. Al tempo stesso, sentiva che Daniele lo stava studiando, il colpevole travisa sempre gli sguardi. Provò a cambiare discorso.

– È stato bello l'altra sera, a casa vostra.

Daniele lo guardò sorpreso, ma finì di bere tranquillamente il suo sorso arancione.

– Vero? Viola è veramente entusiasta di te e dei tuoi amici. Non parla d'altro. Secondo me è anche un po' innamorata.
– Di me?
– Sicuramente non di CarloG.

Rocco stette di nuovo in silenzio, scrutando in giro. Provò ad arrampicarsi sui vetri senza scivolare. Sentiva l'odore di Viola – un profumo speziato alla cannella – che in quel momento lo turbò.

– Le sono simpatico solo perché ho fatto i suoi stessi studi e li ho finiti prima.
– Guarda che la conosco meglio di te.

Tensione. Il sudore – gocce agitate sui ricci non completamente asciutti – ritornò a cadere sulla fronte di Rocco, ma Daniele lo tranquillizzò con lo sguardo. Non c'era minaccia nei suoi occhi. Solo una luciferina intuizione della realtà, e un po' di voglia di scherzare. Gli acidi lattici non ammettevano discussioni pesanti. Daniele desiderava soprattutto rilassarsi.

– Ti va di bere ancora qualcosa?
– Sì, anche se mi è venuta fame.
– Fame vera o fame di schifezze?

A Rocco vennero gli occhi a forma di patatine. Così corsero alla ricerca di un pub per mangiare porcherie fritte nell'ultimo olio della serata. Si riempirono di wurstel, cipolle e chips inzuppate di maionese. Li condirono con una doppia birra doppio malto. Parlarono di tennis. Della Nuova Zelanda. Di Simona Ventura. Di lavoro. Della gente che vuota il posacenere dell'auto per strada. Di Nick

Hornby. Di chi cazzo è Oprah Winfrey. Di ecstasy. Di Alex Del Piero. Della dieta dissociata. Della raccolta differenziata. Dei vini australiani. Dell'orgasmo clitorideo. Delle modelle che forse la danno in giro e forse no. Dei Doctor Marten's. Della fine degli anni Ottanta. Del fatto che i giapponesi sono tutti uguali e ce l'hanno più piccolo del nostro.

Non parlarono di Viola. Non più. Argomento troppo delicato. Rocco capì che sarebbe stato un verme, a cercarla ancora. Codardo e scorretto. Daniele si sentì *positive*, per dirla con gli americani, l'inglese alleato dei pubblicitari e di chi fa colazione con MTV. Non era un piano premeditato, il suo. Ma conoscendo meglio l'avversario, gli fece meno paura. A dire il vero, lo interessò più di quanto si aspettasse. Era una persona piacevole. Di quelle che forse non ci litigherai in vacanza, o forse sì ma la lite durerà poco.

Tuttavia era troppo presto per trarre delle conclusioni. L'importante era mettere le mani avanti su Viola, ed era stato fatto. Senza sembrare, almeno così credette, né spocchioso né allarmista. Ma Rocco aveva troppo luppolo in fermento perché potesse capirci qualcosa.

Si salutarono piegati in due, pentiti per aver distrutto un'ora di sport con tutti quegli insulti al fegato.

Quando Daniele tornò a casa, trovò Viola collassata sul manuale di Retorica. Seminuda, struccata, con la bocca socchiusa. Dormiva tutta rannicchiata su un lato. La svegliò di baci e fecero l'amore.

13

Stanco. Stordito. Felice come quando ci si alza per andare in gita. Il giorno dopo Rocco si sentiva così, malgrado le gambe indolenzite e i muscoli contratti. Fece una colazione abbondante e si vestì con cura. Di lì a poco avrebbe offerto alla Dentelli&Associati tutte le sue risorse umanistiche e grammaticali.

Dedicò la mattina a fare ricerche sul Jenny capovolto, una rara emissione del 1918 di posta aerea americana. Trovare la verità – l'eccezione, non la regola – era una delle sue grandi ambizioni. Per cui si era messo a sfogliare archivi e vecchie recensioni, per conoscere in quante mani era passato il famoso esemplare recentemente battuto all'asta. Gli piaceva credere che, a ogni passaggio, il francobollo si fosse arricchito di valore umano. Magari anche che ognuno gli avesse dato una leccatina, prima di cederlo al nuovo possessore. Rocco riusciva a costruire mondi immaginari anche quando l'argomento non gli interessava granché.

Prima della pausa pranzo chiamò Viola. Ora che ci aveva rinunciato, gli venne più facile comporre il numero.

– Grazie ai tuoi suggerimenti ieri ho portato a casa un set. Quindi, come minimo, oggi vieni a pranzo con me.

– Come minimo stai calmo, perché ho i capelli bagnati. Mi sto facendo la tinta in casa.

– Che colore?

– Rosso. Avevo voglia di cambiare. Non è che i tuoi colleghi si scandalizzano se ti vedono andare a pranzo con una rossa, vero?

– Che c'entra. Ma non eri incasinata con l'esame?

– Non metterti a farmi la predica.

Si rividero nel bar dove avevano inzuppato i croissant del loro primo incontro. Viola era quasi irriconoscibile – il rosso troppo acceso la tratteneva dal toccarsi i capelli – ma aveva sempre lo stesso sorriso contagioso.

– Che dici, sembro tanto zoccola con questo colore?

– Solo un po'. Soprattutto sembri più grande.

– Tanto con un paio di shampoo va via. Allora, raccontami di ieri sera.

Rocco ci mise un attimo prima di rispondere. Gli sembrava di rivedere un'avventura estiva le vacanze dell'anno dopo. Una sensazione mista di imbarazzo e parole non dette. Tutto gli appariva insensato e lontano, il cinema, la lingua nell'orecchio, il portone. Gli occhi guardavano soprattutto il cappuccino.

– Mi sono divertito.

– Ho visto in che stato è tornato a casa Daniele. Puzzava di birra come un bavarese sfrattato. Quanta ne avete bevuta?

Rocco vide la prima Lolita apprensiva della storia. Era alla ricerca cervellotica di ragioni per non farsela più piacere: non devi pensarlo, non devi pensarci più.

– Sì, ne abbiamo bevute un po'.

– Però mi ha detto che giochi bene. E ha aggiunto che sei pure simpatico.

– Anche lui lo è.

Viola si sentì fiera, per un attimo, dei suoi due uomini. Uno ufficiale, uno desiderato. Uno che la conosceva bene. L'altro che avrebbe tanto voluto conoscerla, ma non se la sentiva più. Perché era convinto che tutto tornasse, nella vita. Soprattutto le bastardate. Così si accontentò di godersela dal tavolino, con quei capelli rossi e un po' stonati, mentre sbraitava alla cameriera che la parmigiana in pellegrinaggio da dieci minuti era sua.

Dopo caffè e sigaretta – il fumo per stare ancora un po' insieme – l'imminente test di Retorica generale richiamò Viola all'ordine.

– Devo andare, sai? Sono un po' indietro con il ripasso.
– Tanto anch'io devo tornare in ufficio.
– Senti, allora ci vediamo?

Rocco fu tentato di dire la verità. Ma in quel momento la trovò davvero poco opportuna. Mentì per alimentare la fiamma della memoria, il desiderio non ancora dimenticato.

– Magari.
– Possiamo anche parlare solo della tesi.

Viola interpretò perfettamente il "magari" ma fece finta di nulla. Meglio non vedere che mostrarsi delusa. Prima di aspettare una risposta, aveva mandato un bacio fugace e si era voltata a rincorrere la fila di manuali. Il suo passo era un po' meno spedito dell'ultima volta, i tacchi più lenti, un po' insicuri. Forse aspettava una rincorsa che non avvenne. Rocco la stava ancora osservando, quando il telefonino squillò. Daniele. *Gulp.*

– Pronto?
– Signor Becker, buongiorno. Vorrei ribadirle che su una palla dubbia ieri sera lei ha mentito, chiamandola fuori. Invece era riga piena.

– Ti attacchi alla moviola solo perché non sai accettare la sconfitta. Non pensavo che vincere un set contro di te meritasse addirittura una telefonata.

– Infatti. In realtà volevo invitarti a una festa con me, stasera.

Supergulp.
Questa se l'aspettava ancora meno. Reagì in modo reazionario.

– Viene anche Viola?
– Non può, deve prepararsi per l'esame. È una festa abbastanza chiusa e non posso portare gente. Se vado con tutta la mia banda faccio una figuraccia. Se ne invito solo uno gli altri si offendono. Viola non può. Tu sei l'outsider ideale. Quindi dimmi dove vuoi che ti venga a prendere e a che ora.

Con una faccia da ebete che per fortuna nessuno vide mai, Rocco disse il suo sì per le dieci e mezzo sotto casa sua. Quel pomeriggio, in ufficio, toccò la punta di operatività massima. Ricevette anche i complimenti cerimoniosi del dottor Manzoni, che volle sapere tutto sulla partita tra lui e suo padre. Gli venne raccontata pari pari, attribuendo le gesta dell'uno al nome dell'altro.

Uscito dall'ufficio, Rocco ebbe un piccolo calo delle sue batterie nervose. Entrò in un bar e bevve un bicchiere di vino, scambiando un paio di battute con il barista. Una strana inquietudine mista a una paura eccitata lo pervase, magari Daniele aveva scoperto tutto, magari chissà. Rientrato nel suo bilocale con angolo cottura, riempì fino all'orlo la vasca da bagno e ci si mise dentro. Nel silenzio dell'acqua ritrovò la calma. Ancora circondato dai vapori, alzò la cornetta e chiamò CarloG. Sapeva che su di lui poteva contare. Lo trovò a casa, a fare i resoconti estivi per la Proxa International. Arrivò quasi subito al motivo della telefonata.

– Rocco, è molto semplice. Tu non sai mentire. A te piace Viola e tu piaci a lei. In più, scopri che Daniele è simpatico e tu gli sei simpatico. È normale che tu sia un po' a disagio a essere invitato a una festa da lui.

– Dici che è tutto qui?

– Ti sembra poco? Disagio e tensione nei confronti di Daniele sono i primi sintomi dell'*amour* nei confronti di Viola. Se vuoi, chiedo anche a zia Irvana.

– Lascia stare.

– Allora ascoltami: esci e pensa solo a divertirti. Come ho letto una volta su una maglietta: VISTO DA VICINO, NESSUNO È NORMALE. Quindi non ti stupire mai per le cose che vedi o che senti.

Quel consiglio – le parole sulle magliette, amiche dei passanti – lo tranquillizzò. Ritornò a godersi la vasca da bagno, aggiungendo sali giapponesi. Poi cominciò il consueto rituale dei preparativi: il disastro del gel sui capelli gli fece di nuovo compagnia. Questa volta, però, lo visse in modo più divertente. Alla fine si vestì con lo stesso *mood* della prima uscita con Viola. Squadra che vince non si cambia. Non sapeva ancora di pensarlo, mentre aveva deciso di saltare la cena.

14

Daniele si stava abbottonando la camicia davanti allo specchio. Viola lo guardava tra una pagina e l'altra.

– Che dici, la metto la cravatta?
– È una festa di pubblicitari. Se Roxanne la vede, ti ci strozza.

Daniele ributtò la cravatta nell'armadio. Guardò Viola troppo impegnata a ripassare, una mano a tenere il libro aperto, l'altra a tenere i capelli fermi. La osservò in silenzio. Avrebbe voluto vederla mentre si preparava. Mettersi uno dei suoi vestitini scuri. Sfiorarla. Spiarla a truccarsi in bagno. Invece stava lì – studente penitente – con occhi solo per l'esame. Daniele le accarezzò una guancia e uscì senza dirle niente. Appena salito in macchina, si accorse di essere in ritardo. Fece dieci chilometri in dieci minuti, saltando quasi tutti i rossi.
Quando il citofono suonò, Rocco lo attendeva da almeno mezz'ora. A ogni rumore, guardava la porta. Poteva essere il telefono, la televisione o un bicchiere che decideva di mettersi comodo sullo scolapiatti. Lui guardava sempre la porta. Un'attesa nervosa, inquieta, la paura amplifica i rumori, o li origina. Alla fine il *din-don* – un boato – non gli sembrò nemmeno credibile. Si rese conto di essere troppo agitato, e sorrise. Uscì come se nulla fosse.

Daniele lo aspettava seduto sul cofano della sua station-wagon. Fumava. Si salutarono più impacciati dell'ultima volta e sgommarono verso il party.

La festa celebrava i quarant'anni di Ralph Bagutta, consumato regista di spot pubblicitari. Daniele aveva girato con lui tutti i commercial alimentari – così li chiamavano tra loro – dell'agenzia. Era uno specialista della categoria dolciumi: un portfolio di merendine ricche di latte, biscotti al cioccolato e panettoni senza canditi. A dispetto di ciò, conduceva una vita sregolata e appariscente. Viveva in una villa degna di Michael Jackson ai tempi di *Thriller*.

– L'invito, prego.

Un buttafuori cattivo li fece entrare senza cambiare espressione. Rocco era eccitato come un bambino al suo primo luna park. Per fortuna Daniele gli aveva spiegato tutto su festa e festeggiato, in modo da evitare espressioni di sorpresa poco gradite. Gli arricchiti non amano mai che qualcuno glielo faccia notare.

Così Rocco indossò una faccia come se quel mondo lo conoscesse da sempre.

Camerieri in livrea portavano in giro bicchieri di champagne e olive ascolane. Le donne, soprattutto bionde, fumavano sigarette sottili e profumavano di buono. Per esibire la schiena abbronzata, sopportavano stoicamente il primo assaggio d'autunno. Ralph Bagutta era vestito tutto di bianco, come un italiano d'America a una serata di gala.

– Benvenuti ragazzi. Roxanne è già in pista scatenata. Voi servitevi pure. Se vi fa piacere ho anche dell'ottima coca. Chiedete e vi sarà dato.

Rocco e Daniele si guardarono un attimo. Senza saperlo, stavano facendo le comparse nell'ultima fiction pomeridiana. Il gotha della pubblicità era presente al gran completo. Dentro un sari arancione Jean Paul Gaultier, ecco infatti spuntare Roxanne.

– Finalmente sei arrivato. Così puoi aiutarmi a prendere contatti con Mr Finelli, della Moka & Maisure Coffee.

Daniele cercò di prendere le cose con calma: non t'innervosire, respira, stasera andrà tutto bene.

– Posso prima presentarti il mio amico Rocco?

Roxanne provò a fare la spiritosa.

– Come Rocco Siffredi?
– No, come mio nonno.
– Ciao, sono Roxanne. In che agenzia lavori?
– Mah… veramente… sono redattore.
– Per Publi Media?
– No. Dentelli&Associati.
– Capisco.

Roxanne-Jupiter fulminò subito Daniele per averle presentato una persona fuori del clan – regolamento inflessibile – gli altri non sono né saranno mai. Girò in fretta i tacchi leopardati e corse a inseguire Mr Finelli. Rocco stava ancora osservando le sue gesta, quando si sentì bussare alle spalle.

– Cucù.
– Non ci credo…
– Allora toccami.
– Ma che ci fai qui, Marina?

La voce di *Pink Link in* FM era più radiosa che alla radio. I capelli legati in modo gentile, due lunghi orecchini a impreziosirle il viso e le tette – le tette – più su del solito.

83

– Sono venuta con Rubens. Lui si allena in palestra con il buttafuori, così siamo entrati senza invito. Ma non pensavo che ci fossi anche tu.

– Neanch'io lo pensavo fino a poche ore fa. Che bello ritrovarsi a Hollywood.

– Ti piace il mio vestito?

– Sei strafiga.

– Anche tu non sei male.

– Tenchiù.

Si fecero un inchino l'un l'altro e cominciarono a ridere per la coincidenza. Nel frattempo, Rubens e Daniele si erano ritagliati uno spazio per le confidenze, attirando subito l'attenzione di molte signore, signore bionde.

– Allora, come va questo flirt con Marina?

– Per ora non vorrei dire niente. Però ieri sera sono andato a cena da lei e ci siamo fidanzati.

– Fidanzati come?

– Fidanzati con la "f".

Daniele rimase basito. Fece un rapido check-up delle condizioni di Rubens e scoprì che era abbastanza sobrio. Due Bellini e un bicchiere di champagne appena iniziato.

– E sai cos'è che mi piace di lei?

– Le tette?

– Oltre le tette, dico.

Daniele rimase zitto a guardarlo. I suoi lineamenti duri ruppero per una vòlta le righe e si addolcirono, all'improvviso.

– Mi fa ridere. È la prima volta che rido con una donna. E poi devi sentirla quando parla alla radio. Le casse del mio stereo ancora un po' si masturbano.

Daniele fermò un cameriere e prese un bicchiere di champagne al volo.

– E cosa ci fate a una festa così?
– Non lo sappiamo neanche noi. Vedi, se non fossi stato con lei, non sarei mai venuto qui. Mi sarei annoiato a morte in mezzo a questo aspirante jet set.

Balle. Balle d'amore. Daniele conosceva troppo bene Rubens per potergli credere davvero. Ma interrompere un'illusione è solo una crudeltà inutile.

– E Viola? Perché non c'è?
– Tra poco ha l'esame, ha preferito rimanere a casa. Così ho invitato questo nuovo amico, che abbiamo conosciuto in treno. Quello che ha preso il tuo posto a tennis.
– Quello che piaceva a Viola, vorrai dire.

Daniele ebbe bisogno di un sorso di champagne. I suoi lineamenti tornarono sull'attenti.

– Sì, ma mi sembra tutto a posto adesso.
– E come gioca?
– Rubens, ora scusami ma devo stare dietro a Roxanne. Io, in realtà sono qui per lavoro. Tieni un po' compagnia a Rocco?

L'inedito trio Rubens-Marina-Rocco cominciò così a vivere la festa a modo proprio. Ognuno cercava di darsi un tono per mimetizzarsi tra gli stereotipi che vedeva circolare: cinquantenni sudaticci accompagnati da bellezze giunoniche, personaggi eccentrici che pur di farsi notare avrebbero messo tutti i vestiti al contrario. Il Cristal era l'ospite più richiesto della serata. Rocco e Marina lo accompagnarono prima con le ostriche, poi con le fragole. Rubens, ogni tanto, si defilava tra le modelle presenti. Per quanto potesse essere cambiato, la sua indole era e restava sempre quella di un grande conquistatore: la madre spagnola gli aveva regalato occhi che avrebbero messo in discussione anche il potere di Medusa.

Il tasso alcolico cominciava a salire. Le scollature si facevano più profonde e gli uomini ballavano in modo ridicolo. Un diabolico deejay incitava gli invitati mettendo musica latinoamericana, *baila, baila, baila, eh*. La festa era un tripudio di colore.

L'unico a soffrire, Daniele. Costretto dalla situazione a essere particolarmente intraprendente con Mr Finelli, industriale italoamericano, grande fan della sua terra d'origine e parlatore *mélange*.

– Io, ogni volta che torna in Italia mi chiedo *why this country* non vive solo di turismo. Più turisti, più *coffee*.

– E la sua azienda non ha intenzione di lanciarsi nel mercato italiano?

– *Of course*. Io qui per questo. Moka & Maisure sta cercando un'agenzia a cui dare tutto il budget.

Daniele estrasse immediatamente il suo biglietto da visita – la predestinazione esiste anche nel mondo degli affari – davanti agli occhi stupiti di Mr Finelli. Poi passò la palla a Roxanne.

– E lei è il nostro direttore creativo.

– *Roxanne, nice to meet you. So I've heard you need an advertising agency, right? Here we are.*

– *It's such a coincidence, I can't believe it.*

Da quel momento, la conversazione corse fluida in inglese. Roxanne fece cenno a Daniele che ormai poteva andare. Ci avrebbe pensato lei a fissare un appuntamento. Lui colse l'occasione al balzo per raggiungere gli altri. Stavano ballando come pazzi. Bevve un paio di flûte per pareggiare il conto. Poi si buttò nella *movida, baila, baila, baila, eh*. Mettersi in pista non era la sua specialità, però si sapeva muovere con stile. A un certo punto, Rubens e Marina sparirono. Rocco li conosceva abbastanza per intuire che probabilmente si erano intrufolati nella villa a cercare una camera da letto. Daniele e Rocco rimasero soli con lo champagne. Ne bevvero una bottiglia in silenzio, ridendo per tutti i siparietti che offriva la serata.

– Vedi, Rocco, alle persone sopra i quaranta bisognerebbe vietare di ubriacarsi alle feste. Diventano imbarazzanti.
– In effetti. Riempitevi di droga, ma posate quel bicchiere. Anch'io in realtà comincio a non essere più lucido. Vado a fare due passi nel parco.
– Io ora devo assolutamente pisciare. Faccio un salto in bagno e ti raggiungo.

Rocco andò a sdraiarsi sull'erba, lontano dai rumori. Guardò le stelle, che sembrava si muovessero senza fermarsi un attimo. Chiuse gli occhi per non perdere l'equilibrio.

– Dormi?

Rocco trovò gli occhi di Daniele a un palmo di naso, ma riuscì a guardare solo la cicatrice.

– Sogno. È tutto così irreale. Non sembra anche a te?

Daniele non rispose. Pensò che sì, c'era qualcosa di strano. Un'euforia che ricordava l'estate e le migliori sbronze, senza arrivare alla soglia Bukowski. Sentì il bisogno di un contatto. Allungò la mano e intrecciò le dita tra i capelli di Rocco, che non reagì. Rimase lì, sospeso, a dirsi che tutto era possibile. Un momento lungo una canzone. Gli schiamazzi erano sempre più lontani. Daniele avvicinò la sua bocca a quella di Rocco. Lo baciò. *He kissed him. Er küsste ihn. Il lui donna un baiser. Él lo besó.*
Un bacio non premeditato, timido e coraggioso, un bacio segreto. Tornati alla realtà, scoppiarono a ridere.

– Sei pazzo.
– No, sono ubriaco.

Daniele abbassò lo sguardo, Rocco lo seguì.

– Anch'io.

Non avevano finito di dirselo che il bacio era ripreso,
senza spiegazioni. Senza lingua. All'improvviso calò il silenzio. La festa era finita, la station-wagon stava per diventare una zucca. Di Rubens e Marina nessuna traccia.

Rocco e Daniele tornarono a casa come se nulla fosse.

American Pie
MADONNA

Daniele si svegliò con la testa di Viola sul petto. Era contento che fosse lì, abbracciata a lui. La spostò con dolcezza, scese piano dal letto e andò in cucina a preparare la colazione. Sul tavolo trovò un foglio piegato.

Cara Viola, è sempre un piacere per me leggere le tue mail. Le richieste che fai sono così semplici e chiare… Dunque, mi chiedi una torta per fare una sorpresa al tuo fidanzato. Ho pensato alla Sacher Torte. È molto semplice, ma guai a te se ti metti a transigere sulla qualità degli ingredienti. L'unica marmellata consentita è quella della Bonne Maman! Nel documento allegato trovi le dosi esatte e il procedimento, ma tu sai che puoi chiamarmi quando vuoi. Per quanto riguarda i tarocchi, io sono sempre qui. Quando ti va, vieni un pomeriggio e te li leggo. Ti abbraccio e in bocca al lupo per il tuo esame.

M.me Germaine

Daniele ripiegò il foglio e dimenticò tutto quello che aveva letto. Non aveva voglia di pensare. Non era successo niente, un drink di troppo, capita. Anche un bacio di troppo, capita. Baciare è solo un modo più diretto per conoscere un'altra persona, pensava. Andare oltre le parole che dice, i progetti che insegue, le cose che ostenta, o nasconde o rimuove. E Rocco l'aveva incuriosito. Ma di questo non voleva più preoccuparsi. Capita – è capitato – basta. Cominciò la giornata con un'aspirina effervescente: i fumi dell'alcol erano ancora in circolo e gli davano alla testa. Poi apparecchiò come se fosse domenica. Mise sul tavolo miele, marmellate, pane tostato, latte, corn-flakes, succo d'arancia e nutella. Quando il tè era già nella tazza, chiamò Viola.

– Ti prego, ancora cinque minuti.

Era la sua frase preferita a ogni risveglio. C'era una sola tecnica per farla alzare prima: un extra-bonus di affetto. Così le fece sentire i polpastrelli delle sue dita su tutta la schiena.

– Su, che è tardi. E poi non devi ripassare?

La parola magica fece scattare immediatamente Viola. Era bellissima anche al mattino. La pelle levigata, i capelli in disordine. Gli occhi senza bisogno di eye-liner, il neo. Il sorriso esplose alla vista della nutella. Dopo la prima fetta cominciò un amabile terzo grado sulla sera prima: dal menu ai vestiti degli invitati, dalla performance di Roxanne al look di Rocco. Volle sapere perfino la biografia, o meglio l'agiografia, del padrone di casa. Daniele rispose a tutto con pazienza. Glissò soltanto sulla scena del bacio. Ce l'aveva stampata in mente, ma ci doveva ragionare sopra. E ovviamente voleva farlo da solo.

Rocco, invece, era distrutto dai rimorsi e dalla confusione. Si sentiva una merda. Non aveva il coraggio di pensare a Viola. Lei, la sua preda, che l'aveva condotto inconsapevolmente sulla strada dell'errore. Avrebbe voluto vederla di nuovo. Andarci fuori a cena e baciarla come un ossesso che elemosina affetto. Voleva pareggiare il conto – dimenticare – per cancellare l'onta del peccato. Quando la paura passò, ripensò alla serata. La rivide in un piccolo trailer: donne bionde e ammiccanti, tanti vassoi, un padrone di casa stile Milano-da-bere, *baila baila baila, eh*, un bacio. Tutto qui. TUTTO QUI? In fondo, era stato un gesto semplice, dato per puro piacere. Una dimostrazione d'affetto sopra le righe per due persone disinibite. Cercò anche lui di non pensarci, capita, è capitato, basta. Appena entrato in ufficio, arrivò puntuale la chiamata di Marina.

– Dentelli&Associati, sono Rocco, in cosa posso aiutarla?

– Roccoooooo, scusa per ieri sera, ma io e Rubens ci siamo imboscati nell'idromassaggio di Mr Bagutta e non ne volevamo più venire fuori.

– Ho notato.

– Devi vedere che roba: tutto stucchi, leopardi e specchiere dorate. Sembrava la casa di Dolce e Gabbana. È stato molto eccitante. Quando siamo usciti, non c'eravate più. A dir la verità, non c'era quasi più nessuno. E tu, ti sei divertito?

– Abbastanza.

– Mi piace Daniele, sai? Poi vedo che tra voi c'è un bel feeling, quindi forse è meglio se lasci perdere la storia con Viola.

Momento di caga tremenda

– Rocco, ci sei?

– Scusa ma sono un po' incasinato in redazione.

– Ne parliamo ancora una di queste sere.

– Perfetto.

– Ricordati di accendere la radio, stasera. Mi hanno detto che gli ascolti stanno salendo e non vorrei invertire la tendenza per colpa dei miei amici.

– Adesso torna a pensare ai tuoi mutui.

– Che palle, hai ragione. Li sto consigliando tutti a tasso variabile perché non ho voglia di spiegare l'alternativa. Si può?

Dopo aver messo giù, Rocco cercò di concentrarsi sull'ultima emissione della Repubblica Dominicana: la consacrazione dentellata dell'ormai dimenticata Lady Diana, principessa dei tabloid e regina di cuori delle casalinghe del Galles. Quel giorno gli sembrò più lungo del solito.

L'unica cosa che desiderava era la sua vasca da bagno. Tornato a casa, ci si piazzò dentro per più di un'ora. Il telefono non squillò.

Daniele, a casa, subiva passivamente un telequiz televisivo. La giornata di lavoro gli era scivolata addosso senza strascichi. Non ascoltava né le domande del presentatore né le risposte del concorrente. Guardava solo il cronometro. Accasciato sulla poltrona, era uno sbadiglio dietro l'altro. Lo teneva sveglio soltanto la radio di Viola, che si godeva a tutto volume *Pink Link in* FM.

"In una recente conferenza stampa a Londra, a Madonna sono state riportate le parole, durissime, di quella sciagurata di Whitney Houston. La criticava su tutti i fronti, umano e professionale. Interpellata sull'accaduto, Madonna ha solo risposto: 'Whitney WHO?'. Grande, grande Maddy. E adesso i Living in a Box con *Living in a Box*."

Viola inscenò *Io ballo da sola* davanti allo specchio. Non fu brava come Liv Tyler, ma ci andò vicino. Presa dall'entusiasmo, corse in soggiorno a contagiare Daniele. Lo trovò appisolato davanti a un altro telequiz. Una specie di ruota della fortuna in tedesco. Fece un dietrofront senza rancore e raggiunse lo specchio prima del secondo ritornello.

"Mi è arrivata adesso una mail molto carina di un nostro ascoltatore, Rubens, che ha ventidue anni. Dice che è innamorato di una ragazza che si chiama come me, Marina, ma non sa come fare per conquistarla. Ha già provato a parlarle ma lei è troppo timida e non arrivano mai al dunque. Sai cosa ti consiglio io, caro Rubens? Le rose. Funzionano sempre. E adesso, solo per te, Guns and Roses. Questa è *November Rain*."

Rubens continuava a scuotere la testa. No, non voleva crederci. La dedica era per lui. Il messaggio agognato la volta precedente era arrivato adesso, inatteso come un regalo prima del compleanno. Si commosse. Voleva chiamare l'Interflora, ma gli sembrò di tornare ai tempi di Maria Callas. Così le scrisse: "Sei la mia prima rosa" sul telefonino. Marina lo lesse poco prima del congedo, ma la sua voce fu troppo brava a nascondere l'emozione, imparare a dissimulare, la prima delle strategie.

"E siamo giunti ai saluti anche stasera. Qui con me c'è sempre il mitico Tony Mottola, che continua a non avere a che fare né con l'altro Tony Mottòla né con Mariah Carey. A proposito. La nostra amica pare aver fatto finalmente pace con Julio Iglesias, che è volato dalla Spagna per chiarire la sua posizione e scusarsi personalmente con lei. Dio, che uomo. Ma di questo parleremo la prossima settimana."

Rocco fu il primo a spegnere la radio. Aveva ascoltato il programma solo per dovere di amico. Fosse dipeso da lui, avrebbe preferito il silenzio. No, i sensi di colpa da cui era sommerso non ammettevano intrattenimento. Nemmeno musicale.

16

If You Tolerate This Your Children Will Be Next
MANIC STREET PREACHERS

Passarono i giorni, e la botta cominciava a farsi sentire. I pensieri di Rocco e Daniele erano sottosopra. Più "sotto" sicuramente quelli di Rocco. Si rinchiusero entrambi in un *no comment*. Non si chiamarono, e decisero di non parlarne con nessuno. In ufficio, Rocco si era fatto negare al telefono perfino a CarloG. Daniele aveva tenuto la mente occupata con la campagna natalizia di Sweetie. Roxanne lo notò, e ne fu subito fiera.

– Vedo che questo progetto ti sta prendendo bene. Bravo, dieci punti in più.
– Che ne dici se vediamo i creativi tra un'ora?

Roxanne diede un tiro alla sigaretta prima di rispondere.

– Perfetto. Vedo un po' di spot brasiliani, faccio una pipì e ci sono.

Roxanne avrebbe dato l'anima per una bella campagna. Lei ci credeva davvero. I soldi che guadagnava non c'entravano poi così tanto. Era quel languorino che le prendeva quando vedeva uno spot che la smuoveva, la eccitava, la faceva sentire viva. Aveva il privilegio della passione. Un fuoco che poteva essere capito solo da persone come lei.

94

Daniele faceva parte di quelli che non la capivano, e non ci provava neppure. Le dava retta più per educazione – o meglio, per contratto – che perché ci credesse veramente. Però doveva ammettere che qualcosa stava imparando, da lei.

Viola trascorse quei giorni a osservarlo da lontano, percependo un lieve cambiamento negli atteggiamenti. Minore attenzione ai suoi discorsi, sguardo che spesso si perdeva lontano. Ma era troppo presa dal suo esame per approfondire i dubbi che le erano sorti. In fondo sapeva che alti e bassi sono parte insindacabile di tutte le storie d'amore. Ogni tanto pensava a Rocco, che non si faceva più sentire. Fargli incontrare Daniele a quella cena era stato un errore. Non avrebbe mai dovuto insistere. Ora che si erano conosciuti, i due avevano sicuramente stretto un patto di non belligeranza. La sua autostima aveva bisogno di conferme. Voleva chiamare Rocco, ma non voleva sembrare sfacciata. Per fortuna la sua parte bambina non ebbe alcuna esitazione a comporre il numero.

– Si può sapere dove sei sparito?
– Viola, come stai?
– Diciamo bene. Sono agli sgoccioli con il test di Retorica generale e se lo passo ho subito l'orale. Quindi ti lascio immaginare.
– E il resto come va?
– Il resto non c'è, perché studio tutto il giorno. E quel che rimane è così così. Daniele, poi, in questi giorni è un po' storto. Più taciturno.
– Sarà stressato per il lavoro.
– No, dice di no. Quando lo rivedi, o lo senti, cerca di scoprire qualcosa. E dopo l'esame usciamo un'altra sera insieme, se ti va.

Rocco ci mise un po' prima di rispondere.

– Sì, mi va.

Mise giù con il cuore a mille. In una frase, Viola gli aveva detto quello che non sapeva. Anche Daniele aveva reazioni strane. Probabilmente era imbarazzato. Forse si sentiva in colpa, baciare è già tradire, un tradimento ancora più doloroso, perché è la testa che bacia. Sicuramente non era il solito uomo sicuro di sé.

Rocco sentì l'esigenza di parlarne con qualcuno: dirlo al medico è già attutire il dolore. Uscito dall'ufficio, passò da CarloG. Lo trovò in boxer a cuori e pancia di fuori.

– Finalmente ti sei fatto vivo. Io e Marina volevamo chiamare i pompieri. Si può sapere perché non rispondi alle chiamate e ti fai negare in ufficio? Ti conosco, quindi dimmi cosa ti abbiamo fatto così ci chiariamo subito.

– Mi fai entrare, prima?

CarloG prese la borsa di Rocco e la posò nell'armadietto dell'ingresso. Poi lo spinse in cucina. Seduti al tavolo, ripresero a parlare.

– Tu non c'entri.

– Allora c'entra Marina. Ti ha dato fastidio come si è comportata a quella festa, di' la verità.

CarloG aprì il frigo, e la luce gli illuminò il viso. Aveva la pelle lucida di crema, pelle idratata, e anche i suoi capelli erano lucidi, per gli oli di cui li nutriva. Trovò solo mezza bottiglia di birra sgasata. Bevi, bevi e tutto sarà più facile. Rocco annuì. Aveva troppo altro cui pensare.

– Niente di tutto questo. È che…

– È che?

– È che a quella festa…

Silenzio

– Rocco, vuoi dirmi cosa c'è?

– È che a quella festa io e Daniele ci siamo baciati.
– Sulla bocca?
– Sì.

CarloG mise le mani sui fianchi. Stile Anna Magnani in *Mamma Roma*.

– O mon diè. E com'è stato?
– Strano.
– Strano bello o strano brutto?
– Strano. Ma più bello che brutto.

CarloG era in imbarazzo – dio, c'è cascato pure lui, e mo' che faccio – ma non voleva darlo a vedere.

– E che problema c'è? Tutta la gente che si piace si bacia.
– Sì, ma a me lui mica piace. Fisicamente, intendo. Mi è simpatico.
– Anch'io ti sono simpatico ma mica per questo ci baciamo sulla bocca.
– Sì, ma tu sei un amico.

CarloG stette zitto un attimo. La pelle lucida prese fuoco.

– Non ti mettere in trappola da solo, Rocco. Perché non torni quando c'è zia Irvana?
– Non sono passato per farmi prendere per il culo.

Per sembrare calmo, CarloG si riempì di nuovo il bicchiere di pipì-birra, bevi e tutto sarà più facile.

– Ehi, vuoi tornare sul nostro pianeta? Guarda che non c'è niente di male se…

Rocco balzò in piedi.

– Non lo dire, per favore. Non lo dire.

CarloG cercò di guardarlo male, ma la situazione era troppo delicata. Non era un fatto da sottovalutare, lo sapeva lui per primo. C'era passato e ne aveva sentite tante, di storie come quella. Ed erano finite tutte allo stesso modo.

– Facciamo così: domani sera, torna qui dopo l'ufficio. Io non ci sarò. Almeno tu e zia Irvana potete stare tranquilli. Ti va?
– Ma se non mi può neanche vedere...
– Fidati. È la volta che ti prende in simpatia. La conosco troppo bene.

Rocco titubò ancora un attimo.

– Sei sicuro?
– Ho detto fidati.
– Va bene, ma guai a te se ne parli con qualcuno.
– Stai tranquillo.
– Grazie, CarloG.
Pausa
– Sei un amico.

CarloG fece finta di non aver sentito. Ma la dolcezza di quella frase gli rimase in testa per tutta la notte.

Alle sette in punto della sera, zia Irvana accolse Rocco con la faccia cosparsa di argilla. Alle nove sarebbe andata a un'asta di beneficenza in favore di Equality e voleva essere impeccabile.

Rocco le stava sul culo dai tempi del liceo, quando andava a studiare da CarloG. Studiare, ovviamente, nell'accezione di due adolescenti: passare il pomeriggio a sparlare dei compagni davanti al libro di Storia. Tra un discorso e l'altro, zia Irvana faceva il possibile per disturbare. Se preparava la merenda, la porzione più abbondante la dava sempre a suo nipote, trovando modo ogni volta di sottolineare il gesto. Rocco la odiava abbastanza, ma sopportava stoicamente le provocazioni in nome dell'amicizia. Piuttosto, si sforzava di essere gentile.

Come CarloG aveva previsto, l'attacco di possibile omosessualità aveva subito fatto cambiare opinione a zia Irvana. Oddio, non era stato proprio semplice. CarloG dovette prenderla con le buone e prepararle il terreno, e scelse il momento della giornata in cui era più disponibile: al mattino, dopo la sua sosta in bagno. Rocco era passato da OUT a IN in meno di dieci secondi.

– Allora, raccontami un po' di questa storia, che non mi sembra niente male.
– Non so da dove cominciare.
– Partiamo dal bacio.

Zia Irvana mise su l'acqua per il tè nella stessa cucina dove Rocco si era confessato il giorno prima. Stava con la testa indietro, per paura che l'argilla le colasse addosso.

– CarloG le ha detto del bacio?
– Carlo ti vuole bene come un fratello. Quindi non fare quella faccia.

Quella faccia era sul punto di alzarsi e scappare. Ma ormai era sulla sedia del dentista – il medico che agisce – con tanto di anestesia locale in corso.

– Il bacio è arrivato all'improvviso. Anche se subito non l'ho capito.
– E quando hai visto chi te lo dava?
– Ho creduto che fosse pazzo. Però un pazzo che speri lo faccia ancora.

Sebbene l'argilla la rendesse surreale, zia Irvana sembrava una sacerdotessa greca adottata da Fellini. Dolce e severa, prosperosa e comprensiva. Il tono di voce senza veleno la rendeva quasi irriconoscibile. Mentre lo incitava ad andare avanti, servì il tè nelle tazze e tirò fuori i biscotti danesi tutto colesterolo. Rocco finalmente si sciolse. Cominciò raccontando di Viola: di quell'uscita al cinema piena di aspettative – la lingua nell'orecchio – presto frenate da una serie di coincidenze. Poi passò a Daniele. Ignorato sul treno, notato a cena, sfidato a tennis. Baciato sul prato. E ribaciato, sempre sul prato.

– Non pensare che sia una cosa così anomala, sai? Sono gli imprevisti che danno sapore alle cose. Altrimenti sarebbe tutto noioso. Tu quanti anni hai?
– Trenta.
– E non sei contento che a quest'età ti succedano ancora robe del genere?
– Mica tanto. Però quando succedono ti rimangono lì. E rimangono lì finché non le sposti. Tu fai la tua vita di calcoli, di progetti. Poi un ragazzo ti bacia e vai nel pallone come un quattordicenne.
– Sai che l'altro giorno ho fatto di nuovo l'amore dopo molti anni?

Rocco non seppe cosa dire.

– Da quando sono rimasta vedova ho avuto molti corteggiatori, ma con nessuno sono mai riuscita a sbloccarmi. E alla fine ce l'ho fatta.

Rocco aveva la faccia perplessa e cominciava a sudare, l'ascella pezzata.

– Vuoi sapere chi era? Uno dei genitori di Equality. Un bell'uomo sui cinquanta, che comunque è separato da anni. Ma non dirlo a mio nipote, mi raccomando.
– Non c'è problema.
Silenzio
– Ma cosa c'entra questo, con la mia storia?

– Niente. Ero solo contenta di dirtelo. Torniamo a noi…
Secondo te, se fossi diventato l'amante di Viola, ti saresti
sentito meglio?
– Sì.

Zia Irvana lasciò il tè nella tazza e tirò fuori la bottiglia
di limoncello che aveva preparato lei stessa, bevi, bevi e
tutto sarà più facile.

– Solo perché è una ragazza, ma qui scatta l'errore.

Per la prima volta, nonostante l'argilla, Rocco la vide
bella. Una signora con qualche chilo di troppo, ma portato
con grande naturalezza.

– Immagina di vivere in un mondo fatto innanzi tutto
di persone. Se sono maschi o femmine lo vedrai dopo. Prima devi valutarle in quanto persone. Ecco, chiudi gli occhi, bravo.
– Non ci riesco.
– Invece ce la puoi fare. Ora pensa a Daniele: cosa vedi?
– Un ragazzo.

Zia Irvana simulò un colpo di tosse.

– Non ho capito. Cosa vedi?
– Una persona.
– E questa persona ti piace?
– Sì. Cioè… un po'.
– Bene, allora puoi già aprire gli occhi. Dire che ti piace
una persona non scandalizza nessuno. Ed è un gran bel
primo passo. Vuoi un po' di limoncello?
– Mi sa che ne ho bisogno.

Malgrado la spiegazione, Rocco si sentì confuso e infelice. Averlo detto non era bastato per venirne fuori.

– Zia Irvana?

– Sì?

– Che mi succede?

– Puoi saperlo solo tu. Ti conosci meglio di tutti noi. Segui il tuo istinto. Chiamalo. Se va male, troverà una scusa e ti liquiderà in pochi secondi. Altrimenti cercherete di scoprire cos'è che vi sta attraendo. Adesso, però, non stare a teorizzare tutto. Servirà solo a farti sentire in colpa. E baciare qualcuno che ti piace è figo, no?

Ci volle un po' di rincorsa, però lo disse.

– Sì, direi di sì.

Rocco si commosse. A sentire quelle parole, la vita sembrava facile.

Il saluto fu quasi una dichiarazione di scuse da parte di zia Irvana. Per troppi anni aveva avuto i cetrioli sugli occhi, senza una ragione precisa. Nell'abbraccio, macchiò la camicia di Rocco con un po' di argilla.

Lui la strinse ancora più forte. Il suo petto era in fiamme.

17

Manic Monday
THE BANGLES

La settimana dopo arrivò il giorno del giudizio.

L'aula magna dell'università era gremita per la prova scritta di Retorica generale. Gruppetti di studenti facevano l'ultimo ripasso. Viola era defilata. Preferiva non prendere mai parte a quel genere di discussione. C'era sempre qualcuno che la metteva in allarme sulla parte facoltativa. Cosa che lei, ovviamente, si era limitata a sfogliare.

Aveva incontrato questo genere di studenti prima di ogni esame. Pensava addirittura che portassero sfiga. Quindi se ne stava tutta sola, immersa nel brusio generale.

All'ingresso del professor Cesaroni calò il silenzio. Tutti presero i loro foglietti e si misero a sedere. Le assistenti del professore sembravano hostess della Colgate: distribuivano i test come se fossero regali di Natale. Viola diede una rapida scorsa ai tre fogli fotocopiati. Le domande erano tante ma fattibili. L'unico problema, il tempo: un'ora spaccata. Il professore diede il via. Viola emise un so spiro e cominciò a dimenare la penna sul foglio, l'altra mano in costante contatto con i capelli. Era molto più preparata di quanto pensasse: dopo quaranta minuti aveva già finito. Per non cadere in qualche svarione ortografico, lesse e rilesse il tutto un paio di volte. Consegnò il test e uscì nell'atrio principale. Le gambe stavano per cederle per il calo di tensione, i tacchi inadatti a sorreggerla. La pin-up aveva bisogno di zuccheri. Così andò al bar e ordinò zabaione con panna e torta di nocciole. La colazione più calorica che avesse mai fatto. Ritrovò subito le forze. Prima di tornare a casa, fece un'improvvisata alla Dentelli&Associati.

Rocco deglutì all'annuncio della segretaria e rimediò subito una sala riunioni libera. Il dottor Manzoni avrebbe potuto cercarlo. Non se la sentiva di rischiare con il solito croissant-break.

– Allora, com'è andata?

– Lo saprò solo più tardi. A naso direi bene, perché ho risposto a tutto quasi senza pensarci. In automatico. Però non vorrei gufarmi da sola. E tu, hai parlato con Daniele?

Rocco le fece cenno di sedere. In un attimo spazzò via dalla mente tutti i baci implicati.

– Non ho ancora avuto tempo. Senti, quand'è che hai l'orale?

– Se lo scritto è andato bene, domattina.

– Perfetto. Così possiamo uscire insieme una di queste sere.

Per la prima volta, Viola non sembrò contenta. Sentiva che il giocattolo si era rotto e non sapeva perché, né come.

– Forse dobbiamo rimandare alla prossima settimana. Perché vorrei andare a trovare mia sorella a Nizza. Ho bisogno di cambiare aria.

– Mi sembra una buona idea.

Rocco guardò l'orologio. Viola capì – un gesto inequivocabile, quasi sgarbato – si alzò e si diresse verso la porta. L'ex corteggiatore l'accompagnò all'uscita pieno di apprensione. Era sempre più scombussolato. Da un lato, gli dispiaceva vedere Viola preoccupata. Dall'altro non era ancora riuscito a chiamare Daniele. Malgrado le parole di zia Irvana, aveva continuato a rimandare. Appena rientrato in ufficio, si sbloccò.

– Ciao, sono Rocco.
– E io sono un cafone. Non ho scuse. Avrai pensato che fossi arrabbiato o roba del genere. Niente. Sono solo un cafone.
– Questo l'hai già detto.
– Per farmi perdonare, ti propongo una partita domani sera. Che ne dici? Se Viola va a Nizza, possiamo anche mangiarci qualcosa dopo. Adesso non ho proprio tempo.
– Direi che è perfetto, allora.
– Bene, ci vediamo domani.

Rocco e Daniele sembravano di nuovo sereni. Avevano fatto bene a prendersi una pausa di riflessione, il passato diventa un conto sospeso, che nessuno ricorderà più di farti pagare. Il piacere di quella chiamata cadde a pioggia su tutti i colleghi che li circondavano.

Lo scritto di Viola era andato bene: 29/30. Solo due studenti erano stati altrettanto bravi. Per festeggiare e festeggiarsi, preparò la Sacher Torte di Madame Germaine. Ci mise un po' solo per trovare la marmellata di albicocche firmata Bonne Maman. Dopo una lunga ricerca scoprì che ce l'aveva il droghiere sotto casa. Quando Daniele vide la torta, ci rimase come il portiere che si butta dalla parte sbagliata. Però non disse niente. Non era né il caso né il momento. Le fece complimenti standard, chiese il bis – dammene un'altra fetta, avrai meno dubbi su di me – e la portò di forza a dormire. La mattina dopo c'era l'orale.

Fu un trenta e lode senza discussioni. Prima di prendere il treno per Nizza, Viola passò da Madame Germaine. Voleva ringraziarla per la ricetta, ma soprattutto voleva farsi leggere i tarocchi. Quel tratto di vita aveva bisogno di interpretazioni che lei non era in grado di dare. Trovò Madame Germaine nella stessa cucina *made in Japan*. Stava aspettando uno studente, così lo definì, e non aveva troppo tempo. Si rifugiarono nella stanza rossa, quella che sapeva d'incenso. Madame Germaine fece sedere Viola su un pouf arancione e cominciò a mescolare le carte.

– Sa, è la prima volta. Mi dica solo le cose belle.

Madame Germaine annuì con la testa, la sapeva lunga lei, fece alzare il mazzo a Viola e cominciò a osservare le prime carte.

– Vedo un uomo qui, accanto a te. Un uomo forte e sicuro. Giusto?

Viola fece cenno di sì. Madame Germaine continuò a girare le carte in cerca di nuovi elementi. Viola la guardava curiosa, anche se ancora un po' scettica. In effetti, Madame Germaine sapeva perfettamente che Viola aveva un ragazzo.

– Vedo però che c'è un'altra persona, accanto a voi.
– Un uomo o una donna?
– Non si capisce.

Viola cercò d'indovinare la realtà – io, solo io, sono padrona del mio futuro – chiedendosi a chi potesse assomigliare quella specie di papessa.

– Non riesce a dire di più?
– Per ora no. È molto strano. Sembra una persona più vicina a te, però non ne sono totalmente convinta.

Un velo di preoccupazione calò su Madame Germaine, la sapeva lunga, ma durò solo un attimo.

– Comunque non è nulla di grave. Potrebbe essere un'avventura, ma non riesco a vederlo con chiarezza. Probabilmente è ancora troppo presto per dirlo. Ora però vai, altrimenti perdi il treno.

Viola si alzò. Cominciava a essere inquieta. Madame Germaine le diede una pacca sulla spalla, quasi a consolarla per qualcosa che non era stata in grado di dirle. Tornata ai rumori del traffico, Viola confermò la sua vecchia opinione sulle chiromanti. Ciarlatane. Per di più approssimative.

Era già alla stazione quando chiamò Rocco per dirgli dell'esame. Sfrecciando a duemila parole al minuto – la paura accelera il passo – lui le anticipò l'imminente partita con Daniele. Viola ripensò un attimo alle carte, ma non ci diede peso. Lo liquidò senza fare troppe moine. Ora voleva soltanto godersi la luce della Costa Azzurra e la compagnia di sua sorella.

Calò la sera. La partita cominciò con il solito ritardo, ma finì prima del gong: 6-2 6-2 in meno di un'ora. Daniele non aveva sbagliato un colpo. Rocco aveva commesso quindici doppi falli. Si era addirittura dimenticato che il punto debole del suo avversario fosse il rovescio.

Per la consueta fretta di giocare, i convenevoli e i saluti erano stati ridotti al minimo. Avevano cominciato subito a palleggiare, per poi lasciare il campo a un unico giocatore. L'arrivo dei due manager dell'ora successiva venne vissuto da Rocco come una liberazione. Benedisse la doccia e il suo shampoo rivitalizzante.

– Allora, dove andiamo a mangiare?
– Possiamo farci una pasta da me. Viola mi ha lasciato un sugo fantastico. Il vino c'è. Dovrei avere anche del gelato in freezer. Che mi dici? Va bene, sì?
– Sì, va benissimo.

Del bacio e i suoi tabù, nessuna traccia. Non lo dire e non lo sarà mai stato, non lo pensare più e non lo dovrai dimenticare. Sembrava che non fosse neppure esistito. Anzi. Fecero una piccola lotta per chi poteva asciugarsi prima i capelli. Vinse Daniele. In macchina, continuarono a scherzare come due idioti.

La mansarda fece a Rocco uno strano effetto: se la ricordava con i commenti di Marina e CarloG. Se la ricordava con Viola – i tacchi sul parquet – e i suoi ospiti.

Daniele mise su una compilation anni Settanta e l'acqua per la pasta, stappò una bottiglia di chianti classico e riempì due bicchieri.

– Al mio amico che ce l'ha messa tutta ma non ce l'ha fatta.
– Al mio amico stronzo.

Bevvero tutto d'un fiato. Daniele riempì di nuovo i bicchieri, bevi, bevi e tutto sarà più facile. Arrivati alle penne erano già alticci. Ridevano per qualsiasi cosa. L'unica assente dalla conversazione era Viola, che cercava in ogni modo di attirare la loro attenzione: ci aveva provato con il sugo ai funghi, con un messaggio in segreteria telefonica e con la sua foto supervamp nella bacheca della cucina. Inutile. Argomento censurato, non lo dire e non lo sarà mai stato. Rocco era così lanciato che dopo cena accettò anche un whisky on the rocks.

Finito di mangiare, e soprattutto di bere, si misero comodi in salotto. Passarono un'ora a commentare libri e CD che invadevano la più classica delle librerie Ikea. Poi si sedettero per terra. Non sentivano più il bisogno di dirsi niente, ma neppure di fare niente. Stavano lì, a digerire il vino e la pasta, dimentichi del mondo intero. Una strana pace aleggiava nell'aria, e tornarono i fantasmi.

– Che c'è, Rocco?
– Pensavo all'altra sera. A quello che è successo.
– E cosa pensavi?
– Che non è stato così male.

Un silenzio lungo una vita.
– Mi stai chiedendo di rifarlo?
– Non so.

Ma la risposta era arrivata troppo tardi. Fu un bacio lungo, alleggerito dai respiri. Le mani stettero ferme al proprio posto, troppo timide per provare a sfiorare un corpo altrui. Il bacio era e sarebbe rimasto un gioco – la vita dei bambini, il rifugio degli adulti – o uno scherzo fortemente alcolico. *Again.* Questo nelle teste di entrambi i partecipanti. Peccato che sembrasse non finire mai. Quando Rocco si mosse per tornare a casa, era già notte fonda.

Si salutarono con la banalità di un "ci-sentiamo" qualsiasi.

Il giorno dopo sembravano due zombi.

18

I Say a Little Prayer
Aretha Franklin

Il bar della *Civette* aveva tutti i tavolini al sole. Viola era seduta davanti a una *cocà* con croque monsieur. La parte vecchia di Nizza la faceva impazzire: quelle case gialle con le persiane da nonna le ricordavano un passato di naturale eleganza. Signore benvestite curiosavano tra le bancarelle del mercatino adiacente. Adornavano le loro case di lampade a olio e tovaglie provenzali. Le avrebbero profumate con l'acqua di lavanda. Dopo mezz'ora arrivò Alice.

– Ciao sorellina, come stai? Stamattina non ce l'ho fatta a svegliarti. Dormivi troppo bene.
– Io quando sono stressata dormo.

Alice inorridì alla vista del croque monsieur, ma si sedette facendo finta di niente. Non voleva rompere di prima mattina.

– Dev'essere stato un esame impegnativo.
– Non è solo l'esame. Sono un po' di cose insieme.
– Si può sapere cosa ti stressa?

A Viola vennero gli occhi lucidi, di colpo. Alice ordinò un succo d'ananas. Poi chiese ciò che era facile indovinare.

– Mi stai dicendo che si tratta dell'uomo più bello del mondo?

– Se intendi Daniele, sì.

Viola si riprese, dirlo è già un po' farsi curare.

– È sempre amabile e dolce e perfetto in tutto. Ma c'è qualcosa che non va. Lo sento.

– Un'altra?

– Spero di no, e credo di no. Non so. Sai quando ti fai un'idea che non ha nessuna ragione logica ma te la fai lo stesso? E non sai spiegarti perché te la sei fatta?

– Si chiama intuito femminile, Viola.

– Ecco, appunto. Intuito femminile.

Viola fermò un cameriere e ordinò un frappè alla vaniglia. Non faceva così caldo, ma lei associava quel posto all'estate, alle vacanze. Alice fece finta di non aver sentito.

– Ora ho chiesto a un mio amico di indagare. È uno che mi piaceva, e un po' mi piace ancora adesso. Poi è diventato più amico di Daniele che mio.

– Capita sempre così. Noi donne ci facciamo sempre troppi scrupoli. Poi le cose passano e ci attacchiamo ai rimpianti.

The saggia sister. Viola aveva bisogno che qualcuno l'ascoltasse senza farla sentire stupida. Non parlava quasi mai con nessuno, lei, solo con se stessa, discorsi lunghi. Ringraziò tutte le cicogne della zona per non essere figlia unica.

– Ma adesso dimmi un po' di te. Come va il tuo progetto?

– Bene, anche se a volte avrei voglia di conoscere gente diversa. Gli ambienti scientifici sono così chiusi. E mai che un ragazzo azzecchi un abbinamento di colore: sembrano tutti daltonici.

111

Alice era ricercatrice all'università. Aveva una laurea brillante quanto inutile in Scienze naturali. Ma era talmente portata per queste discipline che aveva fatto man bassa di tutte le borse di studio possibili. A soli trentadue anni era già stata a Edimburgo, Rio de Janeiro e nell'orrenda Detroit. Però faceva sempre la sua bella figura a ogni cena con persone nuove. Lei e Viola erano tanto legate quanto diverse. Alice era più alta, e magrissima, il portamento nobile, amiche di alto rango – ricche di merda, le avrebbero definite – ed era sempre stata con uomini molto più grandi di lei. Avevano pochissimi interessi in comune, ma si volevano un gran bene. Quando poteva, Viola correva a trovarla. Le piaceva l'idea di essere turista e cittadina nei paesi dove Alice lavorava. Ogni volta le faceva scoprire i caffè, i ristoranti, gli angoli amati dalla gente del posto. Così poteva vedere il mondo da un punto di vista privilegiato. L'unica cosa su cui litigavano sempre era il cibo: Alice mangiava solo cose naturali e ricche di fibre, e si curava con l'omeopatia. A ogni patatina fritta che vedeva, trovava modo di intavolare un predicozzo anticolesterolo. Quando vide sua sorella più serena – gli occhi del sangue riescono a capire sempre meglio – poté finalmente prendersela con il croque monsieur.

– Ma non potevi ordinare un'insalata niçoise?
– Avevo voglia di croque monsieur. E poi non sono mica grassa…
– Fai la furba solo perché hai un buon metabolismo. Prima o poi anche tu dovrai fare i conti con fegato e cellulite.
– Ma tiè.
– Io lo faccio per il tuo bene. Poi non venire da me a chiedere se è vero che il succo di carota riduce la ritenzione idrica.
– Aritiè.

Alice non parlava sul serio. Le piaceva giocare a fare la sorella allarmista e protettiva. Ed era contenta nel vedere

Viola risponderle a tono. La lasciò serena al suo pomeriggio libero e tornò ai propri doveri col microscopio. Si sarebbero viste la sera per cena.

Viola trascorse il resto della giornata a osservare i pattinatori sulla Promenade des Anglais. Erano piccoli artisti felici di esibirsi agli occhi dei passanti: volteggiavano e facevano piroette al ritmo della musica che ascoltavano nei loro walkman. Non sorridevano mai. Troppo intenti a respirare per non sbagliare. Viola si mise comoda su una delle tante sedie pubbliche, rigorosamente blu, che nessuno si sarebbe sognato di rubare. Guardò il mare, l'esame sembrava lontano anni luce. D'improvviso avrebbe voluto che Daniele fosse lì. Sì, forse aveva costruito troppi castelli. E poi se c'era qualcuno che aveva qualcosa da nascondere era proprio lei. Ripensò ai tarocchi e si sentì come le signore che telefonano ai programmi televisivi.

Ottobre era quasi alle porte: lo annunciava a chiare lettere un tramonto anticipato. Una coppia di scandinavi faceva tranquillamente il bagno. I gabbiani li prendevano in giro.

Viola cominciò a osservare i bambini giocare sulla spiaggia. Si rivide da piccola, guardata a vista dalla tata, mentre raccoglieva le conchiglie. Le piaceva immaginare che ognuna di esse avesse una famiglia, di cui lei doveva ritrovare tutti i componenti. Trascorreva intere giornate a ricostruire i loro gradi di parentela, per poi disporle nelle casette di sabbia che costruiva con le formine. Era l'unica bambina che desse vita ai suoi castelli – la reggia abitata dal mare – e gli altri la guardavano con diffidenza, per questo. Ma lei adorava il suo mondo, e ci giocava sola.

19

Beat It
MICHAEL JACKSON

– Dentelli&Associati, sono Rocco, in cosa posso aiutarla?
   – Stavolta m'incazzo…
   – Marina, scusami.
   – Non ti scuso neanche per un cazzo. Sono secoli che aspetto una tua chiamata. Non mi hai neanche detto se le nuove puntate di *Pink Link* vanno meglio o fanno schifo. Permetti che alzi la voce?
   – Cosa vuoi che ti dica? Hai ragione.
   – Stasera facciamo i conti.
   – Stasera? Veramente sono a pezzi, non ho quasi dormito.
   – Non me ne frega niente. Vieni a cena da me e stop. Se hai sonno, ti faccio il caffè. Ciao.

Mise giù senza neanche aspettare una conferma. Che fatica l'amicizia, pensò Rocco. Però era fiero della reazione di Marina. Quell'animosità squisitamente meridionale – nel Sud il cuore batte più forte – era segno di un rapporto profondo e pieno di passione. Quasi una forma non definita di amore. Rocco si preparò alla solita cena di riso pilaf, pollo grigliato e verdure. Non dedicò nessuna cura al suo aspetto. Troppo stanco. Gli occhi bruciavano, la testa era ovattata. Fece una doccia fredda e si rimise la stessa camicia che aveva usato in ufficio. Vestirsi come si deve era una fatica troppo grande.
   Quando aprì la porta, Marina rimase senza parole. Roc-

co aveva in mano un mazzo di girasoli – non c'è verso che possa battere la poesia dei fiori, per una donna – legati con un nastro rosso. Sapeva che le piacevano così, senza cellofan ed erbette decorative. *Nature*. Si abbracciarono dondolandosi per almeno cinque minuti. Il rancore pomeridiano apparteneva al secolo scorso.

– Allora, come sta andando con Rubens?
– Ieri sera è venuto per la seconda volta qui, ed è stato un disastro.
– Che è successo?

Rocco cominciò a scoperchiare le pentole sul fuoco per avere l'ennesima conferma sulla cena, dio mio no, di nuovo.

– Ho toppato. Per non fare il solito riso con verdure, ho provato a impastare la pizza. Ti lascio immaginare: pomodoro acidulo, pasta non lievitata, bruciata ai lati e cruda in mezzo.

Rocco prese con le mani un pezzo di pollo e lo mise in bocca. Marina gli apparve con la testa ancora più voluminosa del solito.

– Ma quanto sei fusa? Cucini sempre lo stesso piatto da anni, e quando hai un ospite a cui tieni provi a fare la pizza?
– Lo so, ma non volevo essere noiosa. Comunque stai tranquillo: stasera riso pilaf con pollo e broccoli.
– Sai che non me n'ero accorto? Madonna, che puzza di topo morto.

Mangiarono e bevvero il solito, perché c'era molto del rito nel loro rapporto, e il rito si consuma sempre uguale e sempre volentieri. Rocco era svaccato in poltrona, Marina stava seduta su un comodino anni Sessanta. In quel quadretto familiare, Marina ebbe così la conferma, dopo quasi un'ora di tentennamenti, di una notizia bomba che le era stata già anticipata da CarloG, te l'avevo detto, te l'avevo detto io che ci sarebbe cascato prima o poi, troppo sensibile il ragazzo. Simulò uno stupore naturale: mise la mano davanti alla bocca e scosse la testa. Poi, cambiando drasticamente tono, aggiunse:

– E dimmi: come ce l'ha?

Rocco divenne isterico. Di colpo, gli si materializzarono tutte le lentiggini che, sul suo volto, erano appena accennate.

– Ma ti sembra una domanda da fare? Il tuo migliore amico bacia un uomo e tu gli chiedi le misure?
Silenzio
– Comunque non lo so, non ci siamo nemmeno sfiorati. E forse non ricapiterà più.

Marina si rese conto di non essere alla radio – la sua vasca da bagno, la chiamava lei, perché poteva stare nuda senza che a nessuno gliene importasse – e tornò alla realtà.

– Rocco, scusami. Era per sdrammatizzare.
– Cosa vuoi dire?
– Su, hai capito benissimo.

Marina si mise a frugare tra le sue cassette per cercare una hit degli Alphaville. Rocco la seguiva con la lingua piena di rancore.

– Ho capito che sei più bigotta di quanto pensassi.

Marina interruppe la ricerca. Le venne una gran voglia di litigare, voglia a volte motivata, ma spesso puramente gratuita.

– Prova a ridirlo, se hai coraggio.

Esitò un attimo, Rocco.

Rivide le volte in cui Marina gli aveva fatto un prestito mentendo alla sua banca. Quando era passata a prendere sua madre all'aeroporto perché lui non poteva. Quando ospitò per settimane il suo amico di Londra che si lavava con parsimonia. Quando gli aveva passato il compito di analisi alla maturità senza che lui lo chiedesse. Quando gli aveva portato un braccialetto da Mykonos. Quando lo aveva invitato a cena quella sera.

– Lo so che non sei bigotta. Sono io che sono uno stupido bambino terrorizzato.

– È normale. Le emozioni forti fanno sempre un po' paura. Io faccio tanto la spavalda, ma in fondo sono una cagasotto tremenda.

– Lo so.

– E allora provaci. Ah, eccola qua. *Big in Japan*. Adesso te la metto.

– Provaci cosa?

– Prova a frequentarlo, a vederlo, a baciarlo di nuovo. Vedi che effetto ti fa. E poi ne riparliamo.

– Me l'ha già detto zia Irvana.

– Vedi? Se c'è arrivata pure lei…

– Stronza.

Rocco si sentì appagato, per un attimo, di questa esortazione corale a "provarci". Vedeva i consigli come piattaforme di sicurezza, le strategie come un processo di razionalizzazione per ciò che, di fatto, non era razionalizzabile, in amore non c'è ragione.

– Ma di Rubens non mi dici più niente?

– Mi ha trovato il punto G.

Rocco la guardò perplesso ma gli tornò il sorriso, anche se solo accennato.

– Ma non era un UFO ginecologico?
– Non vorrai dare retta alle fobie di CarloG.

Rocco si sdraiò appoggiando la testa sulla cassa dello stereo. Le lentiggini erano di nuovo scomparse, i ricci ovattavano i suoni.

– E quando è successo?
– Ieri sera.
– QUANDO?
– IERI SERA.

Rocco cambiò posizione.

– Dopo la pizza col pomodoro acidulo. Non so come abbia fatto. Però a un certo punto ho visto tutto blu.
– Guarda che quello è il Viagra, non il punto G.

Marina cominciò a sbuffare. Non sopportava l'ironia quando rovina l'entusiasmo.

– Senti, io so solo che ho visto blu e ho goduto come non mi era mai capitato.

Rocco non si trattenne e prese a ridere, la prima risata della serata, la prima volta che capitava così in ritardo. Dovette finirla presto, però. Perché Marina non gli diede soddisfazione. Anzi, cominciò a raccontare dettagli per lei insoliti in una relazione: la mania di Rubens per il filo interdentale, le sue smorfie nel farsi la barba, l'incredibile collezione di eau de toilette, gli slip rigorosamente bianchi. Insomma, il maschio dei giorni nostri nel sondaggio *Uomo dove sei?*, che i settimanali propongono un numero sì e uno no. Rocco ascoltava stupito. La voce di Marina non graffiava più.

– E il mio programma lo segui sempre?

– Ovvio. La musica mi piace, ma basta con questo tormentone di Mariah Carey e Tony Mottòla. Ma chi se l'incula, quelli.

– Al mio pubblico piace.

– Il tuo pubblico siamo io, CarloG e i tuoi parenti.

– Adesso c'è anche Rubens...

Però Rocco si sentiva troppo a pezzi per continuare lucidamente il discorso. Provò a darsi una svegliata chiedendo gli ultimi consigli su Daniele, ma Marina restò ferma sulla filosofia del *day by day*. Era un po' stufa di parlare ancora di quello – per lei non era stato affatto uno shock, solo un fatto curioso – ma riuscì a non darlo a vedere. Gli suggerì di non avere fretta, di farsi desiderare, di fargli ammortizzare il colpo. Lui cercava di ascoltare, ma gli sbadigli non gli davano più il tempo per pensare. Tra una boccata e l'altra, sorrideva con una faccia da cretino. Prima che si accasciasse di nuovo sulla cassa, Marina lo prese di forza e lo spedì a casa.

20

Hands Clean
ALANIS MORISSETTE

Stasera ti devo parlare.

Al suo rientro da Nizza, Daniele accolse la sua ragazza così. Non avrebbe mai voluto allarmarla al telefono. Detestava le discussioni in cui non ci si può guardare in faccia e si finisce sempre per essere fraintesi. Ma non era riuscito a trattenersi.

Viola venne presa dal panico. Disse "va-bene" con la remissione di un condannato – la voce che non vedi è capace di sentenze più dure – e visse uno dei pomeriggi più lunghi della sua vita. Ma perché adesso, perché, perché.

Pensare che era tornata da quella minivacanza carica di entusiasmo. Alice l'aveva fatta entrare nel *Paese delle meraviglie*. Era stata organizzata anche una festicciola in suo onore: in mezzo a quel covo di scienziati, l'aspirante filologa aveva fatto un figurone. E poi si era conquistata tutti con il suo entusiasmo per la precessione degli equinozi, le aberrazioni cromosomiche o i multivibratori bistabili. L'avevano anche invitata in una delle città più amate – e odiate – al mondo: New York.

Ora un fulmine stava bruciando tutto. Un po' se lo sentiva, le ragazze se lo sentono sempre, o così credono, ma il beneficio del dubbio l'aveva aiutata ad allontanare le preoccupazioni. Voleva sentire Rocco per vedere se era riuscito a scoprire qualcosa. Per fortuna un buonsenso propiziatorio la fermò. Paura mista a diffidenza le sconsigliò invece di chiamare Madame Germaine: vedo un'altra persona, vedo cosa non ti posso dire. Restò in attesa con la sua preoccupazione. Non voleva ascoltare le insinuazioni delle amiche e non se la sentiva di scomodare la sorella.

Daniele non stava sicuramente meglio. Non sapeva ancora cosa avrebbe detto, perché l'ho chiamata perché perché. Del suo stato d'animo non capiva niente. In questo momento era un fiume in piena: su una sponda c'era Viola, con le sue torte al cioccolato e la mano nei capelli, i tacchi. Sull'altra riva quel bacio. Un bacio dato dopo trent'anni di baci – un gesto adulto – ma ancora in grado di cambiare le cose.

Ebbe la fortuna che quello fu uno dei giorni più impegnativi della sua carriera pubblicitaria. Era imminente la presentazione delle proposte creative per Sweetie. Roxanne stava nervosamente preparando la sua performance davanti al cliente.

– Mi raccomando, Daniele. Tutto deve essere perfetto. Controlla che ci sia il documento introduttivo e guarda che gli storyboard siano a posto. Se tutto va come dico io, possiamo vincere Cannes.
– Che head hai deciso per la campagna?
– "Sweetie. Your Christmas pleasure."

Daniele cercò di fare l'interessato, con la mascella tutta proiettata in avanti.

– L'inglese mi sembra una scelta molto azzeccata.
– Non ho chiesto la tua opinione. Ti ho solo detto di controllare il materiale.

Mai parlare al direttore creativo cinque minuti prima della presentazione. È vietato. Daniele se lo ripeteva ogni volta, ma poi incorreva sempre nell'errore per distrazione. Così obbedì agli ordini senza cambiare espressione, solo la cicatrice ebbe una piccola scossa, ma si contenne. Aveva già abbastanza pensieri per dare peso anche alle regole d'agenzia. Uscì dall'ufficio alle otto e mezzo, inventando la scusa di un parente all'ospedale.

Camminò cercando di ripassare un copione che non aveva mai letto. Tirava un vento stranamente caldo, che portava con sé le prime foglie secche. Daniele cominciò a chiedersi perché aveva tutta quella fretta di dire, capire e confrontarsi. Perché proprio con Viola. Perché in quel momento. La situazione gli era scappata di mano e cominciava a piacergli troppo, l'invasione dei sensi, i nuovi stimoli della libido. Poteva diventare pericoloso. Non gli restava che parlarne apertamente, dire per capire, con le mani in alto. Quando varcò il portone di casa l'ascensore era già lì, ad attenderlo al piano terra. Decise di salire a piedi. Sei piani.

Salutò Viola con apprensione, un'occhiata fugace e subito bassa, a respirare. La tavola era apparecchiata, ma nessuno dei due aveva intenzione di mangiare. Viola era una corda di violino pronta a saltare da un momento all'altro. L'attesa l'aveva logorata, ormai non torna più, non lo rivedo più, ansia, panico. Sbottò appena possibile.

– Allora, come si chiama?

Non riuscì a finire la domanda da seduta che era già balzata in piedi, all'attacco del suo uomo. Le mani lontano dai capelli, per una volta.

– Come si chiama chi?
– La donna per cui vuoi lasciarmi. Avrà pure un nome.

Viola si avvicinò a Daniele, minacciosa, spingendolo nel corner di una cucina infelice.

– Ma io non voglio lasciarti, Viola. No.
– E allora si può sapere che c'è?
– C'è che mi sono visto con un'altra persona, ecco.

Viola fece qualche passo indietro. Meglio prendere la rincorsa per azzannare il colpevole. Cercò tuttavia di stare calma, facendosi forza da sola, disperatamente lucida.

– Allora lo vedi che c'è un'altra.
– Non è un'altra.
Pausa breve, brevissima
– È Rocco.

Viola deglutì, incredula e spettrale. Forse non ho capito bene, pensava, ridimmelo un'altra volta, trafiggimi fino in fondo. Uccidimi.

– Rocco?
– Rocco. Il ragazzo del treno.

Bum.
Dopo la bomba, la quiete. Viola morì per qualche istante e non riuscì più a dire una parola. Gli orologi di tutto il mondo osservarono un minuto di silenzio. Quando il tempo finì, scoppiò in un pianto di rabbia. Tradita e beffata. Daniele cercò di abbracciarla, dimmi che ci sei ancora, ma venne respinto. Viola appoggiò la schiena contro il muro, parlando a voce talmente bassa da incutere terrore.

– Non mi toccare. Guai a te se mi tocchi. Non ti avvicinare, no. Fermo lì. Prima fammi capire meglio cos'è questa storia.
– Non è ancora una storia, Viola.
– Non è ancora una storia. Quindi potrebbe esserlo.

Viola si spostò dalla cucina al salotto, i tacchi assenti, senza perdere mai di vista Daniele. Lo teneva lì, appeso a un filo, come un leone che ha in scacco il domatore ferito.

– Ma io ti amo. Mi devi credere. Non riesco a capirci niente neanch'io.

Lo sguardo di Daniele divenne lucido e smarrito. Solo e monocorde. Provò a cercare gli occhi di Viola, ma non li vide più. Stavano guardando fuori della finestra. La sua voce si era fatta più calma, quasi rassegnata.

– Quello che hai detto è così grave che non ha bisogno di spiegazioni. Mi stai lasciando e basta.

– Io non ti sto lasciando, a meno che non lo voglia tu. E poi non abbiamo fatto niente. Quasi niente.

– Stai lì, ti prego. Non ti avvicinare, non ti avvicinare. Ti prego.

Daniele indietreggiò impaurito e sottomesso. Il leone tornava a fargli paura. Non l'aveva mai vista in quello stato, non l'aveva neppure immaginata, così.

– Spiegami meglio cosa intendi per "quasi niente".

La verità. Daniele vide davanti a sé solo la verità. E la vide a testa bassa.

– Ci siamo dati un bacio.

Viola decise che era il caso di farlo sapere ai vicini, e piantò uno degli urli più acuti del suo repertorio. Daniele non reagì. In quel momento era più pentito di Tommaso Buscetta. Desistette da qualsiasi tentativo. Viola entrò di corsa in camera da letto e cominciò a gettare per terra qualunque cosa potesse fare rumore: collane, libri. Oggetti innocenti, ricordi che cessarono di esistere per dare sfogo alla rabbia e provare a uccidere la memoria. A ogni lancio, una variante d'urlo più acuta. Odiava Rocco con tutta se stessa. L'aveva fregata, questo pensava. Sedotta con la subdola intenzione di arrivare al suo ragazzo. Quella sera, i baci, la lingua nell'orecchio, i croissant, Romeo. Le sembrò tutto triste e premeditato, senza più salvezza né possibilità di sopravvivenza.

Daniele la conosceva troppo bene per non leggerle in faccia quel pensiero.

– Guarda che Rocco non c'entra. Ho fatto tutto io.
– E quando? Quando hai fatto tutto tu?
– A quella festa.

Fu la battuta più difficile da dire.

– A quella festa. E poi basta?
– E poi basta.
– Non ci credo. Ormai non credo più a niente. Io ero qui a studiare come una pazza, mentre voi facevate i porci in giro. Mi fai schifo. MI FAI SCHIFO.

I vicini avevano sentito di nuovo.

– E hai avuto anche il coraggio di prepararmi la colazione, quella mattina. Con la nutella e le cose che piacciono a me. Mi hai detto che avrei dovuto esserci anch'io con voi. Che mi sarei divertita. Quanto sei squallido, eh? Te ne rendi conto?

Tra il loro discorso, il letto matrimoniale. Un letto che a Daniele adesso sembrava troppo grande, i comodini troppo distanti. Non disse più niente. Sapeva. Piangeva incazzato nero con se stesso. Aveva confessato per liberarsi, per tornare poi subito prigioniero del dispiacere, anche se non del rimorso. Era giunto il tempo di incassare. Poteva soltanto aspettare che la sua donna tornasse in sé. Un avvenimento da escludere per almeno ventiquattr'ore, forse molte di più. Viola cominciò ad aprire le ante dell'armadio. Le apriva e le chiudeva. Le chiudeva e le apriva. Alla fine si fermò. Sfrattò il suo giubbotto di jeans dalla stampella di Moschino – un giubbotto comprato d'impulso,

senza guardare il prezzo, come le capitava spesso – e se lo
mise con rabbia.

– Dove vai?
¬ Via.
– Torni?
– Non lo so.
– Viola, fammi spiegare ancora un attimo.

Viola abbassò di nuovo pericolosamente la voce.

– Non mi devi neanche sfiorare, hai capito? Non mi devi
neanche sfiorare perché mi fai pena. Mi hai tradito con chi
credevo fosse un tuo amico. E soprattutto un mio amico.

Chiuse la porta di casa come se i bambini stessero dor-
mendo. Scese al ralenti le scale che aveva fatto mille volte
di corsa. La faccia rossa e umida. Sembrava una bambina
smarrita al supermercato. Non sapeva dove andare. Sentiva solo di dover andare. Neri i muri e le scale, nero il portone, nero il cielo. Non riusciva più a vedere i colori, i colori che lei amava tanto.
Anche Daniele era fuori di sé. Beveva il suo whisky
senza ghiaccio e senza musica. Guardava fisso il muro.

21

You Have Been Loved
GEORGE MICHAEL

Viola camminò per ore senza pensare a niente.

Qua e là cercava di essere razionale, di ragionare, ma ogni pensiero veniva puntualmente interrotto dalle lacrime. Avrebbe potuto aprire una bancarella a Lourdes. Credette di impazzire. Si sentì abbandonata da tutti i suoi sogni. Quello ricorrente degli ultimi anni – Daniele – e quello delle ultime tre settimane. Sogni che non pensava di avere finché non si erano infranti. Di colpo tutto si era spezzato. L'incantesimo possibile, le parole dolci, l'anno che verrà, le torte, ogni cosa perdeva significato, ogni cosa si scioglieva nelle lacrime. Il rumore dei tacchi, cui non aveva voluto rinunciare prima di uscire, amplificava quel profondo senso di irrealtà.

Viola sentiva il bisogno di sfogarsi con qualcuno, però avrebbe anche avuto bisogno di amiche, per questo. Lei aveva solo compagne di università. E Alice. Le venne in mente Rubens. Era più amico di Daniele che suo, ma gli sembrava leale e soprattutto abitava vicino a loro. Aveva fatto almeno venti volte il giro dell'isolato e si era stancata. Non aveva la lucidità per valutare attentamente la situazione. Agiva d'istinto. Così prese la decisione – non voleva morire sola – e accelerò il passo. Il vento rendeva la sua camminata ancora più triste.

Nel giro di dieci minuti suonò uno dei citofoni più gettonati dalle ragazze della città. Al chi-è stanco e scazzato,

sforzò di sembrare la solita Lolita. Quando Ru-
 ..e quel faccino appassito, trasformò il suo sorriso
 ..bbraccio paterno. La fece entrare senza chiederle
 .. e mise su il caffè. La fece sedere e la invitò a ripren-
 ..fiato. Poi, con la calma che solo le persone sensibili
 ..no avere, la invitò a parlare. Si aspettava un banale liti-
 ..o, gli arrivò una confessione alla dinamite.

– Ti rendi conto? Un uomo.
– Viola, me l'hai già detto tre volte. Ho capito. Quanto
zucchero?
– Due e mezzo. Tu lo sapevi, di' la verità.

Rubens – sotto shock ma troppo abituato a simulare, a
mentire – si sforzò di riportare la bilancia in equilibrio.

– Ti sbagli. È un po' che non ci vediamo. E poi non gli
hai lasciato neppure il tempo di confidarmelo.
– Balle. Questa relazione va avanti da almeno due settimane.

Viola si alzò, come al solito prima della guerra, e cominciò a camminare freneticamente. Rubens le stava dietro con passo felpato.

– Ma che ne sai se è una relazione? In fondo si sono dati
solo un bacio.
– Ti pare poco? E smettila di difenderlo solo perché è un
tuo amico.

Rubens prese Viola con forza e la rimise a sedere sullo
sgabello western che aveva abbandonato. Era così poco
lucida che non si oppose. Lasciò cadere i tacchi per terra,
per sentirne il rumore. Rubens le si avvicinò a un palmo
dal naso.

– Adesso dimmi una cosa. A te non è mai capitato?

– Di tradirlo, no.
– Sei sicura?

Viola ripensò a Rocco e rivide il film con DiCaprio per l'ennesima volta, la memoria non la puoi uccidere.

– Sei sicura o no?
– Sì, è successo una volta. Ma non era una cosa importante.

Rubens la guardò come se avesse trovato la quadratura del cerchio. Viola si sforzò di restare seduta, le mani a bloccare le gambe.

– Se anche la sua era solo un'avventura, che bisogno aveva di dirmelo? Non poteva tenersi la sua cazzo di trasgressione per sé?
– Adesso bevi un po' di caffè, che si raffredda.

Rubens non seppe dire altro. Viola guardò la tazza, ma ci vide riflessa solo la sua disperazione. Cominciò un nuovo pianto, silenzioso e straziante. Rubens stette lì immobile. Passarono almeno mezz'ora senza scambiarsi una parola. Quando la crisi sembrava passata, ripresero il discorso.

– Mettiti nei suoi panni. Non deve essere stato così semplice dirtelo, e la sua lealtà gli fa onore.
– Però non risolve il problema.
– Adesso è troppo presto per parlare. Fai passare un po' di tempo.

Viola lasciò lo sgabello di nuovo solo. Cominciò a girare scalza per casa, senza sapersi orientare.

– Non servirà a niente. Per capire mi è bastata una parola.

– Non basta una vita, per capire. Quindi smetti di fare l'adolescente viziata e cerca di ragionare.

– Io lo odio e basta.

Rubens tirò fuori dalla tasca un fazzoletto di stoffa e glielo porse.

– Quando si odia non si piange. Si guarda tutti dritto in faccia senza pietà.

Viola era confusa. Rubens aveva ammortizzato la sorpresa in un attimo, per prendere subito in mano la situazione. Avrebbe voluto parlare con Daniele, ma non c'era tempo. Alla prima sosta in bagno di Viola, lo chiamò.

– Lei è qui e mi ha raccontato tutto. Quando ci vediamo facciamo i conti.

– Come sta?

– Diciamo che l'ho vista più felice.

– Passamela un attimo.

– Meglio di no. È troppo tesa. Stanotte ci dorme sopra, e vedrai che andrà tutto a posto. Però dovrai essere molto chiaro con lei, capito?

– Capito. Appena ci vediamo, ti spiego.

– Sarà meglio.

Daniele si sentì più leggero – Rubens lo aveva chiamato, sapeva e lo aveva chiamato – ma durò solo un attimo. Presto apparvero interrogativi in fila apposta per lui. La scaramuccia si era trasformata in una bomba H. A pensarci bene, gli aveva dato fastidio che Viola si fosse rifugiata dal suo migliore amico. Per di più si era pure confidata con lui, mettendolo in una condizione di grande imbarazzo: dire l'onta agli amici, la prima vendetta, o cura. E il fatto che qualcun altro potesse sapere del bacio rendeva la notizia davvero autentica. Niente poteva più essere smentito. Ormai era fatta. Vivere, non pensare. Chiamò Rocco.

– Ho parlato con Viola e le ho detto di te. Cioè, di quello che è successo.

– E adesso lei non è più lì.

– Da cosa l'hai capito?

– Dalla tua voce.

– Infatti se n'è andata, e non so cosa succederà.

– Tu come stai?

– Male. Però ormai è andata così.

– Se hai voglia di uscire, io ci sono.

– Adesso ho voglia solo che lei torni a casa. Poi vediamo.

– Come vuoi tu.

– Ti richiamo io, quando posso.

Intanto, Viola aveva approfittato del bagno per rimettersi a posto il trucco. Uscì più bella dentro e fuori. Rubens le chiese di fermarsi. Rispose di sì, cogliendo in quell'invito la possibilità di una vendetta erotica, la cura, cercava già la cura. Il fiuto infallibile di Rubens lo intuì e dissuase Viola dai suoi intenti senza farglielo minimamente pesare. Playboy e gentiluomo.

– Ti va di conoscere la mia ragazza?

– Adesso?

– Sì, tra cinque minuti.

Viola attese stupita che succedesse qualcosa. Rubens si avvicinò allo stereo e accese la radio. Finalmente ci fu il primo sorriso della serata.

"Amici di *Pink Link*, anche stasera è con voi la vostra amica Marina affiancata, come sempre, dal mitico Tony Mottola. Vorrei cominciare subito con una chicca che riguarda Olivia Newton-John. Pare che, caduta com'è nel dimenticatoio, abbia investito i suoi risparmi in un centro estetico a Santa Monica che si chiama, per l'appunto, Olivia. La cosa più triste è sapere che questo negozio è completamente tappezzato delle sue foto ai tempi di *Grease*. E indovinate che cosa si ascolta? Da *Summer Nights* a *Hopelessly Devoted to You* TUTTO IL TEMPO. Lei, in compenso, sta alla cassa a firmare autografi. Ma ve la immaginate?

131

È proprio vero che a noi donne piace farci del male... Ma sentitela qui, Olivia. Questa è *Xanadu*."

– E così tu stai con la mitica Marina di *Pink Link*? E dove l'hai beccata?

Rubens stette un attimo zitto, chiedendosi se era il caso di cambiare risposta.

– Viola, ma possibile che non la riconosci? Me l'hanno presentata a casa tua, alla cena dopo le vacanze.
– Era l'amica di quello?
– Dài, non ricominciare. Si chiama Rocco.

Viola mise da parte il rancore solo per il suo programma preferito, allegro movente di tante risate solitarie.

– E lei è simpatica?
– Molto.
– A me piace un casino e non pensavo che fosse quella Marina lì, quando l'ho vista. E poi nessuno me l'aveva detto a casa mia.
– Viola, questo programma non lo segue quasi nessuno. Pensa che nemmeno la pagano. Lo fa solo per diletto.
– Per questo mi piace. È spontanea.

Sulla seconda canzone, Viola cominciò a sbadigliare, era spossata, morire stanca. Rubens la convinse che per una volta poteva anche saltare i saluti finali. Per dormire, le offrì il suo letto ad acqua e una T-shirt in cui nuotare. Le massaggiò la schiena fino a farla cadere in un sonno catartico. Poi andò sul divano, per cercare di sorvolare sulla storia appena sentita.

Daniele, a casa, riprese a guardare il muro. Gli faceva compagnia un secondo bicchiere di whisky. La vita si faceva complicata. Ma il progetto che stava imbastendo l'avrebbe resa diversa da tutte.

22

How You Remind Me
NICKELBACK

"Buongiorno, principessa."

Viola trovò questo biglietto su una tavola imbandita di tutto e di più. Rubens, prima di andare a fare il project manager dalle otto alle cinque – lavoro bello da dire ma noioso, noiosissimo per lui – le aveva preparato una colazione che poteva esistere solo nella famiglia Bradford.

Viola si commosse. Non si sentiva più sola. Era contenta che, la sera prima, lui non avesse abboccato al timido tentativo di seduzione e le avesse presentato la sua deejay preferita.

Andò in bagno e fece una doccia. Non aveva cambio di biancheria, così si mise a frugare tra i cassetti. Si divertì un sacco a vedere camicie e T-shirt di un vero *latin lover*. Molto nero e molto bianco. Molte cinture. Per non parlare degli slip: ne contò almeno venti paia. Un tributo al guru americano della mutanda elasticizzata, il signor Klein. Se ne infilò un paio qualsiasi e si andò ad ammirare davanti allo specchio. Mise i tacchi – i suoi trampoli di sicurezza – e giocò per qualche minuto a fare la modella in posa per Helmut Newton. Improvvisò una smorfia da cowgirl, si toccò lo pseudopacco e tornò a sedersi sugli sgabelli western della cucina.

Poi cominciò a far colazione. La faccia di Daniele le fece compagnia per tutto il tempo. La guardava con gli occhi rossi e smarriti, gli ultimi occhi. Le chiedeva di tornare a casa. Le venne voglia di chiamarlo. Voleva sentirsi dire che non era finita, che una soluzione era ancora possibile. Ma poi desistette.

Meglio giocare d'attesa.

Così passò il resto della mattina a curiosare. Le sue pene d'amore l'avevano autorizzata a qualsiasi tipo di invadenza. Lesse le cartoline appese sulle ante dei mobili. Sfogliò addirittura la rubrica telefonica del padrone di casa. O meglio, la trasposizione manoscritta dell'elenco telefonico al femminile. Ma la cosa più divertente fu ascoltare i messaggi in segreteria:

"Rubens, sono Cinzia. Ho voglia di te. Quando vuoi, chiamami nel weekend. Sono sola."

Tu-tu-tu-tu.

"Ciao, tu non mi conosci ma io sì. Ti guardo tutte le sere mentre ti pompi in palestra. Ho chiesto alla reception e mi hanno dato il tuo numero. Sei molto sexy, sai? Se hai intenzione di conoscermi, domani metti la tua maglietta rossa. Verrò io da te."

Tu-tu-tu-tu-tu.

"Rubens, perché non ti fai più sentire? L'ultima volta non ti sei divertito? Non mi è sembrato proprio. Quindi telefona, capito? Telefona."

Dopo una serie tutta uguale di appelli del genere, Viola cambiò espressione. Era tornata troppo indietro con la cassetta.

"Ciao, sono Marina, quella di ieri sera. Volevo solo dirti che mi sono divertita tantissimo con te, sia alla cena sia dopo. Spero di vederti ancora. E se non vorrai più, sappi che per me è stato bello lo stesso."

A Viola tornò di nuovo in mente il banale inizio di tutto: una cena rituale e maledetta. Cominciata per il gioco di tradire, finita con il dramma di essere traditi. Cercò di cogliere l'aspetto *soap* della vicenda: lui che conosce loro, vuole beccarsi lei, poi finisce per baciare lui. Che lo dice a lei. Un romanzo d'appendice dei giorni nostri che Marina avrebbe raccontato benissimo.

Ma forse era ancora troppo presto per riderci su, si ride degli errori stupidi o del passato lontano, mai della memoria recente e dolorosa, memoria che non muore. Fermò il nastro della segreteria e si rese conto di quanto fosse stata maleducata a minare la privacy di un ragazzo così corretto, almeno con lei. Poi ripensò un attimo a Marina. A come era diversa la sua voce, in quel momento d'intimità rubata. Indifesa, insicura, romantica. Altro che Mariah Carey e Tony Mottòla.

Viola riprese a sparecchiare la tavola, mise un po' in ordine – la cucina la rilassava, anche se non era la sua – prese il cuore sottobraccio e tornò nella sua mansarda con travi a vista. Una decisione affrettata, infantile. Una scelta fragile. L'illusione che la botta fosse passata, il pericolo già lontano. Salire le scale le fece uno strano effetto: mancava da un solo giorno, eppure le sembrava che tutto appartenesse al passato. Anche l'ascensore, di cui aveva la fobia, era cambiato. Non aveva ancora capito come stava. Le mancava però terribilmente l'odore della sua casa. Quel misto di legno e di nuovo, con libri usati e moquette. Sapeva che Daniele era in agenzia, ma sentiva che avrebbe dovuto affrontarlo molto presto. Troppo presto. Aperta la porta, era lì. Nella nobile forma di una lettera scritta a mano.

Cara Viola,
spero tanto che leggerai queste righe, prima o poi. Vuol dire che sei tornata a casa. Non so da dove cominciare, ma ci provo. Ci sono cose che vanno dette, e vorrei che tu me le lasciassi dire.
La prima volta che ci siamo visti, ricordi?, eravamo al mare. Io sono inciampato su uno stupido telo e tu sei scoppiata a ridere. Sei stata l'unica a ridere in quel modo, non potrò mai dimenticarlo. Quanto cazzo hai riso? Io sono sempre stato abituato all'assenso, alle moine, alle gattemorte, e tu mi hai riso in faccia. Avrei voluto prenderti a sberle, ma avevi un'espressione così divertita che mi hai lasciato lì, a guardarti come uno stupido. Mi hai conquistato così, Viola. Con quel sorriso di bambina che

vive soltanto il presente. Adesso quella bambina piange, per colpa mia piange, e vorrei che smettesse, subito.

Ho fatto una cazzata, lo so. A dirti una cosa del genere e pensare che tu potessi accettarla, come se ti dicessi che ho un nuovo lavoro o che ho vinto un viaggio alle Maldive. A dire il vero non ho capito bene cosa è successo. Però mi è piaciuto, anche se non saprei dirti perché. Ti confesso che non vorrei lasciar perdere questa nuova possibilità, almeno adesso. (Sto parlando di Rocco, ovviamente.) Avrei potuto mentirti, ma tu non meriti bugie. Non te ne meriti neanche una. E sarebbe stato ancora più immaturo parlarti di uno stupido errore, dirti che non succederà più, che le persone possono cambiare. Non è vero. Ormai non si cambia più. Ci si adatta, ci si prova a venire incontro, ma non si cambia. È solo questo che ti chiedo io adesso: vienimi incontro. E vediamo che succede.

Ti stringo come non ho fatto mai, e ti aspetto.

Daniele

Cucù.

Le lacrime erano tornate a farsi vive negli occhi grandi di Viola. Era preoccupata da un lato, emozionata dall'altro. Era però soprattutto confusa.

Lo voleva ancora e non lo voleva più. Devastata e in salvo. Era stata tradita, due volte tradita, senza riuscire ad ammazzare la speranza che ancora non fosse vero, che ancora si potesse dimenticare. Guardava la porta che non si apriva mai. Ascoltava i rumori delle scale per riconoscerne il passo. Ma era troppo presto. Roxanne non l'avrebbe rilasciato prima di qualche ora. Nell'attesa, leggeva e rileggeva la lettera. Le piaceva ogni volta di più.

23

Viola e Daniele si abbracciarono come in un quadro di
Gustav Klimt. La porta aperta agli sguardi dei vicini, le
mani protese ad afferrare la felicità presente. Il tempo apparteneva al passato. Adesso c'era posto solo per la sessualità più selvaggia: scoparono dando tutti e due il meglio di
sé. Lui ci teneva a dare prova della sua virilità – maschio
ero, sono e sarò – lei voleva dimostrargli di essesrne all'altezza. S'inventarono posizioni mai sperimentate, misero in
imbarazzo lo specchio del bagno, scoppiarono a ridere ai
piedi del letto. Durò un attimo. Poi ai baci subentrarono i
morsi, alle carezze i graffi, ai sussurri le grida.

L'orgasmo fu un gran casino. Vennero all'unisono con
un coro celestiale, e i santi temettero per un attimo di essere spodestati dal paradiso. *Back to reality*, rimasero appic-
cicati l'uno sull'altra, per far riprendere fiato alla circola-
zione impazzita. Avevano addosso l'odore del piacere.
Non avrebbero voluto lavarsi mai. Il solito riflesso condi-
zionato mandò Viola sotto la doccia. Lui la raggiunse. Re-
golò la temperatura dell'acqua e prese a insaponarla. Senza sapone. Cominciò ad accarezzarle i capezzoli. Il collo.
Il mento. La bocca. Le diede un bacio mettendoci tutta la
lingua. Poi un altro. Un altro ancora. Ancora uno. Fino a
non distinguerli più. La guardò, ma Viola chiuse gli occhi.
Sentiva di nuovo le arpe. Maria Goretti, dall'alto, faceva
gli scongiuri. Sembravano non essersi mai amati tanto, la

fine scampata amplifica i sensi. Poi Daniele passò a sfiorarle le orecchie. I lobi. I timpani. I timpani. I lobi. La sua lingua si muoveva a rilento, per distillare il piacere. Un esercizio di stile applicato al corpo. Viola continuava a tenere gli occhi chiusi: non guardare e non verrai cacciata dall'eden. Per un istante, credette di essere immortale. Fecero l'amore sulle nuvole. Un flipper incantato che continua a fare punti. Il juke-box che ti regala le canzoni. Alla fine finì, paradiso perduto, e tornarono alla realtà della loro prima crisi di coppia. La pace sessuale aiutò la discussione. A dire il vero, non si dissero più di tanto. Avevano fame. Alle parole preferirono i fornelli. Prepararono uova in camicia e pasta alla carbonara, sgomitando a turno per vivacizzare i preparativi. Per aiutare la digestione, ci misero dietro una mousse al cioccolato con panna spray. Viola disobbedì a tutti i suggerimenti di Madame Germaine. Nel panico della situazione aveva attribuito a lei e ai suoi tarocchi parte delle ultime sventure. E non aveva alcuna intenzione di sentirla né di rispettare le sue regole culinarie. Viva quindi la panna finta comprata al supermercato.

L'abbiocco arrivò prima del previsto. Daniele si scusò per non riuscire più a tenere gli occhi aperti, anche se in realtà voleva solo sfuggire alle possibili domande. Viola lo spinse a letto. Gli diede un bacio sulla testa che sapeva di shampoo e lo chiuse in camera a dormire.

Ne approfittò per riordinare la cucina e le idee. Mentre lavava i piatti pensava a quanto fosse tutto facile, sotto la doccia. Il sesso era stato una soluzione immediata, anche se sicuramente non definitiva. Il tradimento c'era stato e probabilmente sarebbe accaduto di nuovo, se lei avesse accettato le condizioni. Il fatto che l'altra donna fosse un uomo non la stupiva poi così tanto. Però la disarmava. Con Rocco non poteva competere e, soprattutto, lui non l'aveva più voluta. Aveva provato a sedurla – la lingua nell'orecchio – e poi l'aveva lasciata lì, in attesa di una telefonata, un appuntamento di nascosto. Che uomo effeminato, cominciò a dire tra sé, pensieri per ferire chi non si può difendere, e non si vuole difendere. Ma Viola, quella sera, voleva ricordare soprattutto la scena sotto la doccia. In fondo, aveva una paura fottuta di pensare anche al resto.

Sapeva che la gioia provata era temporanea e non garantita, ma era stata troppo bella per poterci rinunciare. Se condividere Daniele con qualcuno – quel qualcuno – significava provare un piacere così intenso, l'avrebbe condiviso volentieri per tutti i giorni della sua vita. Lei stessa non sapeva se a parlare così era il suo cuore o i suoi ormoni rinati. Provò a chiarirsi rispondendo alla lettera di Daniele. Gli mandò una e-mail al suo indirizzo in ufficio.

Caro Daniele,
grazie della lettera. Mi hai fatto tornare in mente quello splendido pomeriggio al mare. Stava per venire giù un temporale, il cielo era nero, c'era vento e gli ombrelloni volavano. Quando mi sei crollato addosso. Eri molto seccato, una faccia da incorniciare, uno come te non cade davanti a tutti. E io ho riso, lo ricordo bene, ho riso. Ma l'ho fatto solo per togliermi dall'imbarazzo. Non mi era mai capitato che un ragazzo così bello (sei bello, è inutile nasconderlo) mi cadesse letteralmente ai piedi. E più mi guardavi seccato e più io continuavo a ridere. Ma poi devo averti convinto, ancora adesso non so come, perché mi hai invitato subito a bere qualcosa nel baretto vicino alla spiaggia. Abbiamo preso due daiquiri alla banana, quanto erano buoni, eh? Non li abbiamo più trovati così.

Oggi quel pomeriggio mi sembra così lontano. Quasi che appartenesse ad altre persone, non più a noi. Un po' come se dovessimo ricominciare a conoscerci, e tu sarai in partenza già diverso, perché non potrai più essere solo mio. Se questa è la sfida che mi lanci – perché la tua lettera non è stata poi così chiara io ci sto. Non potrei prendere questa decisione senza un po' d'incoscienza, ma quella me la posso ancora permettere. Sarà dura, lo so, e potrei mollare da un momento all'altro. Però voglio venirti incontro, o almeno provarci. Farò finta che cadrai di nuovo. Mi sforzerò di non ridere e ti darò una mano a rialzarti. Ti dirò: tutto a posto? Non ti preoccupare per i tuoi amici, non se ne sono accorti. Vieni, andiamo a bere qualcosa. Questa sarò io. Ci provo da stasera.

Viola

139

Daniele lesse tutto d'un fiato, cercando solo di capire se si trattava di un sì o di un no. Sembrava un sì. Cominciò così ad andare su e giù nel corridoio, come un neopapà a cui è nato il primo figlio.

– Yes, yes, yes, yes. Yes.

Roxanne uscì dal suo ufficio in quel momento, stanca di stare al telefono, e cercò subito di indovinare la causa di quell'inconsueta euforia.

– Ti hanno già avvisato?
– Di cosa?

Roxanne non riusciva a dire nulla senza far assaporare a tutti il fumo della sua sigaretta.

– Di Sweetie. Ci hanno appena chiamato. È passata la proposta più creativa.
– Your Christmas pleasure?
– Esatto. Ma lo sapevi, di' la verità. Ti ho sentito io dire cinque "yes" di fila.

Daniele sembrava l'ubriaco che prova a negare, ma riuscì a farlo con un sorriso.

– Be', erano per scaramanzia.
– Guarda che non mi arrabbio. So che la mia segretaria ha la lingua lunga, ma questa era davvero una bella notizia.
– Allora dobbiamo festeggiare.
– Ho già mandato un fattorino a comprare un paio di bottiglie.

Daniele trasformò il suo entusiasmo rinato in due calorosi baci sulle guance. Presa alla sprovvista, Roxanne buttò la sigaretta a terra e sorrise, immobile. Fuori del

140

protocollo non sapeva che fare. Rimase ancora qualche secondo interdetta, poi trovò una scusa e tornò a telefonare in ufficio.

Per tutto il giorno, Daniele andò in giro con gli occhi di fuori. Era eccitato, soddisfatto e appagato. Rocco lo aspettava, Viola lo rivoleva. Non gli importava chi era né chi sarebbe stato. Non voleva pensare ai risvolti sociali, ai dubbi d'identità, alla difficoltà degli equilibri, ai sensi di colpa, al prezzo da pagare. Non voleva pensare. Gli bastava vivere. Si sentiva felice così.

24

Aver Paura d'Innamorarsi Troppo
LUCIO BATTISTI

– Dentelli&Associati, sono Rocco, in cosa posso aiutarla?

– Sono zia Irvana.

– Zia Irvana, scusi. Non l'ho più chiamata.

– Me ne sono accorta. Puoi parlare?

– Sì, sono solo.

– Allora raccontami, che sono curiosa. E continua a darmi del tu.

– Parlo sottovoce, perché non vorrei che mi sentisse qualcuno.

– Sì, però parla.

– Va bene. In effetti, le cose stanno succedendo da sole.

– Cioè state insieme?

– Cioè non so. Però c'è stato di nuovo qualcosa.

– Bene, bene. E vi vedete spesso?

– In realtà ci siamo rivisti solo un'altra volta. Prima che scoppiasse il casino.

– Che casino?

– Lui ha detto a Viola del bacio e lei è scappata di casa.

– La solita donna stronza. Però, forse è meglio se mi racconti tutto di persona o mi telefoni da casa. Non vorrei crearti problemi sul lavoro.

Prima di chiudere, zia Irvana gli raccomandò di stare dietro a CarloG: era preoccupata nel vederlo sentimentalmente irrequieto e instabile. Chissà che l'ondata romantica del suo migliore amico non potesse contagiare anche lui.

Dopo aver messo giù, Rocco sorrise ancora un po' pensando a zia Irvana. A quando gli aveva confidato del suo ritorno ormonale, a cinquantacinque anni. D'improvviso si sentì in colpa nei confronti degli amici. Non aveva chiamato né CarloG né Marina per condividere con loro la nuova esperienza. Perché un po' era imbarazzato – gli amici pretendono informazioni esatte, e subito – un po' scaramantico. Per cui aveva preferito aspettare che un nuovo incontro gli desse conferma di quello che stava succedendo. La telefonata ricevuta dopo il match Daniele-Viola l'aveva tranquillizzato, mi chiama quindi ci tiene. Il rischio di un ripensamento era tuttavia ancora possibile.

Telefonò a Daniele, l'ansia della conferma, ma scelse un momento poco opportuno. Una di quelle chiamate che cominciano con "dimmi" e se non hai nulla di sensato da chiedere sei fregato. L'account supervisor era esagitato. Gli era appena stato detto che sarebbe andato in Australia a seguire lo spot di Sweetie. Alla fine, non solo il cliente aveva scelto la strada più nuova, ma anche quella più bella da realizzare: *Natale ad Ayers Rock*. Un'idea che stravolgeva l'ingrediente base di molti spot del settore: la famiglia unita davanti al dolce di Natale. Per coprire una nicchia sempre maggiore di consumatori single, Roxanne aveva quindi suggerito un trenta secondi alternativo molto spettacolare. Protagonista una modella aborigena, che sale in cima al monolito più famoso d'Australia per gustare in pace il sapore unico di Sweetie. Ancora una volta, aveva avuto ragione lei – l'intuito, la forma più primitiva del talento – e a beneficiarne era stato anche Daniele. Sarebbe stato spedito sul set per accompagnare il signor cliente. L'importanza della notizia era tale che era passato tutto in secondo piano, come Rocco poté verificare perfettamente.

– Volevo solo sapere come stavi.

– Ti avevo detto che ti avrei chiamato io.

– Lo so, ma ero in pensiero per Viola.

– È tornata. Quindi, tutto a posto.

– Non mi sembri così contento.

– Lo sono, invece. È che mi becchi in un momento di casini in ufficio. Mi mandano in Australia per seguire uno spot.

– Quello del *cheesecake*?

– Sì.

– Quanto starai via?

– Almeno una settimana.

– E quando parti?

– Tra un paio di giorni, forse tre. Dipende dai voli.

– Riusciremo a vederci prima?

Daniele stava per rispondere male, la cicatrice sempre più scura, ma riuscì a trattenersi.

– Penso di sì. Domani disdico l'ora di tennis con Rubens e ci andiamo a mangiare qualcosa. O preferisci giocare?

– Meglio mangiare e parlare.

– Perfetto. Ti saluto, devo andare, mi fanno dei cenni strani. Ti chiamo poi.

Puntuali come in ogni avvio di storia, i primi dubbi s'insinuarono nella testa di Rocco. Ripassò nella memoria tutta la telefonata, ma non riscontrò nessuna vera anomalia. Il tono era un po' distaccato, è vero, ma in ufficio poteva succedere. Era invece quel finale frettoloso a lasciarlo perplesso. Sapeva che dipendeva dal nuovo *cheesecake*, ma non si sentiva tranquillo. Fu tentato di richiamare – l'ansia della conferma – ma non avrebbe sopportato un secondo "dimmi". Ci pensò tutta la sera, guardando il telefono muto e impassibile. Quando finalmente suonò, rispose con il cuore in gola.

Era sua madre, che voleva sapere come stava. In quel momento la odiò a morte.

Daniele chiamò il mattino dopo, prima di andare in agenzia. Rocco aveva dormito tutta la notte di fianco a cordless e telefonino accesi. Ogni tanto apriva gli occhi per vedere se c'erano avvisi di chiamata. E puntualmente li richiudeva.

Quando ormai era concentrato sul consueto brufolo in alto a destra, il telefono tuonò nella sua piccola casa. L'apparecchio si sforzò di emettere il secondo squillo, ma non ce la fece. Il "pronto" ansioso di Rocco lo zittì bruscamente.

– Che cos'è questa voce? Stavi uscendo?
– Daniele, sei tu. Pensavo mi chiamassi ieri sera.
– Non ce l'ho fatta. Sono tornato tardi e ho parlato con Viola fino alle tre passate. Stasera ti racconto. A proposito: dove ci vediamo?

In un attimo, Rocco dimenticò tutti i dubbi e gongolò davanti allo specchio.

– Perché non vieni a cena da me? Così vedi dove abito.
– E vada. Facciamo alle nove, Mr Becker? Preferirei passare da casa prima.
– Questo significa che lo dirai a Viola?
– Questo significa che Viola lo sa già.

Dopo una dichiarazione simile, la chiamata procedette in modo meccanico e un po' formale: dimmi l'indirizzo esatto, a chi devo citofonare, preferisci vino bianco o rosso, bla bla.

Rocco era sempre più sorpreso delle proprie reazioni. Per quanto fosse tutto nuovo e un po' tabù per lui, era già geloso di Viola. Lei, la sua preda iniziale. Lolita presa e dimenticata. Ora la temeva. Era più forte di quanto credesse. Un angelo con le ali d'acciaio.

Si vestì turbato. Ma il frigo deserto lo riportò a una realtà con diritto di precedenza: la cena di quella sera. Ar-

rivato in ufficio, si fiondò subito dalla segretaria personale del dottor Manzoni. Una signorina Rottermeier triste,
sola, acida e servizievole. Senza marito, senza nipoti di
cui parlare. Però bravissima in cucina, come tutte le colle-
ghe della Dentelli&Associati potevano testimoniare. Gli
suggerì piatti semplici e colorati: salmone in salsa all'ane-
to, penne con zucchine e gamberi, insalata di mele e noci.
Rocco prendeva appunti frettolosi. Il dottor Manzoni poteva arrivare da un momento all'altro. Eccolo, infatti.

– Cosa fa qui, dottore? Vuole sedurre la mia segretaria?
– Buongiorno, dottor Manzoni. Ecco... veramente, mi
stava spiegando come accedere al nostro archivio fotogra-
fico. Vado a prenderle il nuovo editoriale e la raggiungo
subito.
– Vedo che si sta svegliando, dottore. Bene, bene. Avanti così.

Rocco piegò con disinvoltura le ricette, ringraziò con
lo sguardo la Rottermeier e tornò rapidamente in ufficio.
Il dottor Manzoni sembrava di buonumore, l'autunno
che filtrava dalle finestre regalava colori forti. Usò la
pausa pranzo per fare la spesa al supermercato: oltre alla
lista già decisa, si scatenò negli antipasti del reparto ga-
stronomia. Si accorse di aver esagerato solo quando arrivò alla cassa. Diede tutta la colpa alle mousse di tonno
in gelatina.
Quel pomeriggio scrisse ogni articolo alla velocità della
luce. Fu concentrato, concreto, diretto, originale. Uno di
quei giorni in cui ti riesce tutto e pensi di poter ambire alla carriera. Alle sei in punto uscì. Aveva tre ore di tempo
per preparare e prepararsi. Alle otto era già tutto finito: tavolo a lume di candela, piatti decorati di olive e mozzarel-
le, vino rosso e buono, profumi nell'aria. Unica assente,
una grande nemica: la rucola. L'invitata più presenzialista
delle ultime cene cui era andato.
Anche se era già pronto, trascorse l'ultima ora ad assi-

stere alla lite furibonda tra il gel e i suoi capelli, i ricci irrequieti. Per darsi una calmata, chiamò Marina. Si scusò per non essersi fatto sentire prima e lei cominciò la sua solita predica noiosa. Ma il citofono non le permise di continuare.

Bye-bye, baby.

Mentre Daniele saliva, Rocco si diede l'ultima benedizione allo specchio. Per migliorare l'atmosfera, aveva perfino creato un certo disordine nel soggiorno, che faceva tanto "scusa-sai-ma-sono-appena-rientrato".

Le luci erano basse, forse troppo, Michael Nyman dava lezioni di piano. Si abbracciarono come nei film americani, ma durò poco. Posata la giacca e il vino, Daniele cominciò a scrutare la casa del suo agitatissimo ospite. Rocco lo spiava con la coda dell'occhio – guarda cosa guarda, lo conoscerai meglio – e ogni tanto interveniva con frasi di circostanza.

Era una casa vera. A Daniele piacque un sacco, ma non lo disse. L'atmosfera romantica della tavola lo metteva a disagio, così cercò di rendere tutto più leggero, a rischio di sembrare invadente. Alzò le luci e cambiò musica. Mise i Motel Connection. La serata cambiò ritmo e colore. Rocco si rese conto di aver esagerato nei preparativi, ma ormai era fatta. Sapevano entrambi di doversi parlare in modo più serio. Per ora, tuttavia, andava bene latitare nel cazzeggio.

Dopo il salmone erano già pieni. Rocco stava scolando la pasta, quando Daniele si alzò e lo raggiunse. Un raptus, quasi. Buttati ora, o mai più. Cominciarono i baci. Se ne diedero mille, poi cento, poi mille ancora, i baci della confidenza. Catullo sarebbe stato fiero di loro. Però questa volta le mani non stettero ferme.

Si spogliarono con la foga di una passione incontenibile. Quando si ritrovarono nudi, ebbero un momento di smarrimento. Non gli era mai capitato di trovarsi di fronte un corpo speculare e non opposto al proprio. Si rifugiarono di nuovo nei baci. Nel contatto dei corpi, l'eccitazione tornò alle stelle. Si accarezzarono senza limiti né inibizioni né fretta. Ebbero un orgasmo poetico: un piacere non violento, ma intenso e sottile.

Finito l'effetto, arrivò la botta. Si ritrovarono soli con la loro confusione. Il disordine che avevano seminato li aiutò a distrarsi. Un calzino era finito sul tavolo, una canottiera non della salute faceva compagnia al televisore. I jeans intrecciati sotto le gambe del tavolo. Ma il viaggio più lungo l'aveva fatto uno slip: direttamente sul sugo di zucchine e gamberetti che nessuno avrebbe assaggiato mai. Povera signorina Rottermeier.

Il CD era finito. Il silenzio rimbombava in tutta la casa. L'aria si era come materializzata, la realtà irreale diventava tangibile. Si rifugiarono in bagno a turno. Per rompere gli imbarazzi – cosa abbiamo fatto e perché – i Motel Connection concedettero il bis. Si accovacciarono tutti e due sul divano, increduli e spossati.

– Vuoi mangiare ancora qualcosa?
– No. Anzi, sì.
– Scaldo la pasta, anzi, no, la faccio di nuovo. O preferisci qualcos'altro?

Rocco cercò di rendersi immediatamente operativo. Rovistava nel frigo come se stesse cercando le chiavi di casa.

– Ho voglia di qualcosa di dolce.
– Tiramisù o avanzo di Viennetta al caffè?
– Il tiramisù è perfetto.

Rocco ne fece due porzioni – siamo in due, siamo solo noi due – mentre Daniele si mise i jeans senza maglietta. Per un attimo gli era venuta una gran voglia di fuggire, ma la depressione *post coitum* durò solo pochi secondi. Stettero lì, vicini, senza parole. Quando parlavano, non andavano al di là di "buono-questo-tiramisù-di-che-marca-è"?

Finito il dessert, Rocco si avvicinò a passi leggeri e diede a Daniele una pacca sulla spalla, la mano senza intenzioni. Lui reagì con un sorriso a occhi bassi.

– Adesso parlami di Viola. Vuoi?
– Sì, non sarebbe giusto evitarla, stasera.

Daniele stette un attimo a riflettere, quasi che i suoi
pensieri avessero bisogno di molto tempo, prima di prendere forma. In realtà non voleva pensarli affatto – vivere,
non pensare – ma sentiva che almeno una volta sarebbe
stato necessario, anche se di sfuggita.

– Vedi, quando le ho raccontato cosa era successo, ho
pensato veramente di perderla. Era il ritratto della disperazione. Poi ci ha dormito su ed è riuscita a rielaborare
tutto con una velocità disarmante. È stata fantastica.

Rocco si sentì sollevato, non dire altro ti prego, ma solo
fino a un certo punto.

– Son contento.
– Anch'io. Lei è troppo importante per me.
Calò triste il silenzio.
– E io?
– Tu sei la curiosità. Il gioco proibito. La cosa che non ti
sarebbe mai venuta in mente. Ed è affascinante che sia
un'esperienza nuova anche per te.

Daniele scuoteva la testa e quasi gli veniva da ridere.
Non voleva sapere dove stava andando, era solo sorpreso
dal nuovo viaggio. Rocco era molto più serio.

– Come la prenderà Viola se continueremo a vederci?
– Ci siamo scritti e ne abbiamo parlato a lungo. Mi ha
detto che avrebbe provato ad accettarlo. Che questa specie di condivisione poteva valere un tentativo.

– Quindi?

– Quindi ora dipende tutto da te.

Fu Rocco ad abbassare la testa, stavolta. Faceva cenno di sì. Se ne fregava di tutti i "che-cazzo-stai-facendo" alle sue orecchie. Era l'ultimo appello per la follia, quello. Poi ci sarebbe stato posto solo per il lavoro, una moglie laureata o quasi, uno o due bambini a seconda degli stipendi, tanto Blockbuster e un viaggio organizzato con sette giorni di tour e sette giorni di mare.

Non ci stava capendo niente. Però aveva ancora il coraggio, o la sfrontatezza, delle proprie pulsioni: si sedette a cavalcioni sulle gambe di Daniele e gli diede ancora un bacio. Durò tantissimo, senza diventare mai un esplicito richiamo sessuale. Era la firma di un patto non scritto, insicuro quanto insolito, eccitante quanto pericoloso.

Il break australiano di Daniele li avrebbe probabilmente aiutati a comprendere l'accaduto. Dieci giorni sembravano tanti. Ma dopo un bacio così, Rocco capì all'istante lo spirito che per tutti quegli anni mosse Penelope ad aspettare Ulisse.

25

Like Someone in Love
BJÖRK

Dopo settimane di sensazioni contrastanti, Rocco sentì la necessità di riallacciare i suoi rapporti quotidiani. Così rivide CarloG. L'unico, insieme a Marina, su cui poteva contare sempre. L'unico che era incapace di portargli rancore per più di cinque minuti. Per fortuna zia Irvana l'aveva tenuto informato sull'evoluzione della storia, polemizzando acidamente sul disinteresse del nipote. A volte ne parlavano al mattino, durante la colazione. E provavano a costruire le supposizioni più improbabili, degne dell'ultima serie di *Dynasty*.

Rocco e CarloG si diedero appuntamento per una birra al pub prima di cena. Era un'abitudine d'importazione, presa in prestito dall'amata Inghilterra. Però era un'utile scappatoia alla bolgia che affollava a quell'ora i bar in città: eserciti di ex paninari a parlare/sparlare davanti alle tartine.

Quando CarloG arrivò, Rocco era già alla seconda media chiara. Conosceva benissimo i ritardi accademici dell'amico, ma ogni volta provava a dargli un'altra chance. In fondo gli piaceva arrivare nei locali per primo, perché poteva osservare le altre persone senza sentirsi solo e sfigato. Si fecero grandi feste. Rocco prese un altro sgabello e ordinò subito una doppio malto. Voleva trattare CarloG come un ospite di riguardo: guardandolo sorridere si rendeva veramente conto di quanto avesse bisogno di lui.

L'uragano Daniele l'aveva destabilizzato, ora doveva cercare di capire cosa stava realmente accadendo.

– Dalla faccia che hai, direi che questa storia con Casanova sta andando benissimo.
– Non so spiegarmelo neanch'io. È stato tutto così casuale, così non voluto.
– E ti piace, eh?

Birra, ci voleva un'altra birra anche per lui. Subito.

– Mi fa sentire stupido. Ma in un senso bello, non so se mi spiego.
– Diciamo che sei cotto.
– Diciamolo solo io e te, va bene?
– Okay, lo diremo solo io e te.

Rocco si guardò intorno, circospetto, mise una mano sui capelli, la mano di Viola. CarloG lo osservava sornione, con la faccia di chi se la sarebbe aspettata, prima o poi, una storia del genere. L'aveva capito dai gusti musicali, dalla sensibilità dei consigli, delle risposte, dai regali di Natale. Luoghi comuni, forse. Ma CarloG aveva sempre pensato che i luoghi comuni nascessero da un fondamento vicino alla precisione scientifica. Stette ancora un attimo in silenzio, prima di riprendere a parlare.

– Beato te. Io per beccare qualcuno devo andare sulle *chat line*. Domani ho un appuntamento con un tappezziere. Scrive tutte le "e" senza accento, ma quando ho visto la sua foto mi sono detto: "Parliamone".
– Assatanato.
– Bigotto di merda.

Andarono avanti così, come i ragazzini di ritorno dai campi estivi. Poi CarloG tornò alla sua realtà di dipendente della Proxa International.

– Posso farti un'intervista? E non mi dire di no. Non dimenticare che sei nel mio campione di pluri-intervistati. Sei stato in pace per due settimane e mi sembra più che sufficiente.

– Ora capisco perché hai accettato l'invito.

– Cosa credevi, che fossi venuto per sentire le tue avventure? Fossero originali, almeno. La tua è una storia d'amore classica. Solo che ha due piselli anziché uno.

Rocco finalmente si rilassò, mentre CarloG aveva già apparecchiato un angolo del bancone con il suo PC portatile. Il barista del pub era tentato d'intervenire ma aveva troppo pochi clienti a quell'ora per non lasciargli fare ciò che volevano. L'intervista di turno era sui preservativi. L'aveva commissionata una nuova casa produttrice, che voleva studiare il mercato per sapere come posizionarsi.

– Allora, cominciamo. Hai avuto rapporti sessuali nell'ultimo mese?

Rocco scosse la testa, in imbarazzo integrale, le lentiggini più presenti. Poi decise di rispondere. Per lo meno stavolta non sarebbe stata un'intervista falsa.

– Sì, una volta.

– Di che tipo? Uomo-donna. Uomo-uomo. Uomo-più-donne. Uomo-più-uomini…

CarloG conosceva la risposta, ma gli piaceva farglielo ridire, a Rocco, quello che era successo.

– Uomo-uomo.

– Hai avuto rapporti completi?

– No.

– Di che tipo allora?

– Devo proprio rispondere?

– È meglio. Altrimenti i risultati sono falsati. Non ti preoccupare, l'intervista resterà anonima.

Rocco gli fece cenno di abbassare la voce. Non voleva scandalizzare nessuno.

– Ho avuto rapporti di tipo masturbatorio, non so se si dice così.
– E hai usato preservativi?
– No.
– Quanti, per ogni rapporto?
– Ti ho detto di no.
– O mio dio.
– CarloG, ci siamo fatti solo una sega.

L'ipocondriaco più timoroso del mondo si rese conto dell'incauto allarmismo e tirò un sospiro di sollievo.

– Bene, bene. Hai fatto uso anche di lubrificanti?
– No.
– Hai intenzione di usarli nel futuro?
– E che ne so.
– Ne conosci qualche marca?
– Di preservativi, dici?
– No, di lubrificanti.
– Nessuno.
– E di preservativi?

Rocco pensò a tutte le volte che era stato in farmacia senza mai riuscire a vederlo, il fantasma che compra i preservativi.

– Sì: Settebello, Hatu, Akuel.
– Quale preferisci? Supersottile, sottile, normale, o extra-strong?
– Supersottile. Vuoi un'altra birra?
– Non essere teso, dài. Prima finiamo l'intervista. Ora dimmi: quand'è l'ultima volta che li hai comprati?

– Ieri pomeriggio.
– Dove?
– Al supermercato.

CarloG era pienamente soddisfatto. Rocco era come piombato in un campo nudisti a Saint-Tropez. Le interviste hanno la capacità di spogliarti senza alcun tipo di pudore. È vero che di solito l'intervistato non conosce l'intervistatore, però se quello è il mestiere del tuo migliore amico, e tu sei nella sua *shortlist*, allora sei fregato. Per CarloG, la notizia più importante era che Rocco si fosse fermato al solo atto masturbatorio. Di sicuro lo avrebbe portato al pronto soccorso se avesse saputo di un rapporto non protetto fra lui e Daniele. Era fatto così. La salute innanzi tutto. Anche se il male con le potenzialità più catastrofiche in quel momento non era trasmissibile sessualmente: l'epatite K.

– Come procedono le ricerche?
– Male. C'è bisogno di sovvenzioni: l'unico centro veramente attrezzato per ora è a Boston. Bisogna fermarla, o chissà dove andremo a finire…
– Bevi, CarloG. Bevi.
– Non è uno scherzo. È una malattia infettiva terribile, a carattere endemico-epidemico, molto violenta e quasi sempre mortale. Il fegato si ritrae progressivamente e la cute prende una colorazione itterica.
– Itterica?
– Itterica. Così c'è scritto sul giornale. Dev'essere una colorazione terribile.

CarloG continuò fino a che vennero circondati dai primi visitatori del dopo cinema. Era giunto il momento di andarsene. Si salutarono con una promessa: una serata in discoteca insieme.

Erano appena usciti che i loro sgabelli vennero occupati da discorsi molto simili. A farli, Daniele e Rubens.

Daniele poté finalmente sfogarsi. Si scusò per non aver parlato prima, ma certe cose doveva chiarirle prima a se stesso. Non cercava né spiegazioni né giustificazioni. Forse aveva paura, forse era solo un po' codardo. Raccontava i fatti come li stava vivendo – vivere, non pensare – con il piglio di chi dà alla natura il rispetto che si merita. Usò molte volte la parola "energia". La relazione proibita come una nuova forma di benzina. Il sesso inconsueto per allargare i propri confini. Rubens ascoltava, interessato come a una finale dei Mondiali che finisce al golden goal. Non disse che si era incazzato, che non lo aveva capito, che forse un'altra donna era meglio di un altro uomo. Avrebbe voluto raccontare un po' di sé. Parlare di Marina, della loro prima lite di fuoco. Di lui che dichiara di andarsene e lei che lo blocca in camera e si chiude a chiave, con tutti e due dentro. Poi prende la chiave e la getta nel giardino condominiale. Di loro che stanno un'ora come due cretini a convincere i passanti a cercare quel pezzetto di follia, che avevano solo litigato ma adesso era passato tutto. Sì, gli sarebbe piaciuto raccontarla, questa storia. Ma era troppo piccola, in quel momento. E Daniele aveva bisogno di parlare molto più di lui.

Così non fece commenti, non diede giudizi. Ascoltava. E pensava a quanto era strano il mondo.

26

That Day
NATALIE IMBRUGLIA

La luce rossa lampeggiava sul gate per Francoforte.

Imbarco immediato. Daniele e Viola non ebbero neanche il tempo di salutarsi come si deve. A dire il vero, si erano attardati per fare di nuovo l'amore. Da quando avevano conosciuto Rocco, i loro rapporti sessuali avevano registrato un'impennata improvvisa: potrebbe essere l'ultima volta, rifacciamolo ancora. Il commiato fu frettoloso e senza fronzoli. Daniele non voleva destabilizzare i labili nervi di Roxanne. Si innervosiva terribilmente per i ritardi nelle questioni di lavoro. Arrivato nella sala tutta vetri che dava sulla pista, la trovò che sfogliava nervosamente l'ultimo numero di "Black&White".

– Finalmente sei arrivato. Pensavo di dovermi imbarcare da sola.

– Lascia stare. Per strada ho trovato una coda, che pensavo proprio di non farcela.

La palla in questo caso era più che necessaria. Roxanne non avrebbe potuto concepire un ritardo per rapporti sessuali non previsti, prima il dovere, poi il dovere.

– L'importante è partire. Mi ha appena chiamato Ralph da Ayers Rock. Dice che fa un caldo incredibile ma il set è una bomba. Te lo ripeto, vinciamo Cannes. Me lo sento.

Un Oscar come migliore attrice. Un Nobel per la letteratura. Un Grammy Award. Un Orso d'oro. Una Palma d'argento. Un MTV Video Award. Un duetto con Frank Sinatra. Per nulla al mondo Roxanne avrebbe rinunciato a un Leone d'oro in pubblicità. C'era andata vicina, un paio di volte. Ma lì si era fermata. Una vita a inseguimento, la sua, con poche soste per riprendere fiato, grandi sacrifici, molti nemici e un'ostinata – per molti versi ammirevole – determinazione. Continuava a ripetere che ce l'avrebbero fatta, ma Daniele non la stava più a sentire. Il nome di Ralph Bagutta gli aveva immediatamente ricordato quella festa ignorante – la memoria non muore, la memoria non la puoi uccidere – in cui si era divertito come poche altre volte. Per una settimana, si sarebbe dovuto sorbire un regista pubblicitario spaccone e grandioso. Però gli avrebbe sicuramente offerto spunti per le sue gag in ufficio.

I passeggeri cominciarono a imbarcarsi. Roxanne chiese se era possibile far sedere Daniele accanto a sé. Le dissero subito sì: quando viaggi in business, la vita è più semplice. Prima di mettersi di fianco al finestrino, Daniele estrasse dal giubbotto una free card che pubblicizzava un nuovo modello di Levi's. Cercò di ricordare dove l'avesse presa. La girò e trovò una dedica: "Vorrei baciarti, ma mi sono appena lavata i capelli". Senza data, senza fronzoli. Viola sapeva incantarlo così, con la sua dolcezza semplice, rubata in chissà quale film, alla radio, o magari suggerita dallo specchio, dopo lo shampoo.

Daniele si commosse. La sua ragazza stava dimostrando una grande prova di maturità – la maturità dell'incoscienza, o dell'innocenza – e le riusciva tutto senza sforzi, naturalmente. Durante la sosta a Francoforte le fece un rapido squillo.

– Il tuo messaggio mi ha fatto troppo ridere.
– Ciaaaaao. Non pensavo mi chiamassi così presto. Come va?
– Bene, anche se abbiamo appena cominciato. Roxanne

si sta comprando mezza edicola. Dimmi tu che cazzo se ne fa di riviste in tedesco, se non va oltre il "danke bitte".

– Tu piuttosto tieni a bada la carta di credito.

– Tranquilla. Ho preso solo il profumo per Rubens.

– E a me niente?

– A te niente.

Le rispose facendole il verso.

– Adesso vado. Se riesco ti chiamo da Singapore, altrimenti a domani.

Viola stessa era stupefatta per come stava rielaborando la storia parallela del suo fidanzato. Dobbiamo ricominciare a conoscerci, si ripeteva come in un mantra. Ma aveva deciso, anche lei, di non pensarci troppo. Quasi come se tutti e tre avessero paura di guardare da vicino un fatto troppo più grande di loro. Viola si era imposta di dare importanza solo alle cose belle. Per il momento, aveva annullato dalla sua testa la faccia del rivale. Non lo nominava più, nemmeno da sola. Quando Daniele gliene parlava, lei s'immaginava un'entità astratta. Come quando si parla dello Stato. E questo l'aveva resa apparentemente forte. L'unica persona con cui riusciva veramente a parlarne era sua sorella Alice. Le aveva accennato qualcosa al telefono, ma non era andata a fondo. Non voleva preoccuparla troppo, e non voleva che Daniele fosse preso in antipatia.

Di colpo, si sentì senza difese. Le sarebbe piaciuto chiamare di nuovo Madame Germaine, che era andata così vicino alla realtà delle sue carte. La papessa era Rocco. Le dispiacque terribilmente averla ritenuta responsabile dell'accaduto. Tuttavia, non riuscì più a chiamarla né a scriverle, neppure per chiedere le ricette. La vita è selezione continua, pensava, e tutto ciò che è dolore, o legato al dolore, deve essere allontanato dalla memoria, anche se la memoria non muore.

Forse la cosa migliore era buttarsi sull'esame di Psicologia sociale. L'appello era lontano ma non aveva neppure finito la prima lettura del manuale. Stava ancora pensando alla chiamata di Daniele, quando le arrivò un messaggio sul telefonino: "Se ti va di uscire, chiamami. E sappi che lui è ancora cotto di te. Rubens".

Ci scappò subito un gelato fuori stagione. Stranamente, non parlarono mai di Daniele. Fu il modo più bello di affrontare il problema. Discussero soprattutto di sesso. Rubens intrattenne Viola con la sua *ars amatoria*, rivelandole anche la personalissima teoria per scoprire quando una ragazza simula un orgasmo.

– Non dipende tanto dal modo in cui lo manifesta. Ormai siamo tutti bravi a far vedere che godiamo, e quanto godiamo. Non ti serve andare all'Actors Studio per dire "sì-dài-così-ancora-così-dài" con un po' di credibilità. Per sapere veramente com'è andata, bisogna aspettare cosa succede dopo l'orgasmo.

Viola seguiva divertita, e s'imbrattava la bocca di gelato. Le mani lontano dai capelli, le gambe scoperte e incrociate. Era terribilmente sexy.

– Se lei si alza subito dal letto e va a lavarsi, vuol dire che le ha fatto proprio schifo.
– Capisco.
– Se comincia a parlare di cose ultraconcrete, tipo la lampada alogena o la tinta alle pareti, le è piaciuto ma non le è bastato.
– E quindi?
– Quindi devi darti ancora da fare. Se parla di quanto è stato bello e magnifico e soddisfacente, avrebbe voluto farlo in tre. Se ride, è sicuramente una disinibita militante bisessuale.

Viola si sentì catapultata dentro il Bar Sport la domenica pomeriggio.

– E cosa dovrebbe dire se le è piaciuto davvero?

– Eccola lì, che vuole sapere. Sei curiosa. Ma guai a te se lo dici in giro.

Viola giurò aspettandosi la verità su Ustica, lasciando fermo il gelato.

– Non dice niente. Sta lì, in silenzio, senza spostarsi di un millimetro. Ha sicuramente provato l'esperienza più potente, quella che gli esperti chiamano "orgasmo alla milanese".

– ORGASMO ALLA MILANESE? E come sarebbe?

Rubens abbassò la voce per intonarsi alla risposta.

– Muto. Appena sussurrato.

– Tutto qui?

– Ti pare poco?

– Ma a me succede un sacco di volte.

A Rubens salì l'ormone – gli saliva sempre, in realtà, quando vedeva una donna attraente – ma lo trattenne.

– Semplicemente perché ti senti appagata.

Viola arrossì e si sbavò addosso ancora un po' di cioccolato bianco. Rideva, rideva di gusto.

Ma la pausa finì troppo presto, e la studentessa dovette correre ai suoi manuali. Si salutarono con un trasporto invisibile agli occhi degli altri. In fondo, un po' si piacevano.

Non se lo sarebbero mai detti. Non ne avrebbero mai avuto il coraggio.

27

Rocco pensava di fare una sorpresa, invece il suo ripetuto *din don* interruppe proprio la pace postorgasmica tra Rubens e Marina. Lei s'infilò al volo un accappatoio e aprì la porta, furibonda. Si attendeva la solita vicina con le perdite nel bagno o bisognosa di cipolla. Invece rivide la faccia timida del suo compagno di banco. Per la gioia, quasi le si aprì l'accappatoio. Poi apparve Rubens. Sudato, in boxer attillati, a torso nudo e scalzo.

– Sei Rocco, vero? Ci siamo conosciuti a casa di Viola e Daniele. E poi ci siamo rivisti a quella festa.
– Ricordo benissimo. Tu sei Rubens. Marina parla spesso di te.
– Anche Daniele mi ha parlato di te.

Sulla faccia di Rocco scese il silenzio stampa. Si sentì improvvisamente disorientato. Il tono usato da Rubens era sottile e malizioso. In una frase aveva detto tutto: che lui sapeva – oddio lo sa, ormai lo sanno tutti – che Rocco era avvisato. Marina cercò subito d'intervenire.

– Perché non ci beviamo una birra davanti a *Friends*?

Santa Madre Beck's. La puntata era appena iniziata, ma nessuno aveva veramente voglia di seguirla. Era stato solo un pretesto per cambiare discorso, magia di tutte le donne. Così la riga in mezzo di Jennifer Aniston si ritrovò, per una volta, un pubblico freddo e disattento. Si sforzarono tutti di non sbagliare atteggiamento. Rubens conosceva bene la storia di Rocco – l'aveva sentita da entrambe le parti in causa – ma sapeva anche quanto fosse amico di Marina. Non voleva né ferirlo, né trasferirgli il dolore silenzioso di Viola. Anzi. Si ricordò delle qualità agonistiche che, durante i loro sempre meno regolari appuntamenti tennistici, gli aveva raccontato Daniele. E lo sfidò quindi a duello.

– Ora che Daniele è in Australia, ti va di fare due scambi con me?
– Be', non sarebbe male. È da un po' che non gioco. Però non aspettarti niente, sono un povero dilettante.
– Allora saremo in due.

Seguirono rilassati gli ultimi minuti della puntata, la TV commentava il loro silenzio altrimenti imbarazzante. Sui brevissimi titoli di coda, si scambiarono telefono e indirizzo e-mail. Marina era esterrefatta nel vedere il mondo intorno a sé diventare sempre più piccolo. Rubens si rivestì in fretta, salutò la sua donna con un bacio succoso – la passione ha sempre bisogno di manifestarsi – e strinse la mano a Rocco. Fuggì come un treno per chissà dove.
Rimasti soli, Rocco e Marina poterono finalmente parlare. Lei in accappatoio, lui impacchettato nel suo abito e con la Beck's calda in mano. Si stravaccarono sul divano, schiena contro schiena, come due fan delle Robe di Kappa.

– Mi pare che questa storia con Rubens vada avanti a gonfie vele.
– Diciamo che va. Ogni tanto facciamo anche delle gran litigate. Vedi, non è tanto abituato ai "no". E io sai come sono. L'altro giorno sono uscita a bere una cosa con il mio

collega di sportello ed è andato su tutte le furie. Lo voleva menare. Un vero zarro. Poi gli è passata, per fortuna.

– Quindi non è la solita cosa fisica.

– È cominciata così, come sempre. Ho però scoperto un aspetto che non avrei mai immaginato in un tipo del genere: mi prepara cene a sorpresa, mi regala il disco di cui canticchio la canzone. Sai, io non ci sono abituata. Se tutto va bene ricevo ogni tanto in radio una mail anonima piena di allegati porno.

Rocco provò a voltare la testa – gli piaceva guardare Marina mentre parlava, per vedere le sue facce – rischiando di rompere l'equilibrio dei gemelli Kappa.

– E tu apri gli allegati?

– Certo che li apro. È quasi l'unica posta che ricevo. Se anche tu mi scrivessi, ogni tanto, avrei qualcosa da rivendicare al direttore. I nostri ascolti sono sempre più bassi. Ma perché non ti fermi qui a mangiare? Ho un po' di riso pilaf.

– Ma dàaai. Allora sì.

Marina si alzò dal divano continuando a parlare. Cominciò a vestirsi, entrando e uscendo dal bagno almeno dieci volte. Le sue tette si facevano notare anche sotto una maglietta extralarge. Rocco la seguiva con lo sguardo, buttando ogni tanto un occhio a MTV.

– Hai visto come Rubens ti ha fatto capire di sapere di te e Daniele? Schietto, diretto. Mi è piaciuto. Ho solo paura che, una volta diventata una storia seria, svanisca come tutte le altre. E tu?

– Io cosa?

– Tu, l'amore. Come va?

Rocco non aveva proprio voglia di parlarne, e poi cos'è l'amore? Aveva il terrore che Marina potesse spiattellare tutto alla sua trasmissione *gossip*. Era un timore ingiustificato e inconfessabile, che però non riusciva a controllare.

– Avrai mica paura che lo dica a *Pink Link*?
– Marina, ma cosa dici? Ci conosciamo da anni. Figurati. È solo che è ancora tutto così poco chiaro.

Marina era troppo astuta per credergli, ma stava apparecchiando la tavola con grande concentrazione e non aveva il tempo di distrarsi.

– Comunque stai bene, sei sereno, sì?
– Sto bene, sì.

Liquidata così. In tre parole. Aiutate dagli occhi, è vero, ma sempre tre parole. Dopo essersi raccontata a cuore aperto, Marina si aspettava qualcosa di più. Per fortuna era stata aggiornata da CarloG – te l'avevo detto, te l'avevo detto io – e conosceva Rocco da sempre. Pertanto non aveva alcuna paura di insistere.

– E Viola, l'hai più sentita?
– No.
– Meglio così. Fossi in lei, ti odierei a morte.
– Grazie del conforto.

Finirono la serata a ispezionarsi la mente, in una partita a scacchi in cui Marina osava molto di più. Risero meno del solito. L'amore li aveva resi terribilmente seri. Ognuno pensava che la situazione dell'altro fosse più facile della propria: Marina aveva paura di amare, Rocco aveva paura che l'amore – o quella meravigliosa confusione – finisse. Erano due fifoni qualunque. Fino allora non avevano mai preso i sentimenti sul serio. Il divertimento innanzi tutto. Trent'anni vissuti da ragazzini. Poi lo specchio, un giorno, gli aveva detto che era arrivato il momento di giocare davvero. La notte, i viaggi, le telefonate, le canne, le

165

birre, le cene, le scopate, le finte notizie, i saldi. Le battute. Tutto questo non bastava più. Bisognava fare i conti con la parte irrazionale e ingovernabile di sé. Era la loro ultima sfida per diventare adulti. Avevano avuto tutto il tempo per legittimare i propri colpi di testa, ma si erano distratti. Fermi al bar della stazione mentre tutti partivano. Per recuperare gli anni perduti bisognava volare. E volare subito alto, senza paura. Senza ali.

Rocco e Marina erano arrivati a quell'appuntamento insieme. E la loro imprevedibile puntualità li rendeva ancora più speciali.

28

Dopo trentasei ore di scali, voli e piccole tensioni, Daniele e Roxanne sbarcarono a Sydney. La città li accolse sotto un cielo di fuoco, nel tardo pomeriggio di un giorno d'estate. Il taxi li condusse all'ANA Hotel, l'albergo con la vista più megalomane della baia.

Appena arrivati, Roxanne mobilitò la reception perché le procurassero pillole per il jet-lag. Poi s'informò per il servizio in camera, chiese il menu per la cena e si ritirò, come una vera regina, nelle sue stanze. Si scusò con Daniele per disertare la serata, ma era troppo stanca e Sydney la conosceva benissimo.

– Capisci, è la mia quarta volta. Basta Sydney. Sono venuta pure per il Mardi Gras. E poi domani il volo per Alice Springs è davvero presto.

– Già.

– Se vuoi, chiedi ai camerieri e fatti un giro qui ai Rocks, che è il quartiere più vecchio di Sydney. E poi ti consiglio una puntatina al pub Lord Nelson.

A Roxanne piaceva intervenire anche nella vita privata dei suoi collaboratori. Aveva la necessità di tenere tutto sotto controllo, una forma d'insicurezza che si portava dietro dall'infanzia: le percosse di suo padre, i dispetti delle sorelle. Daniele cercava di accontentarla nei limiti del possibile.

Dentro di sé, in realtà, stava già gongolando. Era solo. Era libero. Quando entrò in camera, rimase senza parole: una parete di vetri gli regalò un'emozione indimenticabile. Il cielo rosso sull'Harbour Bridge e la mitica Opera House. Per un istante, capì cosa si prova a essere cartolina. Posò la valigia senza degnare la stanza neanche di uno sguardo. Aveva occhi solo per la città: ne osservava le insenature, le luci, le auto che correvano contromano. Uno sbadiglio rumoroso gli ricordò che era dall'altra parte del mondo. Viola. Voleva sentire Viola.

– Hellooooo?
– Dani, dove sei?
– A Sydney, cara mia. Non ce l'ho fatta a chiamarti da Singapore. Sono appena entrato in albergo, devi vedere che vista.
– Noooo. Voglio vederli anch'io i canguri.
– Viola, sono a Sydney, in albergo. Downtown. Capisci?
– Vabbè, per me sei sempre in Australia. Che fai adesso?
– Roxanne si è presa le pillole ed è andata a dormire. Quindi dovrò cenare da solo. Ora mi butto sotto la doccia e poi faccio un giro.
– Che invidia.
– Eh sì. Me ne vado fino all'Opera House.
– No, dicevo che invidia per la doccia. Qui stanno facendo dei lavori e siamo senza acqua da dodici ore.
– *Bleee*... i capelli unti... non ti posso baciare.
– Tu piuttosto vedi di comportarti bene.

Chiusero la telefonata provando a scherzarci su. Viola era contenta. Aveva voglia di gridarlo a qualcuno – non poteva essere felice, sola – così chiamò sua sorella. Venne immeritatamente punita dalla segreteria telefonica. Lasciò comunque un messaggio. In quel momento avrebbe parlato anche con i muri.

– Alice, *bonjour c'est moi, ta petite* "sorelle". Cosa ci fai fuori a quest'ora? Vorrai mica farmi credere che sei già all'università? Chiamami che ho voglia di vederti. Baci.

Daniele intanto stava sfogliando avidamente la *Lonely Planet*. Una guida quasi perfetta, ma decisamente inadatta se hai solo una sera per vedere una città. Quasi irritante. Così spulciò qua e là tra le pagine e si fece un itinerario personale. Per verificare quanto fosse fattibile, ne parlò con un cameriere dell'hotel. Uno di quelli che avrebbe svolto con professionalità qualsiasi lavoro gli fosse capitato nella vita. Daniele era convinto che all'estero funzionasse tutto meglio. Il tour cominciò con i Rocks, tanto per tranquillizzare Roxanne. Poi, seguendo il buonsenso di una cartina turistica, si spinse fino all'Opera House. Fu una lunga camminata, che lo aiutò a capire di che pasta era fatta la città. La gente sembrava molto *easy*, come in alcune parti della California, o a Napoli. L'odore, invece, gli ricordava Londra: quel misto di cucina indiana, zucchero filato e hamburger. Per non parlare dei nomi dei luoghi: Hyde Park, Oxford Street, Haymarket. Le origini coloniali di Sydney erano tradite anche da tutti quegli impiegati che, anziché tornare a casa, si catapultavano direttamente nei pub.

Arrivato all'Opera House, si sedette a un caffè. Voleva godersi in santa pace la conchiglia più ammirata di tutta la barriera corallina. Gli sarebbe piaciuto vederla dal mare, da uno dei tanti ferry-boat che animano la costa. Ma non aveva tempo. Così s'incamminò per le strade fiancheggiate dai grattacieli che, di fatto, sono uguali in tutto il mondo. Dopo l'ennesima boutique Versace, finalmente trovò la via del divertimento: Oxford Street. Costellata di night club e ristoranti thailandesi, era tutto un brulichio di etnie differenti, rapper e ragazze in abito da sera, ragazze belle. Dopo una breve sosta in un take-away orientale, entrò allo Stonewall. Un pub che ha un gemello più noto a New York, ma di cui Daniele non aveva mai sentito parlare. Quando vide l'alta percentuale maschile al banco, s'insospettì di essere in un locale gay. *Oh my God*. Come un ET su un altro pianeta, tutti gli lanciavano sguardi di benvenuto. Era più abbronzato degli altri e più bello della media, la mascella dura, la cicatrice circospetta. Il fascino latino alla conquista dell'Oceania. Cominciò la visita come se fosse alla National Gallery. I baristi erano abili prestigiatori dai bicipiti definiti. Servivano molta birra e poco gin tonic. I ragazzi seduti ai tavoli sembravano in attesa dei provini per comporre una nuova boy band. Tutti sani e sorridenti, cresciuti a latte e cereali. Daniele decise di bere qualcosa. Si fece spazio con un paio di *"excuse-me"* e arrivò a tu per tu con gli alcolici. Ordinò un whisky liscio per sembrare più virile. Si sentiva osservato, ma era una sensazione più legata alla paura che alla realtà. Quando si vide riflesso allo specchio, capì che assomigliava agli altri molto più di quanto credesse. Di quanto volesse. Si voltò attonito. Non vide né maglie rosa, né balli effeminati, né mani che gesticolano troppo, né discussioni più isteriche del solito. Vide invece due ragazzi baciarsi, e questo lo turbò. Si baciavano di gusto, tra gli spintoni della calca, e nessuno ci faceva caso. Li guardò dapprima con apprensione, poi con invidia. Ordinò un secondo whisky. La musica era sempre più alta, i ragazzi sempre più belli. Muscolosi. E sgomitavano intorno a lui. Esisteva un mondo parallelo, quindi. Era la prima volta che lo notava. Avrebbe tanto voluto che Rocco fosse lì.

29

Strade
Subsonica

Atterrati ad Alice Springs, nel vero cuore dell'Australia, Daniele e Roxanne si sentirono *in the middle of nowhere*. Una cittadina anonima e squadrata, dove la popolazione aborigena aveva timidamente cercato di integrarsi con gli australiani DOC. Il risultato era stato un aumento percentuale dell'alcolismo.

Questo dal racconto dell'autista incaricato di portarli sul set. Era un provinciale verace, tutto barba e capelli, di età indefinita e indefinibile. Chiacchierò la maggior parte del tempo con Daniele mentre Roxanne dormiva, rannicchiata sui sedili posteriori. Dall'alto della jeep, Daniele osservava passanti e paesaggio. Il viaggio sarebbe durato almeno tre ore. A causa dell'accento inverosimile, il livello di comprensione tra i due era abbastanza basso. Ma Daniele fu abilissimo a rifugiarsi in vari *"I see"* e *"you know"*, che lo aiutavano nelle situazioni più complicate. In fondo, voleva soprattutto godersi quell'ologramma in movimento: un deserto rosso e stopposo, tempestato di arbusti bruciati dal sole. L'aria era secca, il vento rendeva il cielo ancora più blu. Dopo un'ora, fecero una sosta in un ranch tipo *La casa nella prateria*, annegato nel colore e inchiodato al passato. Bevvero tè caldo con una fetta di torta all'uvetta. In castigo dietro un recinto, i canguri li guardavano attoniti. Daniele era già pronto ad accarezzarli quando l'autista lo fermò.

– *Don't do that. They can be very dangerous.*

Un aggettivo che avrebbe fermato anche un principiante del solito corso in edicola. Così emerse la prima sorpresa del quinto continente: i mitici *kangaroo* sono meno buoni di quello che sembrano.

Roxanne si lagnò a lungo per lo stuolo di mosche che le giravano intorno. Come una bandita un po' blasé, si era messa un foulard intorno alla faccia. La strada sembrava ancora lunga, ma il viaggio era talmente fuori dal tempo – le visioni alterano le percezioni terrene – che non se ne accorsero neppure.

Ripresa la marcia, il deserto ricominciò a correre come un immenso campo in terra battuta.

Dall'altra parte del mondo, intanto, Rocco e Rubens erano due pari al terzo set. Ci stavano dando dentro come due esaltati. Avevano sancito la sfida via mail – parole educate, tra chi non si conosce e vuole diventarsi simpatico – e si erano permessi anche qualche battuta su Marina. Soprattutto della versione pettegola che fa la gattamorta dai microfoni di *Pink Link in* FM.

La partita venne interrotta, come al solito, dai due giocatori dell'ora successiva. Questa volta, però, fu meglio così. Era bello che un match di tennis potesse finire in parità e la vittoria, per una volta, fosse spartita tra i contendenti.

Dopo la doccia, Rubens invitò Rocco a bere qualcosa in un nuovo locale, lo Stardust: gente figa e fighetta, ma poca. Ordinarono bombe alcoliche al banco – bevi, bevi e tutto sarà più facile – si fecero i complimenti per come avevano giocato e tornarono all'unico argomento comune di cui potevano parlare senza tabù: Marina. Da buon amico, Rocco ne esaltava le qualità, lasciando ai difetti qualche uscita sporadica. Rubens giocava a fare il duro, ma tradiva qua e là qualche debolezza. Era molto più buono di quanto volesse far credere.

Rocco decise di fidarsi, e ruppe il ghiaccio sull'argomento che più gli stava a cuore.

– E così sai tutto.
– Di te e Daniele, dici? Sì, Viola mi ha raccontato. Povera. La prima sera era distrutta. Non l'avevo mai vista così. Poi ne ho parlato anche con Daniele.

Rocco prese uno stuzzicadenti e cercò di farci stare sei olive verdi una dietro l'altra, un piccolo gioco di morte di chi è teso e pensa che gli altri non lo notino. Riuscito eroicamente nel tentativo, le mangiò tutte insieme. Parlò con la bocca piena quasi senza pensarci.

– E adesso lei come sta?
– Meglio, direi. Anzi, l'ho vista veramente bene. Anche se non sempre il modo in cui ti poni rispecchia il tuo vero stato d'animo.

Rocco ripeté l'operazione con ancora più energia. Ma gli occhi divennero all'improvviso tristi, senza nessuna possibilità di fermarli. Rubens lo notò.

– Non fare così. Devi comunque prenderti le tue responsabilità. Potevi tirarti indietro, e non l'hai fatto. Quindi, non provare a sembrare vittima, perché vittima non sei. Guarda me, adesso: posso avere tutte le donne che voglio, e invece me ne piace una che è meno bella di molte altre. E meno giovane. E meno ricca. L'ho incontrata per caso, è vero, ma quello ci succede sempre. Sono stato però io a volerla, a fare in modo che ciò accadesse. Capisci cosa voglio dire?
– Sì, anche se è un po' duro da buttare giù. Ora sono ancora più preoccupato per Viola. Vorrei chiamarla, spiegarle. Non so neanch'io cosa vorrei dirle.
– Ecco, non dirle niente. Il momento arriverà da sé, ma potrebbe anche non arrivare. Adesso deve ancora abituarsi all'idea, e non deve essere un cazzo facile.

Rocco si sentì rincuorato, ma solo a metà.

– So cosa significa.
– Tu pensi di sapere cosa vuol dire ma per te è comunque diverso. Tu non stavi con nessuno. La situazione nel tuo caso è stata anomala fin dall'inizio.

Rocco era spiazzato dalle parole di Rubens, cazzotti pesanti e diretti, verità più chiare perché raccontate da chi assiste alla partita di poker e ha visto le giocate di tutti, senza dimenticare niente.

Dodici ore più in là, anche Daniele sarebbe stato fiero di lui. Continuava a guardare quell'immensa distesa monocorde che sembrava non arrivare a niente. Di colpo, l'orizzonte gli concesse finalmente la visione di Ayers Rock, il monolito alle origini del mondo.

Da lontano, gli sembrò un gigantesco panettone rosso. Uno spettacolo che toglieva senso alla storia e alla civiltà. Daniele pregò l'autista di fermarsi, svegliò Roxanne dalla catalessi e la invitò a godersi lo show.

– Spero che il set sia sull'altro lato della montagna, che ha una luce migliore. Devo subito informare Ralph.

Così se ne uscì davanti all'ottava meraviglia che gli aborigeni chiamano Uluru. Schiava di un ruolo da cui, per riuscire a liberarsi, ci voleva un coraggio che lei non aveva. Ci voleva una vita che non aveva vissuto. Daniele fece due passi in mezzo agli arbusti. Solo davanti al miracolo, tirò fuori dalla tasca il telefonino. La tentazione era forte, troppo forte. Lo sapeva che avrebbe fatto la figura di quelli che, durante i concerti, chiamano l'amico del cuore per condividere in diretta la canzone finale. Però lì non c'erano testimoni, nessuno lo avrebbe potuto criticare né prendere in giro. Chiese scusa agli dèi aborigeni e scrisse un messaggio a Rocco: "Sono in paradiso. Ti aspetto".

L'aveva appena inviato, che Roxanne e l'autista cominciarono a gridargli un fastidioso *"hurry up"*. Era tardi – per loro il tempo esisteva ancora – e la casa di produzione li stava aspettando per fare il punto della situazione.

Il luogo in cui alloggiarono era a pochi chilometri dalla montagna: tanti bungalow mimetizzati nella natura, attrezzati di ogni tipo di comfort. Ralph Bagutta abbracciò Roxanne e Daniele come se fossero vecchi parenti.

– Benvenuti nella terra dei canguri. Il set è perfetto, la modella spaziale. Il primo shooting sarà domattina alle sei: ho scelto di girare a est. Quindi stasera niente follie. E poi qui è veramente un mortorio.

Daniele sorrise, lecchino. Si prospettava una sera tranquilla. La notte prima aveva dormito un paio d'ore – esperienza curiosa e formativa – e c'era ancora il fuso orario da smaltire. Cenò con tutta la troupe di segretarie, producer, stylist, assistenti e contro assistenti. Poi si ritirò nel silenzio della sua capanna. Faceva freddo. Viola. Voleva di nuovo Viola.

– Ciao, sono io.
– Ehi! Come stai?
– A pezzi ma bene. Ayers Rock è veramente un posto magico. Devi vedere il cielo: non ho mai visto così tante stelle tutte insieme. E tu, che fai?
– In questo momento sto facendo colazione sulla Promenade des Anglais
– A Nizza?
– Sono venuta a trovare Alice. Non avevo voglia di starmene da sola, così ho deciso di preparare l'esame da mia sorella.
– Hai fatto bene. Salutamela, e dille di finirla con le diete salutiste.
– Va bene. Quando puoi, chiama.
– Lo farò. Cià.

175

Daniele tornò alle sue stelle. Si spalmò sulla sdraio del terrazzo e riprese a guardarle. Le facce di Viola e Rocco apparivano a intermittenza. Ciascuno gli mancava, a modo suo. Rocco rappresentava il fuoco e la trasgressione, il corpo da scoprire, l'eros. Viola era la tenerezza e l'amore, il futuro, i bambini possibili. Tutti e due insieme lo mandavano in bomba.

Si eccitò e si fece una sega.

Dormì di sasso fino alla terribile sveglia telefonica: *"this is your wake up call"* ripetuto tre volte.

Nella sala della colazione erano già tutti agitati. Roxanne beveva il suo caffè americano al tavolo con Ralph. Chiese subito a Daniele di aspettare il responsabile marketing di Sweetie. Sarebbe arrivato nel giro di un'ora direttamente dall'Italia. Daniele mantenne la calma – potevi dormire, avresti potuto dormire ancora, cazzo – la cicatrice ingrugnita, gli occhi bassi. Finse subito di essere operativo. Si consolò con una colazione degna dell'esercito: uova e pancetta, succo d'arancia, pane tostato con Marmite, pomodori fritti, caffè, Maalox.

Roxanne, Ralph e l'intero entourage corsero sul set. La modella australiana era già lì da un'ora per il trucco.

Daniele aspettò il signor Casassa Mont guardando l'alba su Uluru. Vedendo sorgere il sole, capì perché era una montagna sacra per gli aborigeni. L'arrivo del *cheesecake* in persona ruppe l'idillio. Daniele rivestì immediatamente i panni dell'account supervisor. Tranquillizzò il cliente sulla situazione set, lo fece condurre in camera e attese che facesse un paio di chiamate.

Cominciava a fare un gran caldo. La montagna era di fuoco.

Family Affair
MARY J. BLIGE

Per Alice, Viola rappresentava la libertà. Perché era giovane e irresponsabile. Perché aveva quel tocco di follia che un po' le invidiava. A ogni visita della sorella ne approfittava quindi per concedersi qualche stravaganza: beveva alcolici, mangiava patatine fritte, l'ordinario che diventa straordinario, la trasgressione all'acqua di rose. Una sera prese addirittura una mousse al cioccolato. Per una salutista come lei, era già un'infrazione grave. Intanto teneva d'occhio la sorella. Si era preoccupata nel vederla tesa l'ultima volta. Le parole dette quando si erano sentite al telefono l'avevano giustamente allarmata. Ma quando Viola le aveva confessato di essersi fatta leggere le carte da Madame Germaine, aveva avuto una reazione quasi isterica. Una vera dichiarazione di guerra a tutti i suoi anni dedicati alle scienze. Viola ne rideva – ma dimmi tu che sorella retrò mi doveva capitare – e cercava di sdrammatizzare.

Ad Alice, Daniele era piaciuto subito. Lo trovava interessante, intelligente, sicuro. Solo, troppo bello. La bellezza aiuta la conquista ma non la stabilità, teorizzava. Così non si era stupita più di tanto quando era accaduto il disastro. Certo, un altro uomo non se l'aspettava. Fosse dipeso da lei, lo avrebbe mandato a stendere, o bianco o nero. Però ammirava il suo coraggio.

– E tu non hai mai pensato di tradirlo?

– In realtà stavo per precederlo.
– E con chi?
– Proprio con Rocco.

Alice smise di annaffiare la pianta di limoni che curava nel suo piccolo terrazzo.

– Rocco il bastardo?
– Rocco quello. Siamo anche usciti insieme una sera. Siamo andati a vedere *Romeo e Giulietta* in inglese. Ci siamo baciati e basta. Poi l'ho invitato a cena da noi, e ha cambiato idea. Il resto lo sai.
– Stai scherzando? E perché non lo aspetti sotto casa e gli tagli le gambe?
– A che servirebbe? Io non voglio perdere Daniele. Non posso permettermelo.

Alice posò l'annaffiatoio e strinse Viola tra le sue braccia. Un gesto un po' antico, ma sincero, Alice viveva in un mondo tutto suo, forse per via del nome.

– E ora come va?
– Non ci crederai, ma bene. Facciamo l'amore più spesso, mi chiama di continuo. Solo che a volte mi sembra di avere una spada di Damocle sulla testa.
– Stavo per dirtelo io.

Viola si staccò dall'abbraccio, non ha detto niente, non è successo niente.

– Dài, non fare così. È solo un problema di forze. Guarda il lato positivo. Tu eri in una posizione statica. Di dominio, ma statica. Ora sei stata messa in discussione da una forza esterna con cui ti devi confrontare. L'equilibrio lo puoi ritrovare solo tu, ponendoti limiti, recinzioni e regole ferree di non interazione con l'altra forza. È questo che ti renderà invincibile.

Come spiegazione, a Viola sembrò un po' generica e approssimativa. Tra fisica e metafisica. Ma Alice sembrava crederci davvero, mentre parlava: teoria, astrazione e regole, il suo mondo. Anche lei era, a suo modo, passionale. In quel momento Viola sentì veramente il valore del sangue. Non disse niente. Si limitò a vaporizzare l'acqua sulle foglie.

Finirono la serata a preparare la marmellata di mele biologiche. Viola era estasiata nel vedere quelle procedure per lei sconosciute, come la cottura a bagnomaria. Mentre operavano, sparlavano dei loro parenti. Non risparmiarono nessuno, ma raggiunsero l'apice della cattiveria con gli abiti di zia Lauretta: un elenco di tinte pastello inferiore solo a quello della regina Madre quando era ancora viva.

Intanto, il manuale di Psicologia sociale aspettava che Viola lo degnasse di uno sguardo. Da un paio di giorni era appoggiato su un davanzale con vista sulla città vecchia. Viola gli passava vicino senza rivolgergli mai la parola. Era come se non esistesse. La mattina dopo fece i conti con la sua coscienza e lo prese in mano.

Alice era all'università per il suo progetto di ricerca, quindi non aveva alcuna distrazione.

Dopo un paio di capitoli, suonò il campanello. Era Mathieu, il vicino di casa. Aveva conosciuto Viola qualche mese prima e le piaceva *beaucoup*. A ogni suo arrivo, sperava di conoscerla meglio. Ma Alice lo teneva debitamente a distanza. Ne aveva intuito le intenzioni: solo una persona con qualche interesse chiede di tua sorella ogni volta che ti incrocia, *comment ça va, Violà?*

La scusa usata da Mathieu poteva quasi essere imbarazzante: finito lo zucchero. Un argomento degno di una tesi di laurea, insieme al sale e alla cipolla.

Nel suo italiano stentato, Mathieu invitò Viola per un caffè – un altro classico, ti offro un caffè – a casa sua. Per la studentessa svogliata fu una vera benedizione.

Mathieu aveva quarant'anni portati benissimo, solo qualche ruga di espressione, intorno agli occhi. Single. Faceva il cuoco in un ristorante. Lavorava tre sere a settimana. Dedicava la maggior parte del tempo alla cura del corpo e all'altra sua passione: la pittura. Tele perse nei colori più accesi animavano le stanze. Dal suo piccolo studio vedeva il mare. Viola arrivò con la zuccheriera e Mathieu le servì quello che in Francia chiamano ancora caffè: acqua *maròn* dal sapore accennato, ma presentata molto bene. Fecero i banali discorsi degli stranieri che non si conoscono – o delle persone che non si conoscono in generale – aiutati dai sorrisi, che si scambiavano con un po' di pudore.

Prima di lasciarla tornare al suo esame, Mathieu chiese a Viola se avrebbe potuto ritrarla, un giorno.

– *Pourquoi pas?* Ma non stavolta. Non sono in forma, sono sciatta e devo studiare un sacco. Domani, chissà. Comunque grazie per il caffè.
– Cos'è "sciatta"?
– "Sciatta" vuol dire un'altra volta. Okay?
– *A bientôt, alors.*
– *A bientôt.*

Viola fece un sorriso da scema e tornò dall'altra parte del pianerottolo. Era di nuovo Lolita. Innocente e spregiudicata, sfuggente, impalpabile. Colto al volo l'invito sottinteso, lo aveva lasciato cadere con grande abilità. Al suo ego, per ora, bastava soltanto sentirsi desiderata. Studiò di filato fino a sera, il libro non la sopportava più. Quando Alice si mise a cercare la zuccheriera, fece finta di non sentire. Il giorno dopo bussò alla porta di Mathieu con i suoi occhi di cerbiatta.

31

– Dentelli&Associati, sono Rocco, in cosa posso aiutarla?

– Che cos'è che mi avevi promesso almeno una settimana fa?

– Nooo CarloG, ti prego. Basta interviste. L'ultima sui preservativi mi ha veramente sfiancato.

– Macché interviste. Mi devi una serata in discoteca. Non dirmi di no. Vengono anche Marina e Rubens.

– E quando sarebbe?

– Domani sera, così non hai scuse. Vi porto alla serata Vanity Star.

– Vanity che?

– Star. Vanity Star. Non senti come ti riempie la bocca?

– Sarà mica una di quelle sere con le tue drag queen?

– Sarà una di quelle serate con le mie drag queen. E allora? Ti aspetto alle undici a casa mia. Mia zia vuole prima conoscere Rubens per dare la benedizione a Marina.

– A proposito. Come va con zia Irvana?

– È brava, per carità. Ma è troppo fanatica. Una vera fondamentalista del movimento gay e lesbico internazionale.

– Dici?

– Minchia. Parla solo di quello ed è sempre lì a fare petizioni e a scrivere ai giornali. E mi rompe continuamente il cazzo che mi devo fidanzare.

– È normale che si preoccupi. Tu sei tutto per lei.

– Soprattutto perché è grazie a me che ha avuto tutte queste glorie all'associazione.

– Non fare il bastardo.

– È che a volte mi sta sul culo, anche se è mia zia.

– Una volta stava sul culo pure a me. Capita.

L'appuntamento discotecaro condizionò tutte le recensioni filateliche del pomeriggio di Rocco. Scelse di commentare solo i francobolli più kitsch: dai pesci caraibici alle piramidi egizie, senza dimenticare Elvis the Pelvis in tutti i colori. Si rese conto di aver esagerato solo quando il dottor Manzoni gli chiese se era daltonico. Una rivista seria ed eminente come "Il Filatelico" non poteva esibire troppe cromie. Ne andava del prestigio polveroso di tutta l'azienda. Rocco si rifugiò subito nella serie inglese dedicata a Lord Byron, Oscar Wilde e Thomas Sterne Eliot.

– Vede che quando vuole sa essere professionale, giovanotto?

Rocco fece un sorriso da *Truman Show* – adorava Jim Carrey, lo trovava un talento puro e incompreso – e chiuse lì la questione.

Arrivato a casa, aprì l'armadio per scegliere un look adeguato alla sera dopo. In fondo non doveva fare colpo su nessuno. Il messaggio telefonico di Daniele gli girava ancora in testa: ti aspetto, ti aspetto, ti aspetto. E poi la discoteca non era un luogo a lui congeniale, la musica che nasconde le parole, intollerabile. Preferiva i locali in cui si potesse anche parlare.

Alla fine optò per un *total black* che venne apprezzato soprattutto da zia Irvana. Le ricordava suo marito il giorno delle nozze. Cioè il giorno prima del suo funerale. Rocco si mise a sedere sulla vecchia poltrona cui era affezionato. Una poltrona di velluto verde con i braccioli, usurata dal tempo. Marina e Rubens erano già arrivati e facevano i fidanzati appiccicosi, con la necessità di farsi una carezza ogni sette secondi. CarloG continuava a entrare in salotto e a fare la passerella con i suoi cambi d'abito. O meglio, con i cambi di T-shirt. Quella con la scritta BOYFRIEND WANTED a caratteri cubitali ricevette una vera ovazione: purché la finisse, venne approvata all'unanimità. Stabilito il look del nipote, zia Irvana propose un brindisi al limoncello per benedire il fidanzamento fra Marina e Rubens. Una delle poche unioni eterosessuali che potesse ammettere dai tempi di Carlo e Diana.

CarloG cominciò a urlare e Rocco gli andò dietro – gli amici ti seguono, è il loro mestiere – imitando le baraccanate dei matrimoni: BA-CIO BA-CIO BA-CIO. Per non farsi vedere commossa, la zia riempì di nuovo i bicchieri. Al secondo giro erano già tutti *happy-oh-yea*. Bisognava andare. Salutarono zia Irvana con un sacco di baci e corsero alla serata Vanity.

Il locale era un po' fuori città. Una discoteca dimenticata da Dio, rinata solo grazie agli *aficionados* del genere. Il Vanity, in realtà, era un movimento che attirava due categorie ben distinte. Da un lato, gli zarri che morirebbero senza il sabato in discoteca, dall'altro, la popolazione *gay friendly* nelle sue varie accezioni: *fashion victims*, parrucchieri, commessi, avvocati, attori e gente di cultura. Un gran circo. A fare da collante, le drag queen e l'animazione glamour.

La selezione alla porta fu uno scherzo. A CarloG bastò baciare un paio di persone – il bacio finto, condito da un "ciao bello" qualsiasi – per garantire la VIP card a tutti. Rocco osservava in silenzio. Sentiva che sarebbe stata una serata iniziatica, quella. Quasi una notte di legittimazione delle sue ultime trasgressioni. Varcato il guardaroba, gli parve di essere piombato in un girone infernale, tanto era abituato alla normalità: gogo boys sado-maso ancheggiavano alle ragazze in delirio, drag queen dalla parrucca turchese toccavano il pacco ai malcapitati passanti. Era tutto un tuca-tuca tra gioco e perversione. Per l'educato cronista filatelico fu un piccolo shock. Non aveva mai vi-

183

sto uno spettacolo simile. Pensò a tutte le volte in cui aveva preferito il cinema agli insistenti inviti di CarloG, e un po' se ne pentì. Ma non lasciò trapelare né stupore né turbamento. Anzi, fu il primo a buttarsi in pista. Marina e Rubens furono costretti a staccare i loro cuori di chewinggum. La calca umana e sudata non lasciava spazio alle effusioni di un certo tipo, solo palpate dirette e sincere. Erano anche le ragazze a fare avance – un gioco nel gioco – senza sentirsi mai zoccole. Rubens non credeva ai suoi occhi e quasi non ci vedeva più, fino a che gli si presentò una sventola di nome Veronica. Giuseppe all'anagrafe. Dall'alto dei suoi tacchi a spillo cominciò a ballargli intorno, fino a lasciare un sonante bacio al rossetto sulla sua bocca. Rubens ci bevve sopra un Negroni – bevi, bevi e tutto sarà più facile – e dimenticò tutto. Rocco spiava le reazioni di Marina, che fu lì lì per esplodere ma riuscì a trattenersi grazie alla forza di volontà. E soprattutto grazie a CarloG: ma è tutto un gioco, non lo vedi, non essere isterica, guarda anche Rocco come si diverte, te l'avevo detto, te l'avevo detto io.

Alle sei in punto, la musica si spense e finirono i giochi. La *movida* si guardava stupita e imbarazzata, in un clima di freddezza postorgasmica. Era come se di colpo non ci si conoscesse più. Le poche persone lucide cercavano di scambiarsi i numeri di telefono, il numero prima del nome, il contatto più importante dell'identità. Rocco si accorse di aver bevuto troppo perché gli stavano venendo strane voglie. L'alcol conciliava particolarmente la sua libido. Ma c'era CarloG cui badare. Era scappato nei bagni urlando di aver avvistato Tom Cruise. Lo trovò che chiedeva ai ragazzi in fila per l'ultima pisciata se avevano visto Cruise Tom. Disse proprio così. Cruise Tom. Come a scuola, o a militare. Rocco lo prese di peso e lo riportò all'uscita. Capì che né lui né CarloG potevano guidare. Non rimaneva che chiedere a Rubens e Marina. Rubens non ci pensò due volte e si fece carico di tutti.

Erano quasi arrivati quando Rocco sentì qualcosa dentro la tasca posteriore dei pantaloni. Un biglietto con un numero di telefono e un nome, il nome dopo il numero. Maschile.

Abbassò il finestrino e lo gettò fuori senza dire niente a nessuno.

32

By Your Side
SADE

Accadde poco prima del rientro di Daniele. Era un pomeriggio d'autunno senza colore, tenuto in vita da una pioggia noiosa e costante. Viola era stata tutto il giorno a seguire l'orale di Psicologia sociale. Aveva preso appunti diligenti annotandosi tutte le domande. Era il suo modo di esorcizzare la paura dell'esame. Prima di rientrare a casa si concesse uno sfizio in libreria. Le piaceva sentire quell'odore misto di colla, carta e copertine di best seller. Stava curiosando rilassata quando dietro il più banale degli angoli, nel più banale dei modi, si materializzò Rocco. Il sogno antico. Il fantasma. *Nightmare III*. Sembrava uno dei tanti film con Meryl Streep – la sua attrice preferita, anche se ormai dimenticata – quando le cose sembrano accadere per un destino che non si vede, ma c'è.

Entrambi rimasero senza parole. Non si vedevano da poco più di un mese, ma le loro menti avevano già cercato di dimenticarsi a vicenda. Viola rappresentava tutti i sensi di colpa di Rocco. Il tradimento, la scorrettezza, il peccato laico, quello che aveva fatto e che non avrebbe mai dovuto fare. Lui, invece, era per lei semplicemente il peggiore dei rivali. Il fratellino con cui condividere i genitori. L'amica che inviti a fare il provino con te e che poi viene scelta. Viola rimase zitta qualche secondo. Si sentiva un po' irritata per essere stata interrotta in un momento così felice. Sapeva di trovarsi in una posizione privilegiata, quindi era molto più brava a sopportare l'assenza di conversazione. Sarebbe rimasta a fissarlo fino all'avviso che invita i clienti ad andare alla cassa. Ebbe improvvisamente un attacco di rancore – il rancore più forte dell'intelligenza e della strategia – ma riuscì a trattenere occhi e viso anche se non la mano, la mano aggrappata ai capelli.

Per togliersi da quell'imbarazzo soffocante, Rocco cominciò a dire banalità di cui si sarebbe vergognato fino alla vecchiaia. Parole articolate in automatico, senza la capacità di organizzare un piano lessicale adatto a una situazione poco conveniente. Cercò quindi di portare la conversazione tra i rumori delle tazzine di caffè. L'atmosfera della libreria era troppo dura da sostenere. Viola ci pensò un attimo prima di accettare l'invito. Non disse più una parola fino a che non si accomodarono a un tavolino. Ne avevano bisogno entrambi, di stare seduti. Cominciarono parlando di Rubens e Marina. Ma a nessuno dei due interessavano veramente, in quel momento. Poi Rocco tirò fuori le palle – il coraggio del colpevole, o presunto tale – e la interruppe dolcemente.

– Come stai, Viola?

La domanda fu diretta e violenta, ma necessaria. Viola non sapeva che dire. Non aveva tempo di pensare e voleva rispondere qualcosa.

– Diciamo che sono stata meglio. Ma anche molto peggio. Quindi dovrei stare bene, in sostanza, ma non ne sono così sicura.

Rocco non parlava. La guardava come uno scemo e basta. Il suo cappuccino stava diventando freddo e la schiuma era ancora tutta lì. Poi la diga si ruppe e cominciò lo sfogo che avrebbe voluto fare già da tempo, la memoria ritorna, la memoria non la puoi uccidere.

– Io non so tanto che dire, Viola. Mi dispiace, ma è stato più forte di me. Più forte di noi. Non avrei mai voluto agire alle tue spalle in un modo così meschino. E per niente al mondo vorrei che tu ti separassi da lui. Perché io sono solo una specie di appendice, di parentesi, di bonus track, di un cazzo di cappuccino tiepido che ormai è lì, e te lo bevi. Tu sei la donna della sua vita.

Viola ascoltava, ma le parole erano troppo pesanti. Le sembrava di discutere con una persona che non aveva mai conosciuto, né tanto meno baciato, la lingua nell'orecchio, le parole davanti a un portone, tutto sparito. Stava dando confidenza a un estraneo, che però aveva la stessa voce di un suo ex amante. Un legame troppo labile perché la conversazione potesse andare oltre. Stava per alzarsi dal tavolo, ma Rocco la pregò di risedersi. La crisi isterica era alle porte. Viola provò a sorridere ma non le venne fuori un granché. Dovette invece cedere a un attacco di masochismo acuto.

– Quando l'hai sentito l'ultima volta?
– Prima di partire. Dall'Australia mi ha solo mandato un messaggio sul telefonino. E tu, hai avuto notizie?

Viola fu ben contenta di ribattere. Parole usate come coltelli, parole infantili.

– Sì, ieri. E poi il giorno prima.
– Ma dài. E come sta andando lo spot?
– Benissimo: il set è fantastico, si divertono e la sua capa pare di ottimo umore.
– Ti ha detto quando torna?
– Dopodomani.

La conversazione stava prendendo una brutta piega. Pur facendo finta di nulla, Viola e Rocco stavano tirando le dovute conclusioni: aveva più valore una telefonata o un messaggio? Ognuno avrebbe desiderato le attenzioni che erano state dedicate all'altro. Per dirla in un altro modo, erano gelosi. Più di quanto ammettessero, più di quanto avrebbero immaginato. Viola non voleva mostrarsi impaurita. Si sforzò di mangiare il croissant e tirò fuori, *in extremis*, la storia di Psicologia sociale. Era ancora molto confusa. Rocco notò di nuovo il neo, il neo che l'aveva sedotto – chissà se è felice, chissà dove starà andando – e non lo riconobbe più, gli eventi alterano i ricordi più di quanto faccia il tempo. Si prodigò subito in consigli e suggerimenti per l'esame, che aveva già passato due volte. Conosceva alla perfezione il clan che interrogava e le domande ricorrenti. Viola fermò il notes di un cameriere e cominciò a prendere appunti. Per la prima volta, e non fu un caso, si ricordò anche di chiedere i consigli per la tesi.

– Non so se farla compilativa o di ricerca.
– Sei troppo intelligente per fare una tesi compilativa.
– Vero? Lo pensavo anch'io. Però sono indecisa tra Letteratura italiana e Filologia moderna.
– Letteratura italiana.

Sembravano tornati ai coffee-break dei loro primi incontri. Rocco chiese un altro cappuccino, anche se ormai era quasi ora di cena.

– Ariosto o Tasso?
– Ariosto.
– L'argomento?
– E no, a quello devi pensare tu. Non essere pigra.

Si salutarono senza promessa di rivedersi. Il bacio che si diedero – un bacio sulla guancia – era la firma di un patto: *respect*. Sembravano due genitori divorziati che trovano una tregua per il figlio. Solo che questa volta era un ragazzo di trent'anni, cresciuto per appartenere a una persona sola. Non a due. E non due di sesso opposto.

Viola si perse nella folla. Doveva decelerare i battiti. Capire. Forse era stata troppo buona a non fare una dichiarazione di guerra. A non insultare Rocco. Però aveva predominato il suo istinto. E il suo istinto aveva creduto a tutto quello che aveva sentito. Aspettare, non poteva che aspettare, perché le cose non puoi fermarle, né sapere dove ti porteranno. E senza fiducia, vivere è un po' morire.

Sola con i suoi pensieri, tornò a casa e si buttò in camera senza cenare. Sdraiata diagonale sul letto, si allungò per accendere la radio con il minimo sforzo.

"Amici di *Pink Link in* FM, eccoci qui anche stasera. Io sono Marina, come sempre, e qui di fianco c'è il fedelissimo Tony – lontano anni luce dall'altro Tony Mottòla – che come ormai ripeto da mesi, non ha nulla a che fare con il boss della Sony. Quello che, per intenderci, scoprì Mariah Carey prima che si chiamasse Mariah Carey. Questa è però una sera molto triste per me, perché è l'ultima puntata del programma. Sì, *Pink Link* vi saluta senza sapere se e quando ritornerà. Quindi dovete assolutamente rimanere con noi, almeno stasera. Adesso partiamo con i Kiss, questa è l'indimenticabile *I Was Made for Lovin' You, Baby*."

Viola si sentì ancora più malinconica. La conclusione di quel programma rappresentava per lei la fine di un esercizio a cui teneva moltissimo: ridere sola. L'autocertificazione della propria serenità mentale, il check-up del buonumore che la imbarazzava quando veniva sorpresa, e l'incanto finiva. Le piaceva farlo, la faceva stare bene. E poi aveva un vero e proprio debole per Marina. La sua voce così beffarda e sottile, che rendeva comica anche la notizia più triste.

"Lo sapevate che Tina Turner è completamente pelata? Be', io no. E devo quindi ringraziare Mark Santisi, che mi ha mandato una foto in cui la si vede nel giardino della sua casa di Londra senza neanche un capello. Dire che è orrenda è già farle un complimento. Poverina. Altro che le botte di Ike Turner. Sono queste le cose che fanno stare male i suoi fan. E allora, risentiamola quanto è brava qui, in *Private Dancer*. Siete su *Pink Link in* FM."

Non era la solita Marina. Troppo pesante, troppo nervosa. La fine è sempre una sconfitta, quando è imposta da altri senza motivo, senza possibilità di appello. Il direttore le aveva annunciato la disgrazia poco prima di cominciare. Lei aveva cercato di non badarci. Ma le canzoni duravano troppo perché non ci potesse riflettere su. Anche la faccia di Tony Mottola non era la solita faccia di Tony Mottola. Le canzoni stesse erano più tristi. Dopo un'ora di malinconie, il saluto finale giunse quasi come una liberazione.

"Ragazzi, che vi devo dire. È stata un'esperienza davvero importante per me. Ci ho creduto e non me ne vergogno. Mi raccomando, non abbiate pregiudizi contro i pettegolezzi. Perché fanno bene alla salute, se ci siete predisposti. Prima di chiudere, le ultime su Mariah appena arrivate in redazione: la nostra star preferita ha ammesso di aver rivisto Tony Mottòla, ma solo come manager discografico, mentre ha smentito ufficialmente di aspettare un figlio da Julio Iglesias, anche se non nega che tra loro è nata una certa simpatia... Ma cosa gli fai alle donne, Julio? Ora vado, perché mi stanno già smontando la postazione. Vi abbraccio a uno a uno, perché so perfettamente che non siete tanti. Per una volta vi manda un bacio anche Tony, che vuole partire per la California alla ricerca del suo omonimo. In bocca al lupo, Tony."

Chiusero il programma con *Reality*, tema portante del *Tempo delle mele*. Viola si commosse. L'interruzione di quel gioco interpretava perfettamente il suo stato d'animo. Cominciò a piangere, ma senza disperazione. Ogni tanto assaggiava le sue lacrime salate, senza capire veramente perché si sentiva così a terra.

Si addormentò tutta vestita con la radio ancora accesa.

33

Secretly
SKUNK ANANSIE

L'ultimo ciak venne salutato da un applauso e una bottiglia di champagne. Ralph Bagutta, nel suo completo bianco stile *La mia Africa*, baciò Roxanne e tutto lo staff di ope-
ratori. La produzione era andata benissimo, complici la
magia del luogo e una modella fuori del comune.

Il momento clou dello spot, quello del morso estatico al
cheesecake, era stato girato una ventina di volte. Ralph voleva che fosse perfetto. Lui, in realtà, approfittava della
sua posizione di regista per stare sempre appicciato alla
protagonista, Janet Mac Mahon. Modella. Copertina su
"The Face". Centosettantasei centimetri di altezza. Novanta sessanta novanta il resto. Daniele si godeva *The
Ralph Show* attento a rassicurare il signor Casassa Mont
che quello sarebbe stato lo spot più originale mai girato
per il mercato italiano.

Durante le continue pause di lavorazione, assaggiava
Delikatessen australiane. In una sola settimana, aveva
messo su un paio di chili. Però Daniele adorava quella vita da open bar, in cui chiedi ciò che vuoi senza pagare
mai. Le occasioni in cui t'illudi di avere qualche potere.
Roxanne era già oltre. Per lei "potere" significava pretendere la cosa meno attesa. Il pesce in un ristorante vegeta-
riano, le verdure grigliate in una *steak house*, la bigiotteria
da Cartier.

Pur essendo in Australia, tuttavia, la carne di canguro e

gli spiedini di koala le erano andati subito a genio. E quel vino giallo ocra le aveva fatto dimenticare l'amatissimo Cristal. Quando la regola è stupire, essere regolari diventa la più grande forma di stravaganza. Daniele attribuì l'atteggiamento all'età, ma in fondo sapeva che era soltanto questione di ruoli. Non poté tuttavia riderne con nessuno.

Quella sera Ralph organizzò una cena in onore di Janet. Il suo obiettivo era chiaro – obiettivo un po' porco, ma legittimo – seppur celato dietro il più classico dei party di chiusura. La mannequin sembrava stare al gioco, affascinata da quelle galanterie *made in Italy*. In suo onore, Ralph aveva reclutato addirittura una band aborigena, che si esibì con suoni primordiali davanti a una notte piena di stelle. Daniele era al tavolo con il signor cliente, la stylist, il truccatore e il fotografo. Fu conteso da un paio di commensali: la stylist sbatteva le ciglia qualsiasi cosa lui dicesse, il fotografo lo guardava ammiccante, cercando di sedurlo attraverso lievi sfioramenti della mano. Daniele fece finta di non vedere. Sorrideva mantenendo le distanze. L'unica persona cui voleva badare era il signor Casassa Mont. Ma nella sua mente s'insinuò il dubbio di una perversione. Triangolo. Con stylist e fotografo. Lui-lei-lui. Del suo tavolo, avrebbe escluso senza dubbio il truccatore, per quell'aria snob di chi ti parla solo se conosci l'ultima linea Guerlain. In pieno delirio, sognava che questa erotica scenetta potesse avvenire sotto gli occhi della Sweetie Corporation in persona: Mr Casassa Mont, responsabile marketing.

Una nuvoletta con le facce di Viola e Rocco – il senso di colpa in teletrasporto – gli apparve in quel momento. Daniele allontanò immediatamente il suo braccio da quello del fotografo e fulminò all'istante le ciglia battenti della giovane stylist.

Si distrasse buttando un occhio sul tavolo di Ralph e Roxanne: entrambi stavano circondando Janet di attenzioni. Le ridevano intorno dedicandole ogni sorso di vino disponibile. Quando Ralph incontrò lo sguardo di Daniele, gli fece cenno di seguirlo. Defilati in un angolo della hall, Ralph mandò in crisi tutti i buoni propositi di Daniele.

– La modella è un po' su di giri e mi ha detto che le piaci. *I like that guy. A lot.* Se le sgancio un paio di bigliettoni, mi ha detto che posso stare a guardare. È una cosa che mi eccita da matti. Che dici, ti va?

Daniele guardò Ralph con disprezzo. Che maiale, pensò. Avrebbe tanto voluto fargliela vedere, a lui. Ma era una risposta che avrebbe creato troppe stonature nella sua condotta già poco esemplare. Scosse la testa quasi schifato.

– No, grazie. Sei gentile a chiedermelo, ma no.
– Dài, non mi dire che non ti arrapa. Se vuoi, prima ci possiamo fare una pista di coca. Ne ho ancora un paio di grammi. Dài. Con me non ci sta, *that bitch*. Vuole solo te. Che le dico?

Daniele cercò di sembrare John Wayne e aggrottò la cicatrice. Ma era un duro con la coda di paglia. Il "no" crea subito sospetto, un "no" lì è difficile da spiegare a quell'età, davanti a una donna così, a mille miglia da tutti i fantasmi.

– Dille che non mi va.
– Allora sei finocchio.
– No, sono fedele.
– Fai come credi, amico. Ma se ci ripensi, fammelo sapere. Una così non ti ricapita due volte nella vita.

Ferito nella virilità e nei principi. Daniele patì il colpo più di quanto volesse dare a vedere. La proposta era davvero allettante: avrebbe potuto beccarsi una delle prede più ambite del pianeta sotto gli occhi di una persona che detestava davvero. L'eccitazione mise in crisi i suoi slip. Era lì lì per ripensarci, quando la nuvoletta riapparve.

– Si può sapere a cosa stai pensando con questi occhi spiritati?

– Non ti preoccupare, Roxanne. Ho solo bevuto un po'.

Roxanne sembrò materna, per un attimo. I suoi capelli erano mossi dolcemente dal vento.

– Allora siamo in due. Però vedo che anche Casassa Mont è completamente andato. Quando era ancora lucido mi ha fatto un sacco di complimenti su di te. Dice che ha piena fiducia nella nostra agenzia. Bravo Daniele, *go on this way*.

Fecero un educato cin-cin tra persone, per una volta, di pari livello. Poi cominciarono le danze. La più becera della musica dance aveva spodestato le sonorità aborigene. Daniele fece un po' il cretino con Roxanne. La invitò a ballare cercando di non guardarla in faccia e di non pensare a chi fosse. Si sentiva come uno studente che fa il simpatico con la professoressa all'ultima cena di classe. In una sosta al box delle bevande, Janet gli ripropose l'invito. Stavolta valeva anche senza Mr Bagutta.

Crisi. Grossa crisi. Non l'avrebbe visto nessuno. Non l'avrebbe mai detto a nessuno, infrattandolo nei meandri della memoria. Dieci anni dopo, magari, gli sarebbe scappata una parola – per sfinimento, o stanchezza – ma solo con Rubens. Riguardò le stelle.

No, forse non ne valeva la pena.

La liquidò con un semplicissimo *"Sorry, I'm tired"*. Abbandonata la festa, stette mezz'ora al telefono con Viola e scrisse una cazzata a Rocco.

Si addormentò che aveva ancora le voglie.

34

Outside
GEORGE MICHAEL

"Se ti può ancora interessare, sappi che sono tornato."

La mail era sintetica ma sufficientemente chiara per destare preoccupazione. Le parole scritte fanno più male – le puoi rileggere, e ti feriscono ogni volta – e non lasciano mai possibilità di replica.

Rocco provò subito a capire.

– Mi spiace, ma Daniele è in riunione.
– Ne avrà per molto?
– Non sono tenuta a rispondere. Posso farla richiamare?
– Riprovo io, grazie.

Rocco detestava la parola "riunione". La considerava una delle meno sincere di tutto il vocabolario. Quando gli dicevano che la persona cercata era in riunione – il luogo comune più conteso dai centralini e dalle segretarie – non ci credeva mai. Conosceva il barbatrucco.

Per cui passò un'ora nell'attesa, guardando l'orologio ogni cinque minuti. Gli sembrava quasi che si fosse rotto, tanto scandiva i secondi con lentezza, tanto amplificava l'effetto di noia e inutilità.

Cercò di dedicarsi alla posta dei lettori ma non gli venne in mente nulla di credibile. Avrebbe dovuto documentarsi, consultare esperti, sfogliare le riviste internazionali in cerca di curiosità. Ma non aveva energie.

Così fece un po' compagnia alla finestra. La fissava, lasciando correre la mente lontano da lì. Gli venne in mente un pensiero remoto, aveva quindici anni o giù di lì. Una sua compagna gli aveva chiesto un parere estetico sul giovane professore di cui si era invaghita. Sono un ragazzo, aveva risposto, non so valutarlo. Invece l'aveva notato, che era bello, ma aveva avuto paura di dirlo. Si stava ancora domandando il perché, quando il telefono lo riportò alla realtà tanto attesa. Daniele.

– Sei tu che mi hai cercato prima?
– Sì ma eri in riunione.
– Vuoi spiegarmi questo tono sarcastico?
– Allora: sei appena tornato dall'Australia e mi scrivi una lettera minatoria. Poi mi chiami qui e anziché salutarmi mi aggredisci. Si può sapere cos'hai?

La prima domanda della prima crisi. La lite, primo segno d'amore, o di affiatamento.

– Cos'hooooo? Sono stato via dieci giorni, ti ho mandato tre messaggi e quante risposte ho avuto? ZERO.
– Non è vero. Cioè, è vero che non ti ho risposto, però ti ho pensato.
– Ho visto.
– Be', potevi chiamarmi. Come hai chiamato Viola chiamavi me.

Un vero autogoal. Quanto più non lo voleva dire quanto più gli scappò, il rancore è nemico della ragione, si sa.
Daniele mise giù e tirò un pugno sul tavolo. Si sentiva violato nella sua intimità di bigamo. Lui, uomo tutto d'un pezzo, viscerale e cieco, intoccabile e santo, maledetto. Una iena ferita nella facoltà, unica e insindacabile, di scegliere come comunicare con le sue due metà. In più aveva avuto la conferma che Rocco e Viola si erano visti. Questo gli tolse un po' di sicurezza. Per un attimo gli riapparve

197

Janet Mac Mahon seminuda, con autoreggenti di pizzo bianche. Si diede ancora un po' del coglione e rientrò in riunione con Roxanne.

Rocco era sconcertato e perplesso. Da un malinteso si era scatenato un putiferio. Sapeva di avere sbagliato. Daniele era libero di chiamare chi voleva, tanto più Viola. Però c'era rimasto troppo male per non essere stato cercato di persona. Anche per questo non aveva risposto all'ultimo messaggio: ripicca infantile, inutile tattica, debolezza inevitabile. Le prime due volte, invece, si era fermato per paura di esporsi troppo. Ci aveva provato, a scrivere. Ma gli erano venute frasi così mielose che a Daniele sarebbe venuta subito una carie. Così aveva preferito tacere: non farlo, non esporti e non verrai affondato. Così aveva sbagliato.

Viola, a casa, stava perquisendo il borsone che Daniele aveva buttato sul letto prima di scappare in ufficio. Voleva vedere se c'era qualche regalo, Lolita. Spostava ogni oggetto con attenzione, per non lasciare tracce. Trovò un paio di pacchetti tutti schiacciati dal viaggio. Si tranquillizzò e corse a preparare una cena più bella che buona. L'aiutarono le ricette di Sophia Loren acquistate in edicola, i consigli di Madame Germaine ormai abbandonati, la memoria in esilio.

Daniele arrivò prima del solito. Il jet-lag l'aveva autorizzato a uscire alle sei in punto. Era abbronzato e bellissimo. La baciò con passione divorandole i vestiti. Fecero l'amore saltando tutti i convenevoli. Tu Jane io Tarzan in versione hard. Daniele si sorprese per la sua straordinaria velocità di recupero. Dopo poco era già pronto per un nuovo assalto. Per Viola fu la prova che in Australia non era successo niente, per lo meno a livello fisico.

Il racconto dell'esperienza aborigena tenne banco durante tutta la cena. Lui aveva voglia di parlare, lei di ascoltare. Ci sarebbero andati insieme, un giorno. Continuavano a prometterselo. Come se anche per le promesse fosse necessario prenotare in anticipo.

Forte della sua temporanea felicità – la felicità elimina le inibizioni – Viola raccontò a Daniele di aver incontrato Rocco in libreria. Fu molto sincera: gli confessò nei minimi dettagli ciò che aveva provato. Fu brava però a mitigare i toni, che non facevano comprendere i suoi sentimenti in dimensione reale. I dispiaceri erano stati ovattati. E in tutto il suo discorso la relazione tra Rocco e Daniele non era mai stata messa in discussione. Strategica, Viola. Questo giocò a suo favore. Daniele evitò ogni commento. Si limitò ad ascoltare e a capire quella ragazza davvero speciale.

Al momento di spegnere il telefonino vide un messaggio: "Non essere stupido. Rocco". Daniele chiuse gli occhi e disattivò il cervello, cercando di prendere sonno. Vivere, non pensare era la sua filosofia. Rubare alla vita tutto ciò che si può, sottrarle le emozioni più forti senza lasciarle niente, senza chiedersi perché, senza valutare i danni. Dormì di sasso.

Quando Viola si svegliò, l'altra metà del letto era deserta. Però c'era un pacco, uno dei due pacchi che aveva già conosciuto. Lo aprì come se stillasse l'ultima carta di un poker d'assi. Dentro, una tunica dipinta a mano dagli aborigeni. I colori erano caldi e veri. Le sensazioni lontane. La pace durò poco. Viola si rese conto che non c'era nessun altro regalo per lei. Il secondo cadeau che aveva visto nella borsa era evidentemente destinato a qualcun altro. E sapeva anche a chi. Rimase zitta per qualche minuto, ad accarezzare quel telo sacro. Poi si fece una promessa: di non intromettersi più nella vita di Daniele. Lui esisteva solo quando era con lei. Non era facile, però sarebbe stato un bell'esercizio. Solo così poteva diventare una vera amazzone. Si distese sul letto e si concesse ancora un sonnellino di un'ora.

Rocco, intanto, continuava a maledire il telefono. Cruccio, capro espiatorio, nemico e salvatore, omicida e vittima, il telefono guardava Rocco in silenzio, senza colpa, se non quella di esistere e funzionare, ma non emettere suoni. Ne risultarono risposte ai lettori così severe che il dottor Manzoni chiese cosa fosse successo. Non aveva mai letto repliche più serie, corrette e altezzose di quelle. Pertanto si era permesso di chiedere a Rocco un addolcimento nei toni.

– I collezionisti sono persone fragili e suscettibili. Non l'ha ancora capito, giovanotto? Se li perdiamo, non li ritroveremo più.
– Ha ragione, dottore. Forse sono stato un po' troppo zelante. Provvedo subito e le sottopongo le risposte per conoscenza.

Poco prima di mezzogiorno arrivò una mail lampo di Daniele. "Che ne dici se facessimo due chiacchiere domani sera?"
Rocco accettò senza sapere se essere contento o no. Gli sarebbe piaciuto verificare con una telefonata, ma gli venne paura di un nuovo fraintendimento. Per non correre rischi, si rivolse a CarloG, raccontando gli ultimi aneddoti in ogni dettaglio.

– Ma cosa vuoi che sia? Succede. Lui era un po' stanco per il fuso orario, tu che non rispondi neanche a un messaggio. Cosa doveva dirti, che era contento?
– Lo so. Ma mi ha messo giù il telefono.
– Ha fatto bene. Ti sei messo a fare i conti in tasca ai suoi sentimenti... "Se chiami Viola devi chiamare anche me." Hai trent'anni, ragazzo mio.
– Lo so, ma è stato più forte di me. Però se mi ha invitato a fare "due chiacchiere" non sarà poi così grave, no?
– No. Cioè, francamente non lo so.
– E come faccio a saperlo?
– Devi aspettare fino a domani. Se si è incazzato così tanto è perché ci tiene, non credi?

– Mah.

– Piuttosto, cerca di passare da Marina. È disperata per via del suo programma. Non l'ho mai vista così.

– Appena risolvo questa cosa passo a trovarla.

Daniele e Rocco si diedero appuntamento con la freddezza che accompagna solitamente le rotture di una storia. Scelsero uno dei caffè più antichi della città. Bastò rivedersi per capire quanto si erano mancati. Provarono a tenersi il muso, ma durò poco. È stata colpa mia, no ma guarda che è stata anche colpa mia, sì però non avrei dovuto risponderti così, anch'io ho sbagliato ad aggredirti bla bla bla. Non parliamone più.

La lite fu liquidata in pochi minuti. Per scaricare la tensione accumulata, ordinarono caipiroska alla fragola. Il sole era tornato sui loro volti tirati e stanchi. Rocco scartò quello che appariva, e di lì a breve sarebbe stato, un libro: l'ultima biografia su David Bowie, appena sfornata dal più informato dei cronisti australiani. L'aveva detto solo di passaggio, che gli piaceva il duca bianco. Che ne aveva letto un paio di libri. E ora se lo ritrovava in forma di pensiero.

Mentre gli altri portano boomerang, Daniele gli aveva regalato qualcosa che sarebbe diventato un ricordo. La passione che si scatenò nel bagno del bar non fu affatto casuale. Si rinchiusero nello stesso stanzino, come due ragazze che fanno pipì. Le lingue furono immediatamente fuori dalla bocca. Si desideravano ancora. Non si spogliarono. Tolsero i vestiti solo alle parti che ritenevano utili. Mugolii ridotti al minimo, gesti rapidi e scarni. Molto concreti. Sapevano di non avere tempo. Sapevano anche che sarebbe bastato poco per arrivare a casa. Ma il piacere non volle sentire ragioni. Così vennero in modo secco e violento, sporcando i muri azzurri di un cesso tanto perbene.

Quando tornarono al tavolo, il cameriere li guardò con occhi pieni di giudizio. Daniele lo fulminò con una lauta mancia. Prese Rocco sottobraccio. Uscì.

35

Why Does It Always Rain on Me?
TRAVIS

Quel weekend sarebbe stato difficile da dimenticare per Viola. Il lunedì mattina c'era l'appello di Psicologia sociale. Il che significava sacrificare pizze, uscite e alcolici per almeno quarantott'ore. Il ripasso, in questo caso, aveva un'importanza fondamentale. A rendere tutto più complicato ci si mise, ancora una volta, Daniele.

– Ho saputo solo oggi che domani devo partire per Londra.
– Cooooosa?
– Sì, Londra. Roxanne vuole che vada a seguire la postproduzione dello spot di Sweetie. Il cliente ha chiesto esplicitamente che ci fossi anch'io.
– Fantastico. Però così non ci vediamo.
– Dài, che se sono a casa anch'io finisce che non studi. Almeno ti concentri come si deve.
Pausa
– Poi volevo dirti che viene anche Rocco con me.
– Rocco?
– Rocco.
– Va bene.
– Dài, non fare questa voce. Il prossimo weekend ce ne andiamo noi da qualche parte a festeggiare, okay? Ci vediamo stasera.
– Okay.

Le lacrime – troppo bastarde le lacrime – sgorgavano di nuovo. A disintegrare in un *clic* la prima legge di Viola l'Amazzone. Veramente difficile separare Daniele dal mondo. Dal suo mondo. Al primo attacco era affondata, ma non voleva darsi per vinta. Sentiva che la strada era dolorosa, ma giusta e inevitabile. Si guardò allo specchio e si asciugò gli occhi feriti. Riuscì anche a fare un sorriso, seppur piccolo piccolo. Soldato Jane richiamò all'ordine i nervi e si buttò a capofitto sul manuale di Psicologia. Capacità di concentrazione debole, debolissima, pagine rilette tre volte, schemi incompiuti, eppure perseverava Viola, voleva sopravvivere. Quando Daniele tornò, la trovò immersa negli appunti sporchi di patatine. Lo accolse con affetto – simulare per riconquistare – fiera della sua decisione. Durante la cena stava già bene. Mentre la sentiva dire stronzate, Daniele sapeva che non avrebbe mai più incontrato una donna così. Mai più per almeno dieci anni. La riempì di baci fino a che cadde addormentata.

La sveglia suonò come una condanna a morte. Il volo era alle 6:55. Daniele arrivò all'aeroporto in taxi. Adorava farsi scarrozzare a spese dell'agenzia. Pagò i suoi trentacinque euro e si diresse al check-in. Rocco era già lì che lo aspettava, con un paio di quotidiani sottobraccio.

– Eccolo qua, in ritardo come sempre.
– Non provare a lamentarti che abbiamo anche un albergo a Notting Hill.

La hostess origliava, invidiosa, condannata ad ascoltare i discorsi solo a frammenti.

– Sei sicuro di potermi ospitare?
– Non ti preoccupare. La camera è doppia e ho mandato un fax per confermare la presenza di due persone.
– E Viola come l'ha presa?

La hostess capì che c'era qualcosa di strano, in quel

pezzo di vita, ma era troppo presto per far lavorare il cervello. Così si limitò a pesare le borse e a indicare il gate. I due le diedero attenzione secondo i minimi sindacali.

– Come l'ha presa? All'inizio c'è rimasta un po' male. Ieri sera invece era rilassata. Però non vorrei parlarne, adesso.
– Come vuoi.

Volare Ryanair fu per loro un'esperienza a trecentosessanta gradi. Come compagnia aerea a basso costo, aveva eliminato tutti gli optional: dall'etichetta da attaccare sulla valigia al sorriso della hostess. I posti non erano numerati, per cui ci fu una corsa alle poltrone degna dei peggiori governi. Rocco e Daniele sfottevano un po'. La democrazia era arrivata anche in aereo: famiglie numerose con figli a carico potevano finalmente trascorrere un weekend a Buckingham Palace portandosi il pranzo al sacco.

Rivedere Londra colpì profondamente Rocco. Lì ci aveva lasciato una parte di sé: anni di vacanze studio, sogni dell'adolescenza, lavori part time, figuracce grammaticali e l'uomo che urla *"The big issue"* fuori della metropolitana. Gli girava tutto intorno, mentre prendevano uno dei taxi già entrati nella storia.

L'albergo era un piccolo gioiello suggerito da Roxanne. Una villa bianca immersa nel verde, a due passi dalla casa di Noel Gallagher. Almeno, così aveva detto Marina a Rocco, quando l'aveva chiamata per un saluto la sera prima.

Non appena la receptionist vide che la prenotazione era per due signori, chiese se volevano sostituire la loro matrimoniale con una *twin room*. Il silenzio di Daniele – vivere, non pensare, e non dare spiegazioni – fu la più eloquente delle risposte. Miss efficienza sorrise e mostrò la camera. Il letto era bianco, le pareti azzurre. Un balconcino dava sul giardino interno.

Avrebbero voluto riposarsi un po', ma non c'era tempo. Daniele sarebbe dovuto andare al più presto alla casa di produzione, in piena Soho. Così si concessero solo un *muffin* e una tazza di tè nella hall dell'albergo. Si salutarono come una vera coppia. Uno andava al lavoro, l'altro a fare shopping. Erano felici così.

Per prima cosa, Rocco volle respirare l'aria di Portobello Road. Rivide le bancarelle in fila, che suggerivano acquisti stravaganti. Turisti a parte, i clienti abituali erano collezionisti di ogni genere di roba: vecchi dischi, monete antiche, candelabri, accendini, galletti da collezione. Come da Harrods, anche qui si poteva acquistare da uno spillo a un elefante. Per Rocco, era una passeggiata nella memoria, la memoria non muore. Anni prima aveva trascorso un'intera estate lì, lavorando come cameriere in uno dei tanti caffè. Oggi quel bar non esisteva più. Era diventato un self-service con tramezzini di plastica e bibite arancioni. Rocco entrò a fare un giro, e inorridì. Alla domanda *"Can I help you sir?"* uscì senza nemmeno rispondere. Prese la Central Line e scese a Oxford Circus. Aveva bisogno di ripassare le vie del centro, in particolare la sua preferita: Regent Street. Inondata di luci e piccoli alberi di Natale, manteneva intatto il suo status. I marciapiedi larghi, le vetrine eleganti, i megastore di giocattoli, la curva perfetta – un colpo d'ali – prima di Piccadilly Circus. Ricche signore appesantivano le loro braccia di borse targate Laura Ashley, Liberty o Hamleys. Uomini in calzini bianchi aspettavano l'autobus in fila indiana. Tutto funzionava come al solito. Pure il sole era offuscato, lasciando il posto a una pioggia sottile. Rocco acquistò un hot dog da passeggio e lo divorò in pochi secondi. Il fegato glielo avrebbe rinfacciato fino a sera inoltrata.

Daniele aveva invece trascorso la giornata in uno studio seduto di fianco a Ralph Bagutta. Il montaggio dello spot era davvero spettacolare. Più che di un *cheesecake*, sembrava la pubblicità del nuovo profumo di Issey Miyake. Ralph era giustamente soddisfatto: malgrado la personalità grezza da giovane arricchito, aveva lavorato bene.

– Che fai stasera, Daniele? Andiamo a cena insieme? Conosco un paio di modelle qui in città. Se vuoi, possiamo uscire con loro.

Diverso scenario, stessa sceneggiatura. Nuova scusa.

– Mah, veramente c'è un mio amico che non vedo da tempo. Gli avevo promesso che ci saremmo incontrati.
– Come vuoi. Non voglio certo portarti sulla cattiva strada. In Australia mi sono anche sentito un po' in colpa.
– Tranquillo. Se posso essere sincero, è stata davvero dura. Non so quando mi ricapiterà un'altra occasione del genere.
– Se vuoi, stasera. Ti dico solo che una delle due sembra Naomi II.

Daniele sorrise, spiacente. Vivere, voleva vivere il sogno che si era portato da casa. Appena fu solo chiamò Rocco.

– Dove sei?
– In una libreria di Charing Cross. Tu?
– Ho quasi finito. Se mi raggiungi a Soho ci andiamo a bere qualcosa prima di cena.
– Perfetto. Ci vediamo lì.

S'incontrarono in un caffè di Old Compton Street: pareti in acciaio, musica alta e baristi fighi. *Gay, lesbian and friends* il genere di frequentatori abituali. Rocco e Daniele entrarono un po' titubanti, ma si ripresero subito con una Guinness al banco. Metà locale guardò fisso Daniele. L'altra metà guardò male Rocco. Per togliersi dall'imbarazzo, cominciarono a baciarsi davanti a tutti. Un bacio impensato. Pesante. Di quelli che non riesci a percepire quanto è intenso, se non lo vedi. Due lingue unite contro le invidie degli altri. Cieche. Due lingue che vedono solo se stesse e vivono dei loro soli respiri, per dare voce a due cuori che non si sono ancora detti niente. Fu il loro primo discorso pubblico, quello. Per sancire l'ufficialità, o per lo meno la possibilità, di una relazione. Ora qualcuno li aveva visti. Ora poteva essere vero.

Andarono a cena da Wagamama: un ristorante giapponese *cheap and chic*, con tavoli lunghi, cucina semplice e servizio ultrarapido. Un posto che sarebbe piaciuto molto a Giorgio Armani. Mangiarono piatti impronunciabili, assaggiandoseli a vicenda. Bevvero birra Kirin. Bevvero birra Kirin. Bevvero birra Kirin. Alla fine, pisciarono birra Kirin. E la fecero anche un po' sulle scarpe.

La stanchezza arrivò di colpo. Così rinunciarono alla prevista tappa al pub e tornarono a Notting Hill. Quella sarebbe stata la loro prima notte insieme. Troppo a pezzi per fare l'amore, dormirono abbracciati senza staccarsi mai.

Solo Viola non dormiva. Pensava a come sopravvivere. Doveva imparare a stare da sola. E voleva impararlo da sveglia. Dormire sarebbe stato troppo facile per lei. Accese la radio, in cerca di un nuovo programma cui affezionarsi. Non lo trovò, ma già sapeva che non lo avrebbe trovato. Così andò in soggiorno e si stravaccò sul divano a caccia di TV. Aveva voglia di programmi trash da accompagnare ai suoi Ringo. Trovò Mr Joseph che leggeva le carte, e lì imbalsamò il telecomando. Ascoltava le chiamate e indovinava i consigli. Rideva a intervalli regolari. Soldato Jane stava facendo progressi, ma aveva smesso di ripassare. Quando le venne in mente Daniele, provò a esorcizzarlo. Durò poco. Poi prese il suo dito medio. Prese il suo dito indice. Cominciò ad accarezzarsi, immaginandolo dolcemente. Fu un ricordo davvero piacevole. Più di tutti i sogni che avrebbe potuto fare quella notte.

36

Daniel
ELTON JOHN

Quando Rocco si svegliò era quasi mezzogiorno *local time*. Di Daniele nessuna traccia. Dietro di sé, solo un biglietto scritto di corsa: "Ne avrò per tutta la mattina, poi devo pranzare con Ralph e il cliente. Ti chiamo nel pomeriggio. Non spendere troppo, Dani".

Uno dei risvegli più poetici della sua vita, la poesia delle parole inutili per tutti, ma essenziali per te. Il giardino dell'hotel era illuminato dal sole. La città profumava di fresco. Fece colazione con i titoli dell'"Independent". Si tuffò al buffet ormai in chiusura e si riempì di burri, marmellate, uova, bacon e il solito caffè lungo. Con la pancia piena, si sentiva pronto per lo shopping selvaggio, con tante idee e pochi *pounds*. Stava per prendere la metro, quando fece dietrofront. Troppe persone avevano quelle stesse intenzioni, rendendo impraticabili le vie del centro. Figuriamoci i magazzini a lui amici: da Harvey Nichols a Selfridges, sarebbe stato tutto un assalto di gente perbene. Così cambiò rotta e programmi, scegliendo Wimbledon. Prese la District Line e uscì dalla città. Era ricominciato a piovere. Sceso a Southfields, fece la lunga camminata che durante il torneo viene di solito occupata dagli appassionati in coda. Una fila lunga giorni e chilometri, che può valere uno degli ultimi biglietti per il Campo centrale.

Il tempio era deserto e incuteva uno strano timore. Una lieve foschia copriva il Central Court di tante battaglie. Ora era lì, muto. Con i suoi segreti e le sue lacrime. Le rimonte e le interruzioni per pioggia. Con le sue gesta memorabili, che avevano consacrato alla storia i sogni di pochi eletti. Era ancora fermo, a pretendere rispetto, quando il telefonino suonò. Rocco si sentì più imbarazzato che in chiesa. Rispose sottovoce a un Daniele quasi sommerso dal tono dei commensali.

– Che ci fai a Wimbledon?
– Avevo voglia di fare quattro passi lontano dalla confusione. Il centro di sabato mi spaventa. E tu che fai?
– Sono in un ristorante a Earl's Court con regista e compagnia bella. Tra un'oretta dovrei poter liquidare tutti. Ralph e il cliente prendono lo stesso volo. Tu per quanto ne hai ancora?
– Poco. Dove ci vediamo?
– Che ne dici di Chelsea? Dovrebbe essere un po' più tranquillo, lì.
– Proviamo. Ci troviamo davanti a Muji, va bene?
– Perfetto.
– Sai dov'è?
– No.
– Sai cos'è?
– No. Ma è un posto di Chelsea dove sarai alle cinque. Giusto?
– Giusto.

Per Rocco, Muji era un altro tempio. Quello degli oggetti impensati. Tutto ciò che era firmato Muji non aveva etichetta. Poteva essere un portamine o un paio di slip, un giubbotto o un tappeto per la casa. Questo non-marchio riusciva a comunicare più di tanti altri. In parole povere, era una trovata pubblicitaria: un tentativo di celare il taglio di costi fissi con la scusa dell'understatement. Una Ryanair più snob. Comunque. A Rocco e Daniele non poteva importare di meno delle logiche di business. Loro volevano innanzi tutto comprare i regali di Natale. Daniele era arrivato con venti minuti di ritardo, dando la colpa alle indicazioni sciagurate di una passante. Rocco non gli diede peso e s'improvvisò guida volontaria dello shopping tour. Da Muji trovarono solo cose con destinatario da destinarsi. Ogni oggetto che toccavano li divertiva. Ogni tre toccati, uno finiva alla cassa.

Alternarono le visite ai negozi con frequenti pause nei bar. A turno avevano voglie irresistibili di caffè o *muffin* al cioccolato. Alla fine della giornata si resero conto di aver comprato solo stupidate: tazze *made in Italy*, sali da bagno alla camomilla balsamica, T-shirt dalle frasi sconce che nessuno avrebbe messo mai. Quando erano insieme, la loro età complessiva non raggiungeva i ventinove anni. A volte neanche i ventotto.

Prima di cena passarono in hotel per una doccia. Su suggerimento di Ralph, Daniele aveva prenotato da Mezzo: il ristorante ideale per gustare la Londra *up-to-date* del momento. L'unico handicap, il rumore. La totale dedizione dei nuovi architetti al concetto di open space faceva crollare ogni intimità durante i pasti. Era, questa, una regola generale seguita dai ristoranti della capitale, da Oxo a Quaglino. Rocco e Daniele rinunciarono a qualsiasi tipo di confidenza: un volume così alto permetteva solo di dire cose allegre. Il silenzio si sedette a tavola solo per un attimo, quando Daniele lesse un messaggio di Viola: "Come stai? Torna presto".

In quel momento la odiò. Non gli mancava affatto e non aveva nessuna voglia di tornare alla realtà dell'altra sua relazione, vivere, non pensare. Anziché risponderle, spense il telefono. Rocco non lasciò trasparire emozione e proseguì il discorso facendo finta di niente. Avrebbe voluto lavorare alla British Telecom solo per poter leggere il contenuto di quel messaggio. Ma dentro di sé sentiva di aver vinto una battaglia.

La domenica corse via veloce. Rocco e Daniele trovarono solo il tempo di fare l'amore. Questa volta lo fecero quasi per davvero. Il "quasi" era dovuto all'assoluta mancanza di esperienza nel settore specifico. Ma ci andarono molto vicini, alla penetrazione, e nelle loro teste l'amore era come se l'avessero fatto. *Live in London City*.

La pace dei sensi tolse ogni energia da dedicare alla città. Batman e Robin optarono per una colazione in camera a carico della nota spese. La cameriera buttò l'occhio sul lettino intatto che occupava un angolo della camera. Li guardò, capì e si rifugiò nel consueto perbenismo anglosassone. Era una faccia cui ormai cominciavano ad abituarsi: tra il disappunto e lo scontento, la curiosità e il moralismo. Come effetto, continuarono a paciocciarsi fino quasi a dimenticarsi del tempo. Fu solo merito di un taxista spregiudicato se riuscirono a prendere il volo. A bordo, Daniele si ritirò in un silenzio quasi inquietante. La faccia seria, gli occhi fuori dall'oblò. Non aveva nessuna voglia di tornare a casa. Viola lo aspettava, è vero. Ma la felicità, in quel momento, gli stava seduta accanto. Non voleva pensare, ma a volte era costretto a farlo. Dormì appoggiandosi alla spalla di Rocco.

Viola aprì la porta con una faccia davvero distrutta. Occhi segnati, sorriso tirato, capelli senza nessuna logica, chissà quante volte c'erano passate le sue mani, mani nervose, mani di donna che aspetta e non sa, e costruisce fantasmi. Anche se era incazzata nera, provò ad abbracciare Daniele come se nulla fosse.

– Ti avevo mandato un messaggio, ieri sera. L'hai ricevuto?

– No. A dir la verità ho avuto un po' di problemi col mio telefonino. Anche Roxanne ha provato a chiamarmi più volte ma non è mai riuscita.

Che fare? Credergli o continuare a macinare dubbi? Soldato Jane consultò Lolita. Decisero insieme che era meglio vivere – sopravvivere – il presente.

– Be', in effetti mi sembrava strano che non mi avessi risposto. Non è da te. Com'è andata?

211

– Bene, anche se lo spot è stato un massacro. Ho lavorato anche oggi fino all'ultimo. E tu sei pronta per domani?

Viola prese il libro in mano e se lo appoggiò sul petto.

– Mica tanto. Mi sa che stanotte non dormo.
– Tanto non serve a niente. Quello che sai, sai. Vieni a letto e basta.

Daniele si sforzava di essere il solito.
Viola si sforzava di credergli solo perché così aveva deciso, per stasera non pensare più. Per fortuna la sua testa era completamente occupata dall'appello del giorno dopo. Quando andò a dormire erano le quattro passate. Daniele occupava tutto il letto in diagonale, tanto che Viola dovette spingerlo con la forza, per sdraiarsi. Lo abbracciò senza essere ricambiata. Non era mai successo, in due anni di piccole e grandi liti.

Daniele si alzò prima che suonasse la sveglia. Viola era già seduta in salotto. Il libro aperto sulle ginocchia – il libro temuto – la caffettiera seduta sul tavolino di fianco a lei.

– Allora, sei pronta? Sei carica? Dài che ce la fai, Viola. Sei troppo *the best*.
– Smettila. Non mi ricordo niente.
– Vedrai che andrà bene. Quando sei passata, dammi un colpo di telefono in agenzia.
– Okay.

Per la fretta di uscire, Daniele saltò la colazione a piè pari. Salutò Viola mandandole un bacio distante, spedito da una mano fredda e anonima. Quella casa era diventata opprimente. Aveva voglia di starsene un po' per i fatti suoi. Viola rimandò a dopo l'esame qualsiasi riflessione. L'università riusciva ancora a essere una priorità. O un alibi. Ripassato l'ultimo capitolo, si tirò a lucido, cominciando dai tacchi.

Voleva arrivare all'appello in forma smagliante, e ci riuscì. The Lolita Power aveva colpito ancora. L'esame andò meno bene dei soliti trenta, ma un ventotto riuscì comunque a portarlo a casa. Non aveva brillato come sempre, e su un paio di risposte era stata poco esaustiva. Quanto bastava per rovinarle il libretto. Tornata a casa, si sentì spossata. Aveva bisogno di fuggire da tutti i dubbi che le stavano girando intorno. Le era venuta una strana voglia di vendetta. Conosceva un solo modo per metterla in pratica. Chiamò Daniele.

– Di nuovo a Nizza?

– Sì, mia sorella ha bisogno di parlarmi. Se ti va, puoi raggiungermi nel weekend.

– Come, "se ti va"? Certo che mi va, te l'avevo detto che il prossimo fine settimana l'avremmo passato insieme.

– Perfetto. Allora ti chiamo io tra un paio di giorni così mi dici quando arrivi, okay?

La telefonata mise nella testa di Daniele un po' di insicurezza. *Se ti va. Se ti va.* Fino a un momento prima aveva voglia di staccare, di fuggire, di non dover rendere conto a nessuno delle sue scelte. Ora che poteva farlo affioravano nuovi dubbi. Passò a trovare Rubens. L'ex playboy gli riservò grande entusiasmo, ma era in una situazione veramente delicata. Daniele sorvolò, pensando che il suo problema avesse la precedenza. Entrato in cucina trovò Marina in lutto. Irriconoscibile. Silenziosa. Rubens spiegò sottovoce che avevano sostituito *Pink Link in* FM con un programma molto simile.

Daniele continuò a pensare che fosse una cazzata, ma quell'atmosfera sepolcrale lo tenne in soggezione per qualche minuto. Marina continuava a non dire una parola. Una pena del contrappasso voluta da Mariah Carey e Tony Mottòla. Dopo cinque minuti di attesa, Daniele decise di scomparire. Forse era il caso di rimandare.

Rubens gli diede appuntamento per la sera dopo. Daniele chiuse la porta e scosse ancora la testa.

37

Virtual Insanity
JAMIROQUAI

Notte di nuvole e poca luna.

Quaranta minuti di jogging sotto un vento gelido. Rubens riuscì a stare dietro a Daniele solo per la forza di volontà. Si accasciarono sulla stessa panchina, sotto una quercia che sfrattava crudelmente le ultime foglie rimaste.

– Prima raccontami un po' di te.
– Io e Marina abbiamo preso una decisione importante.
– Vi sposate?
– No.
– È incinta?
– No.
– Vorrete mica abortire?
– Ma se ti ho detto che non è incinta. Comunque te lo racconto dopo. Dimmi invece tu cosa hai deciso di fare. Ogni tanto sento Viola, che mi racconta.

Rubens aveva ancora il fiatone. Daniele sarebbe stato pronto a correre i quattrocento ostacoli.

– Ti ho scioccato, eh? Di' la verità.
– Devo ammettere che mi hai sorpreso. E soprattutto mi sorprende che tu riesca a stare contemporaneamente con due persone. Cazzo, due. E lo sanno tutte e due.
– È una cosa che non so spiegarmi neanch'io. Non mi ri-

cordo nemmeno com'è cominciata. È stato come un incendio, che ti accorgi che c'è solo quando dici: minchia, le fiamme.

Rubens emise un sospiro freddo sulla faccia di Daniele.

– Io però non ci credo che tu sia legato a entrambi allo stesso modo. Non ci credo e basta. E poi uno dei due è un uomo... Non ti fa un po' schifo? Non ti punge la barba?
– Mi hai fatto una domanda o vuoi farmi girare i coglioni?
– Ti ho fatto una domanda. Scusa.
– In effetti, è tutto molto strano. In questo momento, per esempio, Viola mi pesa perché con Rocco mi diverto di più. Ma se ci penso, mi rendo conto che non potrei vivere senza di lei: è la mia casa, la mia famiglia. I figli che ancora non ho. Capisci?

Rubens cominciò un esercizio per combattere gli acidi lattici.

– Ci sto provando.
– Vedi, ora lei è a Nizza per l'ennesima volta. Sembra che sia l'unica città dove riesca ad andare. È incazzata nera perché sono stato a Londra con Rocco e quando sono tornato non l'ho quasi cagata. Lo so che ha ragione. Però adesso non vedo l'ora di rivederla. Ti sembra normale?

Daniele trovò gli occhi di Rubens a pochi centimetri dal volto.

– Mi sembri solo egoista. Vuoi tutto, e appena scopri che hai tutto fai i capricci. Attento perché la gente prima o poi si stufa.
– Dici che farò quella fine? Sarò io il primo a stufarmi.
– Stai molto attento. Non puoi amare veramente, se ami due persone.
– Questo non lo so. E non lo puoi sapere neanche tu.

Spiazzato. Disorientato. Senza idee. Daniele mascherò la sua rabbia interiore con un'espressione preoccupata. Finora aveva vissuto la sua bi-storia in modo istintivo e vorace, senza riflettere. Illudendosi magnanimamente di non fare felice una, ma due persone. Il quadro era però più complicato. Daniele sapeva che entrambe le sue relazioni, ciascuna a suo modo, lo realizzavano come uomo e come persona. E la presenza fantasma dell'altro rendeva ogni volta più intenso l'amore in corso. C'erano momenti in cui aveva più bisogno di Rocco, altri in cui preferiva Viola. Un'acrobazia rischiosa, non facile. Ma voleva provarci ancora. Soprattutto ora che la sua donna si rendeva sfuggente.

Certo, Daniele avrebbe cambiato espressione se avesse visto Viola in quel momento: completamente nuda, mentre si concedeva senza inibizioni a Mathieu, il vicino di sua sorella. Quello che aveva finito lo zucchero. L'aveva cercato lei, appena arrivata da Alice, sapendo di sfondare una porta aperta. Sentiva il bisogno di tradire, un bisogno infantile eppure ancora efficace. Per questo era partita col primo treno. Soldato Jane stava sparando alla cieca, per difendere una ragazza costretta a crescere troppo in fretta.
La foga di Mathieu rendeva l'atmosfera ancora più fuori luogo. Viola gemeva più che poteva. Voleva farsi schifo fino in fondo. Lui, in realtà, era il terzo uomo con cui avesse mai fatto sesso. Dopo il disastro della sua prima esperienza, Daniele l'aveva iniziata alla libido vera e sfrenata. Quella che annulla l'unità di tempo, di luogo e di azione. Ora la stava mettendo in pratica, in una vendetta erotica molto pericolosa.

Nel frattempo, Daniele parlava. Parlava e faceva stretching. Rubens lo ascoltava, cercando di mettere ordine alle idee di un uomo confuso. Poi si arrese. Forse era meglio desistere e lasciare che gli eventi facessero il loro corso senza forzare con la logica le ragioni della non-ragione.

Quello che muoveva Daniele non era solo egoismo. Altrimenti gli sarebbe stato più semplice nascondere la relazione con Rocco, o almeno provarci.

Era piuttosto una sfida titanica dei sentimenti più alti: amare due persone con la stessa intensità, rispettandone la diversità. La discussione sarebbe andata avanti ancora per ore, se Marina non avesse chiamato. Si trovava all'Hamam, un caffè turco, con CarloG e Rocco, vicini a lei per rielaborare il lutto della radio.

– Perché non ci raggiungi qui con Daniele? Dàaai, ieri sera non gli ho neanche rivolto la parola. E poi CarloG vorrebbe tanto vederlo vicino a Rocco.

Rubens non sapeva che dire. Come interrompere una discussione tanto intensa per una serata lontana mille miglia da quella? Marina parlava così forte che Daniele aveva sentito tutto. Fece cenno di sì, che andava bene. Aveva pensato già troppo, per quella sera. La corsa e le chiacchiere gli avevano prosciugato la lingua. Clark Kent voleva bere.

Rubens e Daniele arrivarono nel locale con ancora addosso le tute scure e sudate. La loro apparizione era attesa dal trio come quella dei mitici Take That.

Marina e CarloG si diedero una gomitata liceale. Erano settimane che volevano commentare insieme la nuova coppia. Che però era troppo intimidita dalla cornice – cos'hanno tutti da guardarci così? – per poter sembrare naturale. Si salutarono con un certo distacco, sorridendosi da lontano. Rocco non sapeva che fare. Ordinò da bere per tutti.

L'Hamam era perfetto nel look ma finto nell'anima. Un'operazione commerciale dedicata a chi pensa che basti frequentare un locale etnico per avere ampiezza di vedute. I clienti, mediamente snob, pronunciavano a bassa voce i loro "vorrei-ma-non-posso". Marina prese Daniele da una parte e si scusò per la scena muta della notte prima.

Raccontò per l'ennesima volta della radio, che proprio non se l'aspettava, che non ne vedeva il motivo, che perché proprio a lei. Cose che ormai tutti sapevano. Mentre Marina parlava, Daniele pensava – per la seconda volta, quella sera, pensava – a tutte le volte che l'aveva sentita, quella voce, dalla radio di Viola. Avrebbe voluto confidarglielo, ma in quel momento lo trovò inopportuno. Così ritornarono al tavolo dove si erano assiepati tutti gli altri. Nel brusio generale, spiccava soltanto la voce di CarloG. Seduto tra le due coppie, si sentì presto spaesato. La botta gli arrivò di colpo. Cercò di nascondersi dietro una forma rara di emicrania, che prende il lobo cerebrale destro con diramazioni nella spina dorsale.

Nessuno gli credette, ma tutti gli vollero più bene. Daniele, che quasi non lo conosceva, parlò tutto il tempo solo con lui. Era talmente interessato al suo lavoro di intervistatore, che alla fine non poté rifiutare di essere bersagliato dalle solite domande sotto forma di questionario fotocopiato. Questa volta il mandante di turno era la Lufthansa. Bisognava aver fatto almeno due viaggi aerei negli ultimi tre mesi e Daniele era decisamente in target. Rispose in modo puntuale a ogni cosa, non lesinando critiche al servizio di alcune compagnie e conferendo il massimo dei voti alla Singapore Airlines. Mentre Daniele alternava i suoi "molto-abbastanza-poco-per niente", Marina se la rideva con Rocco e Rubens. Per un attimo, abbandonò il ruolo di vittima. Trovò, anzi, il modo di accennare all'ultima lite tra Mariah Carey e Gwyneth Paltrow, di cui aveva letto su un giornale e che non avrebbe più potuto diffondere. A sorpresa, parlò anche del suo argomento un po' tabù: l'impiego in banca, ufficio mutui prima casa. Raccontò di colleghi mai nominati prima, se non marginalmente. Dei clienti che a Natale le portavano i cioccolatini Caffarel e di quella volta in cui aveva coperto per mesi un poveretto in rosso solo perché le piaceva.

Marina sembrava essere entrata nella sala doppiaggio

di *Happy Days*. Un monologo di Joanie Cunningham di fronte a Ralph e Potsie.

Alla fine dell'ultima birra, Rubens e Marina annunciarono le loro intenzioni di trasferirsi in Thailandia. Usarono proprio questa parola: trasferirsi. Una parola che avevano provato entrambi a dire tutta la sera, senza mai riuscirci. Nessuno ci credette.

38

Quello che le Donne non Dicono
FIORELLA MANNOIA

Daniele entrò in ufficio e il telefono cominciò a suonare. Sembrava che se lo sentisse. A quell'ora poteva essere solo Roxanne. Spesso si alzava prima del solito e voleva comunicarlo a tutti.

Invece trovò Viola-Lolita-Jane. Tutte in una.

– *Bonjour mademoiselle, ça va à Nice?*
– *Ça va bien, et toi?*
– Bene, grazie. Sono appena arrivato. E tu che ci fai già in piedi?
– Alice è partita oggi per un progetto a Marsiglia. Starà via qualche giorno, così mi sono alzata presto per fare colazione con lei.
– Quindi saremo soli per tutto il weekend, baby.
– Mi stai dicendo che vieni?
– *Mais oui.* Prenota un ristorante per sabato sera.
Silenzio
– Non vedo l'ora di rivederti.
– Sono contenta di sentirtelo dire.
– Bene, allora ti chiamo prima di partire.

Viola aveva detto il vero. Dopo la notte con Mathieu le era venuta una gran voglia di morire. Non aveva voluto né baci né un extra di prestazioni. Se ne era semplicemente tornata sull'altro lato del pianerottolo con il nodo in gola.

Eppure si era divertita, almeno fino a un attimo prima del primo orgasmo. Un attimo intensissimo, per esorcizzare il pensiero di essere perdente, pensiero che logora e sfinisce. L'unica cosa che però ora voleva si chiamava Daniele. E anche lui la desiderava, anche se a corrente alternata.

Quando si videro, si salutarono come due fidanzatini di Peynet. Roba da fare venire la nausea ai passanti. Erano entrambi particolarmente affettuosi nei gesti. *Very guilty*. Per essere un sabato a ridosso di Natale, l'aria era mite. Viola e Daniele optarono per un pranzo in spiaggia. Si abbuffarono di cozze a buon mercato *avec frites* e si misero a digerirle – provare a digerirle, in realtà – sdraiati sui ciottoli di Castel Plage. La brezza allontanava i rumori della strada e ossigenava i polmoni con l'odore del mare. Non avevano bisogno di dirsi niente. Stettero in silenzio per un paio d'ore, tenendosi svegli con carezze occasionali. Si toccavano per chiedersi scusa, scuse che non potevano essere dette per evitare catastrofi, la memoria non muore. A rimanere lì fermi, in realtà, non faceva poi così caldo, per cui decisero di lasciare la spiaggia e di perdersi nei vicoli della città vecchia. Si fermarono a curiosare in piccoli negozi scelti a caso. Viola s'innamorò di un boa di struzzo turchese. L'aveva visto indossato da Meg Ryan in uno dei suoi film preferiti, *Innamorati cronici*, che aveva creduto indimenticabile fino a che non l'aveva rivisto per la seconda volta. Da allora, comunque, sapeva che un giorno quel boa sarebbe stato suo. Al momento di pagare, Daniele non volle sentire ragioni. Chiese alla commessa di togliere l'etichetta e lo mise direttamente al collo di Viola. Trascorsero il resto del pomeriggio a farsi notare da tutti.

Per cena, Viola aveva scelto un ristorante da manuale, con menu non tradotto e tanti aggettivi ad accompagnare le portate. Fecero casino, ma mangiarono bene.

Si dissero frasi brevi, senza logica e senza fine. Frasi che dicevano "altro". Trascorsero la notte abbracciati. Ognuno aveva qualcosa da farsi perdonare.

Al mattino il clima era talmente disteso che Daniele raccontò a Viola della sera con Rubens, Rocco, Marina e CarloG. Viola ascoltò tranquilla. Si sentì improvvisamente guarita dalle paure e dalla gelosia. Al nome di Rocco non aveva avuto nessun tipo di reazione. Stava ancora festeggiando quell'inattesa conquista quando suonò il campanello. Si aspettava una sorpresa di Alice, invece vide Mathieu.

– Ho trovato questa maglia a casa mia. È tua, vero?
Do not panic. Do not panic.
– Ma… forse… cioè… sì, grazie.

Mathieu buttò un occhio in casa e incontrò lo sguardo cattivo di Daniele, la cicatrice subito scura. L'imbarazzo fu evidente e comprensibile. Viola era già sdraiata sul letto di spine, ti voglio bene, non ti tradirò più, perché l'ho fatto, cazzo.

– Allora io vado, Violà. Ci vediamo.

Viola chiuse la porta senza salutare. Non era agitata. D+. Aveva ancora tra le mani la maglia del peccato, quando Daniele cominciò a interrogarla. Il tono era basso e secco, senza sfumature.

– Cosa vuol dire che l'hai dimenticata a casa sua?
– Daniele, stai calmo.
– Io sono calmissimo. Devi solo raccontarmi cosa ci faceva la tua maglia a casa di quello.

Viola non era proprio capace di mentire. Però ci provò.

– Guarda che… è il vicino.
– Allora dimmi cosa ci faceva la tua maglia a casa del vicino.
– Si chiama Mathieu.

Daniele cambiò drasticamente tono.

– Non me ne frega un cazzo di come si chiama. Vuoi spiegarmi o vuoi che lo chieda direttamente a lui?
– Vedi… è successo che…
– CHE?
– Mi ha invitata a prendere un caffè.
– Un caffè?
– Faceva veramente schifo. Acquetta, hai presente? Il tipico caffè francese.
– Non m'interessa del caffè. Poi?

Viola cercava di mostrarsi seccata, ma fu abbastanza inutile. Recitava per scappare da lì, io ti voglio ancora bene.

– E poi basta… Sono tornata qui. Non è successo niente, giuro.
– Se non è successo niente che bisogno hai di dirmelo?
Do not panic. Do not panic.
– Avevo paura che t'incazzassi.
– Infatti lo vedi come sono calmo.
– Daniele, credimi. Io voglio solo te.

Daniele andò sul terrazzo. Viola lo seguì terrorizzata di incontrare, dall'altra parte, l'*enfant de la Bastille*.

– Vorrei crederti ma non ce la faccio.

Viola ammutolì. Cercò le braccia di Daniele ma le trovò meccaniche, assenti. La sua voce divenne invece, per la prima volta, dolce.

– Io ti ho fatto stare male per le mie scelte. Lo so. Non c'è nemmeno bisogno che te lo dica. Però sono stato sincero con te. Ti ho detto tutto, subito o quasi subito. L'ho fatto per me, ma soprattutto per te. Perché so che il dubbio logora più di una brutta verità.

Viola cominciò ad annuire con la testa. Stava per parlare – io ti amo – ma venne fermata.

– No, adesso non devi dire niente. Non vale più. Chiudiamola qui, va bene? Ma sappi che senza questo presupposto la nostra storia è destinata a finire molto presto.

Viola strinse Daniele con tutta la sua forza. Questa volta venne ricambiata. Poi si guardarono vicini, scontrandosi i nasi. Talmente vicini da non riuscire a vedersi. Gli occhi erano diventati assolutamente inutili, quindi li chiusero. I respiri si fecero affannati. Poi lievi. Fino a unirsi del tutto. Il bacio venne frammentato da versi d'amore di cui erano gli unici autori.

Daniele pensò per tutto il giorno a quanto era successo. Dentro di sé sapeva perfettamente che il becco c'era stato, eccome. Però non poteva – proprio lui – negare a Viola la *par condicio*. Un tarlo cominciò tuttavia a minare le sue certezze. Viola avrebbe potuto lasciarlo, prima o poi. Per un ferroviere, un ambientalista, un ingegnere meccanico. Un giocatore di pallanuoto. Un attore del Minnesota. Un passante. Un istruttore di thai box. Il vicino di casa di sua sorella. Il suo vicino di casa. Il suo vicino di casa del piano di sotto. E di quello sotto ancora. Il mondo era pieno di gente che le sarebbe potuta piacere.

A questo non aveva ancora pensato, così come a molte altre cose. Vivere, non pensare.

39

Fall on Me
REM

Caro amico mio, lo so che non ci hai creduto, l'altra sera. Ma quello che ti abbiamo detto è vero. Io e Rubens abbiamo deciso di partire per la Thailandia. Vorremmo trasferirci lì. Abbiamo chiesto un anno di aspettativa e ce l'hanno data. Due piccoli impiegati come noi vengono rimpiazzati in fretta. È successo tutto abbastanza all'improvviso: ci siamo guardati in faccia e ci siamo resi conto che i nostri sogni potevano andare al di là della solita routine. No, non pensare che sia solo colpa della radio. Certo, quella era la mia libertà. Il microfono delle mie rivincite. Sapere che c'era qualcuno che mi ascoltava e non mi aveva mai incontrato mi riempiva veramente di gioia, anche se non sono mai riuscita a esprimerla totalmente. Adesso, quindi, è un momento ancora più difficile. Ma non si tratta solo di quello. Sono sempre più convinta che non c'è un tempo preciso per il coraggio. Sei tu stesso che me l'hai insegnato. E la vita è troppo breve per fare discriminazioni tra fasce d'età. Tu hai diritto ai colpi di testa perché sei giovane, e tu no. Perché? Sai spiegarmelo tu, perché? Avrei potuto fare un master in America o un anno in Australia se solo me ne fossi ricordata in tempo. Non l'ho fatto. Ma non voglio avere un rimorso postdatato, mi capisci? Rubens ha un amico che gestisce un villaggio turistico in un'isola della Thailandia, tipo quella di The Beach. La nostra prima base sarà lì: mi ci vedi a fare la cameriera in un residence? Se trovo qualcuno che mi dà ai nervi sono capace di arrivare alle mani, stanne certo. L'amore – madonna che effetto mi fa questa parola, *brrr* – mi ha cambiata, però sotto sotto sono rimasta la solita baraccona che tu conosci bene. Lo so che è folle fuggire con un uomo dopo pochi mesi che ci stai insieme… Anche per questo non te ne ho parlato. So perfettamente le pulci che mi avresti messo. Questa era una decisione che dovevo prendere da sola. Poi magari ci rendiamo conto che è solo una fuga per trentenni rimbambiti e torniamo alle nostre scrivanie. Questo lo sapremo solo quando saremo là.

Volevo anche dirti che sono molto contenta di te e Daniele. Lui è un ragazzo meraviglioso. L'ho capito da come è stato paziente e sensibile col nostro caro CarloG. Appena l'ha visto triste si è dedicato solo a lui. E questo la dice lunga. Sarà anche egoista, ma una persona così è in grado di dare tanto. Per cui non ti abbattere mai e lotta per il tuo amore, o quello che sarà. Adesso la smetto perché mi viene da piangere. Quando sarò arrivata, appena trovo un computer ti scrivo. Altrimenti ti mando una cartolina col mio indirizzo, così saprai dove venire a trovarmi.

Sappi che io per te ci sarò sempre.

Marina

Rocco piegò la lettera e capì che era tutto vero. Marina, la sua grande amica Marina, lo lasciava per amore. Provò a chiamarla in ufficio, ma gli confermarono la verità: in aspettativa per un anno, la dottoressa. Beata lei che se lo può permettere.

Questo il commento della responsabile leasing.

Rocco rilesse la lettera per struggersi di malinconia. Era arrabbiato con se stesso, per non aver preso sul serio Rubens un paio di sere prima. E poi sentiva di aver trascurato Marina negli ultimi tempi. Cercava di ricordare come l'aveva salutata l'ultima volta. La memoria girava a vuoto – memoria in esilio quando non deve – offuscata da un oblio ingordo e beffardo. Avrebbe voluto schiacciare il tasto REWIND per rivedere la scena. Darle un bacio più grande, un abbraccio più forte. Rivendicava il diritto di replica, ma era impossibile. Negli addii, piccoli lutti del cuore, è sempre e solo buona la prima.

Anche CarloG aveva ricevuto una lettera simile a quella di Rocco. Erano tutti e due felici e tristi. Ne discussero nel centro commerciale più periferico della città. Si sentivano monchi da un lato e fieri dall'altro. Sbigottiti dall'iniziativa, avevano cercato di riderci su. Immaginavano

Marina predicare pace e serenità con le coroncine di fiori appese al collo. Fare braccialetti di perle da vendere in spiaggia. Cucinare fiori di loto.

No, non potevano stare senza di lei. Dovevano andarla a riprendere, e dovevano andarci subito. Entrarono nella prima agenzia viaggi, tutta vetri e Seychelles. Varcata la soglia, Rocco si rese conto di quanto quell'idea fosse vicina a una cazzata. Una grande cazzata. Ma CarloG era troppo convinto. Gli fece cenno di stare zitto e si avvicinò con un grande sorriso – la faccia da intervistatore – alla signorina in divisa dietro il terminale.

– Buongiorno, vorremmo avere qualche informazione sulla Thailandia.
– È per tutti e due?
– Sì, per noi due.

La signorina guardò Rocco, che allargò le braccia quasi a escludersi dalla conversazione.

– Che periodo?
– Subito. Appena possibile.
– Mi spiace, ma non abbiamo *last minute* in questo periodo. È alta stagione.
– Quindi?
– Quindi potreste partire non prima di una settimana. Vi va bene?

CarloG guardò Rocco, sempre più distante, io non c'entro fai tu. Sempre più imbarazzato. Così rispose anche per lui, facendo finta di niente.

– Sì, tra una settimana sarebbe perfetto.
– Vi interessa solo mare o volete fare anche un tour organizzato?
– A dir la verità, vorremmo solo il biglietto aereo.

La signorina guardò CarloG come se avesse bestemmiato.

– Solo il biglietto aereo? Come volete, come volete. Ma poi non tornate in agenzia a lamentarvi che avete pagato troppo di albergo e spese mediche.
– Spese mediche?

Le parole più delicate del vocabolario di CarloG.

– È capitato a tutti i nostri clienti. Appena hanno deciso di partire da soli, si sono ammalati. E non avendo l'assicurazione prevista dai pacchetti, hanno pagato fior di quattrini.
– Scusi, ma che malattie ci sono in Thailandia?
– Be', tutte quelle dei paesi tropicali, naturalmente. Malaria, tifo, dengue, febbre gialla, malattia del sonno, epatite.
– EPATITE?
– Certo, tutti i tipi di epatite: A, B, C e, ovviamente, la K.

CarloG ingiallì di colpo. Si alzò in piedi. Aveva una gran voglia di allontanarsi da quel luogo, le parole come prima forma di contagio.

– Ho capito. Quindi lei ci consiglia un pacchetto viaggio più soggiorno, mi pare di capire.
– Vedo che è un ragazzo sveglio.
– Bene. Ne parlo un attimo con il mio amico e decidiamo.
– Come preferisce. Ma non aspetti troppo. In questo periodo stanno già prenotando tutti.

CarloG guardò l'ufficio deserto, e sorrise. Poi svegliò Rocco dal letargo e uscirono. Dopo un paio di negozi, cominciarono a parlarsi di nuovo.

– CarloG, ma era proprio il caso di fare questa pagliacciata?

– Invece è stata una benedizione divina. Dobbiamo metterci subito in contatto con Marina.
– Per dirle che?

CarloG si fermò come se il suo migliore amico fosse il più stupido del mondo, cosa che aveva già pensato almeno un altro paio di volte.

– Per dirle di andare subito sul sito del Boston Medical Research Institute.

Rocco lo guardò allibito.

– Ti indicano tutte le precauzioni per prevenire l'epatite K. Tutte. Non puoi sbagliare.
– Sbagliare cosa?
– Sbagliare. Essere contagiato. Allora, lo mando anche a te via e-mail. Così il primo dei due a cui Marina scrive glielo comunica. Va bene? Questo come primo obiettivo. Poi troveremo anche il modo di farla tornare.

Rocco non ascoltava più. Vagava lontano, perso nei rumori del centro commerciale. Faceva sì con la testa ai deliri di CarloG. Pensava a quanto avrebbe riso Marina, se li avesse visti lì, a preoccuparsi per la sua non-epatite.
Li avrebbe subito rimproverati di fumare troppe canne.

40

Don't Go Away
OASIS

La vigilia di Natale, zia Irvana era solita organizzare una grande festa per Equality.

Puntuale come ogni anno, CarloG riuscì a invitare più persone di quante il locale potesse contenere.

Fino all'ultimo, Daniele non sapeva se accettare o no. Aveva l'abitudine di trascorrere quella notte con Viola. Da due anni consumavano sempre lo stesso rito: vedere insieme un film in cassetta prima di scambiarsi i regali.

CarloG mise in crisi la tradizione. Ci teneva molto che Daniele partecipasse all'avvenimento. Sarebbe stato un bel regalo per sua zia e per Rocco. Ma era troppo educato per non invitare anche Viola. L'aveva vista una volta e gli era piaciuta. E Natale doveva essere un momento di gioia collettiva.

Daniele entrò in crisi. Non voleva ferire Viola né rinunciare alla festa. Per conciliare i due opposti c'era un solo modo: portare Viola al party, vivere senza pensare alle conseguenze.

Ci provò. Ci riuscì. Di fatto, era un invito che non lasciava a Viola nessuna chance. Lei decise così di mettere alla prova i suoi nervi. Per una sera, avrebbe condiviso pubblicamente l'uomo della sua vita, rinunciando alla consueta fiaba di Natale.

Si tirò come non aveva mai fatto. Sembrava la favorita alla notte degli Oscar. Tanto tacco. Poco trucco. Nessun accessorio.

Daniele non parlava, ma era abbastanza teso. Le chiese fino all'ultimo se era okay. L'abito nero – il lutto, più che l'eleganza – non prometteva nulla di buono.

La sede di Equality era un loft appena fuori città, donato in beneficenza da un ricco signore senza eredi. Per essere un'associazione di volontari, era già un bel punto di partenza. Quando Viola e Daniele arrivarono, CarloG li accolse con l'entusiasmo di un semiubriaco. Mise loro in mano un bicchiere di sangria – bevete, tutto sarà più facile – e andò a cercare la zia, impegnatissima a intrattenere i suoi ospiti. Quando li presentò, zia Irvana rimase basita. Daniele finì a piè pari nella sua lista personale degli uomini più sexy del mondo, dietro Elvis Presley e Luciano Pavarotti, per cui lei provava una vera e propria venerazione. Viola cadde nell'elenco delle peggiori nemiche. La zia cercò di essere gentile, almeno quella sera, ma fece una gran fatica. Pensò che Viola se le fosse meritate, tutte quelle tribolazioni, una giustizia doveva pur esserci. Impossibile pensare di avere un uomo di tale livello così, gratis. Senza dolore.

Rocco entrò nel salone proprio in quel momento. Le Clarks ai piedi, le lentiggini più evidenti del solito. Zia Irvana lo avvistò e cominciò a emettere gridolini di richiamo, facendogli cenno di raggiungerla di corsa. Rocco avrebbe pagato dobloni d'oro per non raggiungerla mai.

– Oh, eccoti finalmente, Rocco caro. Fatti dare due baci.

Rocco era una statua di sale sulla via di Damasco.

– Viola e Daniele non te li presento perché li conosci già, mi pare. O no? Su, salutatevi.

I tre si guardarono con gli occhi persi nella più completa irrealtà. Un *panaché* di Pinter e Beckett dei giorni migliori. L'unica che riusciva a parlare era zia Irvana.

– Non siate imbarazzati. È un'occasione di festa, questa. Anzi. Perché non raccontate pubblicamente quello che vi è successo? Potrebbe essere un'idea per movimentare la serata.

Le facce dei tre – una bilancia, più che un triangolo, se dovevano costituire una forma – s'intonarono al colore natalizio di tavole e addobbi. Zia Irvana aveva evidentemente alzato anche lei il gomito. CarloG sapeva che intervenire in quel momento avrebbe soltanto peggiorato la situazione. Così guardò gli altri senza dire una parola, con una faccia che era già un messaggio di scuse. Poi riempì i calici tanto per fare qualcosa.

Viola si mostrò straordinariamente impermeabile alle provocazioni – non ci badare, tra poco finisce tutto e togliti questa cazzo di mano dai capelli – esibendo un sorriso sempre uguale con auguri incorporati. Mortificata per l'insuccesso, zia Irvana salutò frettolosa e andò a cercare altre grane in giro. Venne presto placcata da suo nipote, che chiamò a raduno tutta la sua lucidità per farle un cazziatone senza possibilità di replica. Malgrado l'impegno, non ci riuscì.

– Mi piaci quando tiri fuori le palle. Sei così maschio.

CarloG capì che la zia era andata e lasciò perdere. Tornò a scusarsi con Rocco, Viola e Daniele che, impreparati a quel tipo di situazione, non riuscivano a scambiarsi nemmeno una parola. Per fortuna la musica era alta, l'atmosfera allegra e CarloG aveva una gran voglia che la serata riuscisse bene. Cominciò a presentare tutti a tutti, facendo confusione di nomi e ruoli. La festa decollò. Non si era mai vista una vigilia di Natale così *easy going*.

Per tutto il tempo, Daniele cercò di stare appiccicato a Viola. Ci teneva a farle capire quanto fosse importante per lui. Lei sembrava un po' infastidita, ma in realtà gongolava: prima non vuole stare solo con me e ora guardalo come fa il carino.

Rocco si scoprì terribilmente geloso. Li teneva d'occhio a distanza, scrutando ogni minimo movimento: le carezze, lo spazio ridotto tra i corpi, la confidenza dei gesti. Le risa dapprima timide, poi sempre più sonore e sguaiate. Vedere che si divertivano – con me non fa mai così, non ride mai così – lo fece star male da morire. Si attaccò alla sangria e ci diede sotto, ma non abbastanza da perdere il controllo. Al quarto bicchiere, Viola lo raggiunse.

– Cosa fai qui, in disparte? Stai ancora pensando a cosa ha detto la zia del tuo amico?
– Ma no, figurati. Mi spiace che tu l'abbia conosciuta così.

Viola prese il bicchiere dalla mano di Rocco e ne bevve un sorso. Rivoleva l'antica confidenza.

– Ha solo bevuto. Allora si può sapere cos'hai?
– Il Natale mi mette un po' di tristezza.
– Non l'avrei mai detto. Sei sempre così allegro.

Rocco si riprese il bicchiere.

– Tu non mi conosci, Viola.
– Allora aiutami. Dimmi come ti va.

Il volume della musica era sempre più alto, ma i due avevano orecchie solo per le loro voci.

– Bene, a parte stasera, bene.
– È per colpa mia?
– Tu lo sai che non è colpa tua. Certe cose accadono e basta. L'unica paura è che finiscano. E stasera mi è venuta una caga tremenda. Mi fa effetto parlarne con te, però so che tu sai perfettamente cosa voglio dire.

Viola sorrise senza capirne la ragione. Forse aveva solo bisogno di prendere tempo.

– So cosa provi. Come credi che mi sia sentita quando siete andati a Londra? Abbandonata, tradita. Sola, molto sola. Però ho imparato a conviverci. Per me Daniele esiste solo quando è con me. E stasera lui è con me.
– Mi stai dicendo che la vita è più semplice di come la vedo io stasera?
– Forse. Ma stasera è la notte di Natale. Succedono solo cose belle.

Stavolta era Daniele a puntarli a distanza – ma cos'hanno da dirsi proprio adesso? – mentre raccontava le sue vicissitudini a zia Irvana, tornata all'attacco dopo la brutta figura. Lei ne era così affascinata che lo guardava senza ascoltare – oddio, è addirittura meglio di Pavarotti – come un'adolescente alle prime cotte. Moriva dalla voglia di chiedergli chi preferisse tra Viola e Rocco. Ma era una domanda troppo stupida per una donna della sua età. Quindi sorvolò, continuando a fare la padrona di casa di cui tutti hanno indiscutibilmente bisogno. Appena CarloG la vide, corse a trascinarla via. Era giunto il momento del discorso all'associazione. Le fece tutte le raccomandazioni del caso e la spedì sul palco. *Standing ovation*.

"Buonasera a tutti. Anche quest'anno ce l'abbiamo fatta ad aiutare i ragazzi omosessuali e i loro genitori. Ad accettarsi e a farsi accettare dagli altri. A vivere la sessualità come una scelta, non un problema. Però abbiamo bisogno del vostro sostegno sempre, non solo stasera. Perché si è gay tutto l'anno, e la strada per la tolleranza è ancora lunga. Ma sono sicura che soltanto percorrendola insieme, questa strada, ci sembrerà dritta, piana e meno tortuosa del previsto."

Un applauso la fermò per quasi un minuto.

"Stasera, poi, è una serata ancora più speciale per me. Perché sono venuti a trovarmi tre nuovi amici dell'associazione. Tre ragazzi meravigliosi. Perché avrebbero potuto mandarmi a caga-

234

re, ma non l'hanno fatto. A loro in particolare e a tutti voi, buon Natale. Auguri a tutti gli amici di Equality."

Andata. CarloG tirò un sospiro di sollievo, mentre la sala applaudiva di nuovo. Rocco, Viola e Daniele battevano le mani a pochi centimetri l'uno dall'altro. Oltre alle scuse, in quelle parole avevano trovato anche qualcosa di loro, della loro storia fuori delle righe. Una storia difficile da accettare per la maggior parte delle persone. Ma era pur sempre una scelta, e meritava rispetto. Per una volta, forse l'unica, si sentirono uniti.

Nessuno avrebbe mai pensato a un loro momento di felicità a tre. Nessuno. Tranne la notte di Natale.

41

Karma Police
RADIOHEAD

Fu un risveglio triste, per essere il venticinque dicembre. I sonniferi non avevano convinto Roxanne a stare ancora un po' a letto. Aveva fretta di aprire i regali accumulati nelle ultime settimane: il repertorio andava dall'ultima novità Nokia alle borse a tracolla delle case di produzione, con una strizzata d'occhio a Gucci. Roba da fare impazzire qualsiasi signora con un minimo di ambizione. Roxanne ci era abituata. Stazionava da anni in tutte le *mailing list* delle persone che contano nel mondo della pubblicità. Aprì i pacchi come una bambina vorace, cercando nei biglietti augurali uno sprazzo di umanità. *No way*. Tutti curati, ma tutti uguali. Una serie di firme appiccicata a un messaggio prestampato. Nessun riferimento personale, nessuna battuta spiritosa. Si ricordò allora di avere una famiglia, a Catania. Non li vedeva da almeno due anni. Da quando era tornata per il funerale del padre e le sue sorelle l'avevano additata come unica responsabile dell'accaduto: bottana, bottana è tutta colpa tua. Solo per aver deciso di trasferirsi al Nord e provare a farcela da sola.

– Pronto, mamma?
– Chi parla?
– Come, "chi parla"? Sono Roxanne, tua figlia.
– Io non ho figlie che si chiamano Roxanne. Ne avevo una che si chiamava Rosanna, come sua nonna e la nonna

di sua nonna. Ma ha rinnegato il suo sangue, abbando-
nando la famiglia e disonorandola.

– Mamma, smettila. Non ho fatto male a nessuno, vuoi
mettertelo in testa?

– Perché mi hai chiamato? Hai bisogno di soldi? Chiedi-
li a quello scapestrato con cui ti sei presentata l'ultima
volta.

Roxanne rimase muta così a lungo che la madre credette fosse caduta la linea.

– Rosanna, ci sei ancora?
– Sì, mamma. Volevo solo farti gli auguri.
– Grazie tante del disturbo, ma non era il caso.

Clic. D'altra parte a Natale siamo tutti più buoni. Quella
chiamata fu per Roxanne la prova che aveva fatto la scelta
corretta: lasciati studi e famiglia, si era trasferita in una
grande città e con la sua determinazione anni Ottanta
aveva scalato la piramide creativa del Bel Paese. Ora che
era arrivata in cima si sentiva spaesata. Aveva avuto per
anni un fidanzato punk, che stava con lei solo per farsi
mantenere. Poi il balordo si era trovato una donna più
giovane e *bye-bye* Roxanne. Povera Rosanna. Senza agenzia era perduta. Aveva lavorato fino all'ultimo per chiudere una gara in presentazione il due gennaio e non era riuscita a organizzare nulla per Natale. I suoi amici-colleghi
erano tutti impegnati con le rispettive famiglie, oppure si
erano rifugiati a Gstaad e Cortina. Gli unici disponibili si
sarebbero liberati non prima del tardo pomeriggio. Si fece
una pasta all'olio. Per gratificarsi, si concesse uno yogurt
Müller alla fragola. Poi decise di andare al cinema. Una
multisala del centro dedicava l'intera giornata ai classici
di Walt Disney. Scelse *La Bella e la Bestia* solo per il titolo.
Le sembrò una bella *headline*. Chiamò per avere conferma
del primo spettacolo pomeridiano, ed entrò in sala con
quasi mezz'ora di anticipo. Non voleva perdersi neanche

una pubblicità. Le maschere la guardavano con un po' di compassione, sola com'era. Ricambiò il sorriso, sorpresa di tanta gentilezza. Ad aumentarle il buonumore ci si mise anche lo spot di Sweetie, che venne proiettato quasi solo per lei. Per il suo ego triste fu una bella iniezione di fiducia. Venne però presto turbata dall'arrivo del pubblico: un esercito di bambini agguerriti accompagnati dai genitori. Di colpo si rese conto di che giorno fosse e di che film avesse scelto. Le venne da ridere. Un folletto più veloce degli altri le si sedette accanto, inseguito dalla madre. Era una bimba dai capelli biondi e arruffati, gli occhi più grandi del mondo e un sorriso disarmante. Roxanne la guardò incuriosita. Non era mai stata a contatto con i bambini, anzi, li detestava. Provò a sorriderle, ma il folletto si rifugiò timidamente tra le braccia di mamma.

– Prima fai tanto la spavalda, poi ti vergogni? Su, saluta la signora.

La bimba allungò la mano per un timido ciao. Roxanne ricambiò il gesto con fare infantile, la madre le sorrise educata. Il brusio in sala era decisamente elevato, con molti acuti e qualche singhiozzo. Ma quando si abbassarono le luci, in platea scese la magia.

Roxanne appoggiò i piedi sulla poltrona davanti a sé per poter stare più comoda, la bimba che le sedeva di fianco la imitò prontamente, anche se non aveva le gambe abbastanza lunghe. Risero insieme, complici. Il film fu il solito cocktail perfetto di canzoni, effetti speciali e buoni sentimenti. A Roxanne scese anche una lacrima. Le scivolò sul viso durante il ballo tra Belle e la Bestia – che cazzo mi sta succedendo? – e ci mise un po' prima di asciugarla. Erano anni che non le capitava di commuoversi al cinema, pur andandoci spesso. Quel pomeriggio cedette.

Quando all'uscita vide la nuova fila di bambini in attesa di entrare, provò un po' di invidia. Lei non aveva mai pensato di farsi una famiglia. Soprattutto, non aveva mai pensato di poterlo fare. Guardò divertita le ultime scene di capricci e uscì in strada. L'aria gelida, il cielo quasi buio. Si sentì di colpo sola. Le venne in mente Daniele e lo chiamò.

– Ciao, sono Roxanne.
– Roxanne?
– Hai presente il tuo direttore creativo? Immaginalo al telefono.
– Ehilà, che succede? La Consob ha bloccato lo spot?
– Macché, è troppo bello perché lo censurino. L'ho appena visto al cinema.
– Che film sei andata a vedere?
– Se prometti di non dirlo a nessuno…
– Un porno?
Pausa
– Ma va… *La Bella e la Bestia.*
– Uau. Anch'io vado pazzo per quella roba lì.
– Comunque non ti ho chiamato per parlare di cinema. In realtà volevo farti gli auguri di Natale. L'ultima volta che ci siamo visti ero un groviglio di nervi e non ti ho neppure salutato.
– Ma figurati, non era il caso.
– E poi volevo farti ancora i complimenti per come hai lavorato sul cliente.
– Grazie, Roxanne. Anch'io ti faccio i miei migliori auguri. Cerca di riposare, se puoi.

Daniele chiuse la chiamata nel salotto bene dei suoi. Viola gli stava seduta accanto, annoiata dal troppo cibo. Le riportò le parole di Roxanne senza riuscire ancora a crederci. Pensò che fosse fatta o sotto l'effetto dei soliti sedativi.

42

Luka
SUZANNE VEGA

Daniele aprì il pacco e restò un attimo in silenzio.

Davanti ai suoi occhi, la discografia completa dei Beatles, da *Please Please Me* a *Let It Be* nell'ultima, anche se non definitiva, edizione rimasterizzata. Dietro il regalo, un sorriso grande di Rocco.

– So che ne hai già qualcuno, ma nel dubbio te li ho ricomprati tutti. Al limite ho fatto un regalo anche a Yoko Ono.

Senza saperlo, Rocco aveva toccato un tasto su cui Daniele era particolarmente sensibile.

– Non nominarla, ti prego. Non nominarla, quella stronza. Ma quanto mi sta sul culo? È nana, gialla e non ride neanche a pagarla.

– Forse se la paghi ride.

Daniele cercò di sbollire nel minor tempo possibile. Yoko Ono lo rendeva irascibile. La considerava la vera colpevole della fine del gruppo. Teneva addirittura il vinile di *Double Fantasy* – il tormentone della sua adolescenza – dentro una custodia anonima, per non vedere il mitico bacio pubblico tra John e Yoko.

– Comunque, stronza a parte, non so davvero cosa dire.
– Comincia con grazie.
– Grazie.
– E adesso baciami.
– No, adesso apri il mio regalo.

Daniele andò sul pianerottolo e tornò con la faccia di chi vuole vincere la gara delle sorprese. Dal cilindro estrasse un gigantesco uovo di Pasqua.

– L'ho fatto fare apposta per te dal mio pasticcere. Non eri tu che da piccolo sognavi di vivere in una casa di cioccolata?

Rocco non parlava, inebetito. Le vere sorprese gli facevano assumere sempre un'aria abbastanza stupida.

– Cosa rimani lì? Aprilo. Questa è solo la scatola. Il vero regalo è dentro.

Rocco ruppe quell'inno al cacao magro come un tagliatore di diamanti. Un pacco morbido e infiocchettato voleva vedere la sua faccia. Erano mutande di Vivienne Westwood. Le stesse su cui si erano soffermati davanti a una vetrina di Londra e che Rocco aveva commentato così: "Se potessi, io metterei le mutande di Vivienne Westwood per una ragione sola. Il nome. Vivienne Westwood".
La risposta di Daniele sarebbe arrivata poche settimane dopo, anche se l'acquisto era stato fatto all'istante.

– Ma sono quelle che abbiamo visto a Chelsea... Come cavolo hai fatto?

Daniele si stravaccò sulla sedia e appoggiò i piedi sul tavolo, fiero di una sorpresa così gradita.

– Ti ricordi quando ti ho detto che i negozi stavano per chiudere?

– Sì.

– E dovevo ancora comprare il tè e le saponette al cedro e ci siamo divisi i compiti?

– Sissignore.

– Ecco, le saponette erano le tue mutande.

– Ma dàaai. Quindi non sei andato da Lush.

– No.

– Mi spiace.

Daniele si tolse le scarpe, senza muovere i piedi dal tavolo.

– Perché ti spiace?

– No, mi spiace che tu non abbia comprato le saponette al cedro di Lush.

– Ma chi cazzo se ne frega delle saponette al cedro? Mica le volevo sul serio.

Rocco si rese conto che anche all'ingenuità c'è un limite, dio come sono stupido.

– Grazie per avermi riportato alla realtà.

– Allora spogliati.

– Puoi ripetere?

– Ho detto spogliati.

Rocco si avvicinò a Daniele con la bocca socchiusa. La carotide sul collo pulsava a mille. Era bastata una parola per prosciugare le ghiandole salivarie.

Slurp slurp.

I baci si susseguirono morbidi e intensi. Alla luce del piano cottura venne immediatamente imposto il blackout. Daniele afferrò le mani di Rocco e le portò sui suoi pantaloni.

Primo bottone.

Secondo bottone.

Terzo bottone.

Quarto bottone.

Elastico delle mutande, giù.

Bocca di Rocco, giù.

Su.

Giù.

Su.

Giù.

Su.

Giù.

Su.

Giù.

Daniele non aveva mai avuto un pompino così. Mai. Rocco sapeva dilatare perfettamente i tempi per amplificare il piacere, anche se non gliel'aveva mai spiegato nessuno.

Si fermò per un attimo di respiro. Daniele ne approfittò. Lo portò di forza in camera da letto e gli bloccò le braccia. Lo sdraiò. Rocco si lasciò sdraiare. Poi si lasciò baciare. Baciare. Baciare. Baciare. Baciare. Baciare. Baciare. Dappertutto. L'amplesso fu potente, ma confuso. Rocco non capiva da che parte del corpo arrivassero gli stimoli. Daniele si rese veramente conto che stava amando un uomo quando tra le mani non trovò più un paio di tette.

Rocco venne senza neppure toccarsi. Daniele gli andò dietro subito dopo. Urlò, disorientato.

Il ritorno alla lucidità fu strano per entrambi.

Una seconda prima volta. Senza i traumi degli esordi, ma con lo stesso stupore di avercela fatta. Di esserci riusciti.

Era stata più dura di tutte le scopate della loro vita messe insieme. Due corpi maschili non sono nati l'uno per l'altro. Può unirli solo il desiderio, se c'è, e la volontà di esaudirlo. E questo per Rocco e Daniele era stato assolutamente naturale. Le barriere opposte dai corpi avevano stimolato nuovi meccanismi. Dinamiche fino allora sconosciute, che portavano a conoscere se stessi attraverso il piacere dell'altro.

Quella sera avevano scoperto un nuovo modo di amare.

243

– Buon Natale, Daniele.

– Buon Natale e buon anno, Rocco. Domani parto. Io e Viola passiamo qualche giorno in Toscana, in un agriturismo. Gliel'avevo promesso.

Daniele cominciò a rivestirsi rapidamente. Rocco rimase sul letto a guardarlo, se parti ti perdo, non puoi lasciarmi così, adesso.

– E quindi?
– Quindi abbiamo festeggiato Natale e Capodanno in una volta sola. Hai dello spumante?
– No. Ho il solito vino rosso.
– Meglio. Sarà un brindisi più ruspante.

Rocco si mise i primi boxer che trovò nel cassetto e andò in cucina per ammortizzare il colpo. L'annunciata partenza era stata un piccolo trauma. Daniele poteva esistere solo quando era con lui. Se lo ripeté tre volte, mentre cercava i bicchieri e li riempiva fino all'orlo. Tornò in camera attento soprattutto a non rovesciare il vassoio.

– È stato il Natale più hard della mia vita.
– Per me invece è stato un cenone con zampone e lenticchie. Auguri, Rocco.

Lo guardò un attimo sornione. Poi aggiunse:

– Sono contento che ci siamo trovati.

Rocco bevve senza parlare, temendo che qualsiasi reazione potesse rovinare tutto. Chiese a Daniele se voleva altro vino. Ma era troppo tardi e la serata andava bene così. Rocco prese la collezione dei Beatles e la mise dentro un sacchetto. Daniele si sistemò il cappotto davanti allo specchio e si avviò alla porta.
Si salutarono più come amici che come amanti. Di fatto,

lo erano sotto moltissimi aspetti. Non avevano ruoli stabiliti dal galateo della società. Daniele ci pensò – un pensiero leggero, nato per passare il tempo – durante tutto il viaggio di ritorno. Cosa poteva guadagnare a uscire con un uomo anziché una donna? Cominciò a stilare tra sé un lungo, personalissimo elenco:

– non devi aspettarlo mentre si trucca;
– non devi fronteggiare sbalzi ormonali;
– non devi offrirgli sempre la cena;
– non devi passarlo a prendere tutte le volte;
– non devi riaccompagnarlo tutte le volte;
– non devi portare le borse più pesanti del Conad;
– non devi comprare il test di gravidanza;
– non devi trattenere i rutti;
– non devi lasciargli l'ultima porzione di tiramisù;
– non devi sentirlo mentre si sta fonando;
– non devi dire che la tua segretaria è un cesso;
– non devi mangiare il Philadelphia Light;
– non devi fare il corso prematrimoniale;
– non devi fare regali alla suocera;
– e, soprattutto, non devi porti il dubbio se è venuto o no.

Daniele cominciò a ridere. Pensando alla storia con Rocco, si era sempre soffermato sui tabù e mai sui vantaggi. In effetti, la loro era una relazione paritaria fin dalla nascita. Forte come un'amicizia, passionale come la tifoseria calcistica all'ultima di campionato. Uno strano mix, su cui aleggiava però sempre il fantasma di Viola. Una donna. Una donna fighissima. Un punto di riferimento su cui Daniele non aveva nessuna voglia di scherzare. Poteva raccontarsi tutte le controindicazioni possibili, ma per nessun maschio al mondo sarebbe riuscito a sostituirla. Avrebbe voluto sostituirla.

A questo pensava, e un po' si commosse, mentre non vedeva l'ora di abbracciarla di nuovo.

43

Angels
ROBBIE WILLIAMS

CarloG era una delle poche persone convinte che il Capodanno esistesse davvero. Lo organizzava per tempo, con la meticolosità di una sposa alle prime nozze.

Ogni anno metteva a fuoco la "situazione feste" nell'arco della regione, disposto a trasferte anche lunghe pur di trovare un party fuori delle righe. Aveva il suo clan di habitué festaioli, che guai se andavano a casa prima delle otto di mattina, dopo cappuccino, cornetto alla crema ed eventuale rave. Questa volta nulla di decente – decente secondo i suoi canoni di divertimento – sembrava apparire all'orizzonte. Solo cene a base di cassa comune, dove tutti portano qualcosa e qualcuno non mangia niente.

L'unica sicurezza era il Vanity, la serata più trasgressiva dell'hinterland. Per il gran botto di fine anno, l'organizzazione aveva scelto una nottata sotto il segno degli angeli. Senza ali non si entrava. Una clausola che aveva mandato CarloG decisamente su di giri. In pochi giorni aveva messo su il suo piccolo esercito celestiale. Rocco aveva accettato con riserbo, più per tenere la mente occupata che per il desiderio di divertirsi. La cotta lo rendeva inerte, immobile nei confronti delle persone e dei fatti.

Si sentiva solo. Per fortuna c'era il nuovo numero del "Filatelico" da chiudere. Il dottor Manzoni gli aveva affidato completamente la responsabilità del progetto, dandogli un importante attestato di stima. Nell'ultimo anno gli abbonati erano cresciuti del quindici per cento, e lui aveva deciso che era merito soprattutto di Rocco.

– Devo dire che lei non è affatto stupido, anche se a volte scrive delle castronerie. È ovvio che la sua esperienza in filatelia è ancora limitata, ma la può implementare. La può implementare se si impegna come solo lei sa fare. Per questo le affido la responsabilità dell'intero numero di gennaio. Quando torno dal mio viaggio vorrei vedere un resoconto dettagliato di tutti gli articoli nella loro ultima versione. Buon lavoro e buon anno, a lei e alla sua famiglia.

Rocco non ebbe lo spazio di dire niente. Quando gli scoppiava la vena complimentosa, il dottor Manzoni riusciva a trasformarsi in un gran signore del secolo scorso. Un amministratore delegato ispirato a Dickens e De Amicis.

La mole di lavoro tenne la mente di Rocco lontano dalla Toscana, cui non voleva pensare. Ma un malessere insidioso gli chiudeva lo stomaco e annullava gli stimoli provenienti dall'esterno.

CarloG lo tempestò di telefonate per ribadirgli l'appuntamento di San Silvestro. Ogni volta aggiungeva un'attrazione più inverosimile.

– Pare che abbiano deciso di accettare anche Uma Thurman ed Ethan Hawke.

– Perché dici "anche"? Chi mi sono perso? Jennifer Lopez?

– No, J-Lo ha detto subito che non poteva venire. Aveva paura ci fosse Madonna. Sai che si odiano? La sciagurata aveva dichiarato che Madonna non sa recitare. E l'altra ha fatto un'uscita delle sue. A una festa dei Versace a Miami, quando è arrivata Jennifer ha interrotto il brusio generale dicendo ad alta voce: "È arrivata la cameriera a dirci che la festa è finita". Poi ha alzato i tacchi e se n'è andata. Troppo bastarda, eh?

Silenzio

– Mi stai dicendo che hai sentito Marina?

– Ti sto dicendo di venire alla festa. Per ora siamo io, Frenci, Emi, Corrado, Bubu, Alegà, Miriam, Ica, la Cami, Ivan, Olivia e Georgette.

– E Uma Thurman.

– Macché. Però forse viene Nada.

– Nada la cantante?

– Pare.

– Quella che canta: "Che colpa ne ho se il cuore è uno zingaro e va?".

– Pare.

– Pare che?

– Pare. Sì, mi sembra fosse lei a cantare quella nenia.

– Dài, mi hai convinto.

– Però se poi non c'è, non t'incazzare.

– Tranquillo.

– Ci sarà prima una cenetta qui, con zia Irvana. Adesso ha il trip delle cene. Verrai a trastullarti con antipasti e cotillon?

– Per forza.

– Sei caldo?

– Lo sarò.

CarloG riusciva sempre a essere trascinante. Una sostanza dopante per gli amanti della vita. Bravissimo a convincere gli amici a uscire alle ore più improbabili, anche se già sotto le coperte e con il gusto del Colgate in bocca.

– A letto a quest'ora? Ma siete dei morti... Cosa farete a quarant'anni? Vi darete alla pinnacola?

La pinnacola tirava sempre tutti giù dal letto. Una delle poche parole ancora capaci di incutere terrore. CarloG ne aveva quasi più timore che dell'epatite K. Perché rappresentava la strada senza ritorno, l'anello che non tiene, la scorciatoia per la vecchiaia. L'ora in cui ci si tolgono le scarpe e ci si mette in ciabatte.

Adesso c'era ancora tutta la vita da ballare. E a Capodanno sarebbero scesi gli angeli.

44

Una Notte in Italia
IVANO FOSSATI

Il posto si chiamava Belsedere.

Nome adattissimo sia a Viola sia a Daniele. Un podere in mezzo alle crete senesi, meraviglia d'Italia scoperta da Viola qualche Pasqua prima. Lo gestiva una famiglia di appassionati, i Galluzzi. Producevano chianti, olio spremuto a freddo, pecorino. Salumi. Avevano solo otto camere, quasi sempre prenotate dall'Europa del Nord. Viola era stata fortunata a rimpiazzare un forfait dell'ultimo minuto. D'altronde, la dea bendata si concede sempre agli innamorati. Daniele era esterrefatto da tanta bellezza: la loro camera dava su un campo di ulivi non meno suggestivo del Getsemani. Le zolle di terra e il verde dei pascoli sembravano usciti dalla mano di Van Gogh. Per non parlare dei cipressi. Alberi malati di tristezza, ma che hanno ancora voglia di raccontare una storia. Puntellavano le curve sterrate fino all'orizzonte, disegnando alternative per la nuova copertina di "Meridiani". Daniele cercava di ascoltarli, dal terrazzo in pietra della sua camera. Viola gli stava seduta in braccio, la mano zitta sui capelli, più dolce che mai.

– Quello che più mi piace qui è ascoltare il rumore del silenzio.
– Allora perché parli?
– Stronzo.

Viola diede una manata sulla nuca di Daniele, che ricambiò con un morso.

– Dàaai. Anche a me piace molto. E poi quest'odore di terra bagnata, non so, mi emoziona. Hai voglia di fare due passi? Arriviamo fino in cima a quella piccola collinetta e torniamo indietro.

Viola si alzò, ma non ne era totalmente convinta. I tacchi, doveva togliere i tacchi e non voleva dirlo.

– Vado a prendere il piumino. Qui quando cala il sole sembra di essere in Siberia.
– Vuoi che ti scaldi, bambola?
– Voglio che mi dici se vuoi anche tu il piumino.
– Sì, bambola.

Daniele si mise in posizione serenata, con busto all'indietro e mano sul cuore, vivere più che puoi, come ti viene in mente, senza nessuna strategia, o timore. Viola era sempre più irritata.

– Quanto sei cretino.
– Sei più bella quando t'incazzi per niente.
– Vado.

La collinetta era più alta di quanto sembrasse. Così si persero per strada il tramonto dell'ultimo giorno dell'anno. Tornarono indietro rinfacciandosi a vicenda la responsabilità del ritardo. Ma fu più una scusa per occupare il tempo che una vera lite.

Fecero merenda in compagnia dei padroni di casa: bruschetta all'olio, prosciutto crudo e vino novello. Parlarono delle stagioni, della vendemmia appena passata. Della differenza – incomprensibile, inspiegabile – tra olive verdi e olive nere. Viola e Daniele sembravano ascoltare la verità su Babbo Natale. Poi chiesero di cenare un po' prima, lontano dalla tavolata di colonizzatori austro-ungarici in arrivo. Viola voleva passare la mezzanotte a mollo, nelle pozze d'acqua calda che aveva scoperto l'ultima volta. Il vento gelido provò a dissuadere Daniele, ma nulla poté contro il suo vigore latino: sei maschio, non sei vulnerabile. Prepararono in fretta un borsone con due accappatoi e una bottiglia di brachetto, si fecero ripetere la strada dal signor Galluzzi almeno tre volte e partirono in direzione San Filippo. Tentennarono a un paio di bivi, ma alla fine le stelle li portarono dritti dritti in pentola.

La luna era un piccolo sopracciglio di luce. Per fortuna l'auto aziendale di Daniele era attrezzata di pile e ogni strumento in caso di emergenza.

Si inoltrarono in un viottolo, facendosi guidare soprattutto dai suoni.

Alla vista della prima pozza, Viola emise un grido stridulo, cui fece eco Daniele: iniziava il gioco. Nessuno aveva però il coraggio di spogliarsi. Il freddo rendeva tutto poco invitante.

Fu Viola a rompere il ghiaccio e ad accatastare sciarpa, calzettoni e metà del suo guardaroba invernale. Appena fu nuda si accovacciò nell'acqua come una chioccia – posizione pipì – cominciando a sfottere Daniele.

– Fai tanto il duro, poi basta che la temperatura scenda e ti mancano le palle.

Din don.
Le parole fecero subito effetto. In un attimo era già sotto le coperte d'acqua. Non gli sembrava vero che potesse esistere una vasca naturale sempre calda per lui. L'unica nota stonata era l'odore di zolfo: un misto di uovo sodo e pattumiera dimenticata, con quel tocco agreste che fa tanto *De rerum natura*.

– Lo sai che più su c'è una piccola cascata? Da qui non

si vede ancora. Bisogna arrampicarsi su quella parete di roccia bianca. Te la senti?

Daniele non avrebbe potuto udire parole peggiori. Non posso dire no, non posso, non posso.

– Adesso?
– Sì, adesso. A mezzanotte sparirà.

Brooke Shields di *Laguna Blu* quasi non teneva al confronto. L'agilità di Viola era assolutamente istintiva. Saliva accelerando il passo, sulle sue gambe di fenicottero rosa. Daniele le urlava a distanza di aspettarlo.

Quando videro l'idromassaggio in pietra, ebbero un momento di soggezione. Il posto era troppo bello per essere vero. Una conchiglia lontana dal mare, animata da uno scroscio d'acqua opaca e fumante. Viola fu la prima a entrare in vasca, entusiasmo senza controllo, felicità di correre nuda, il settimo cielo. Daniele le andò dietro. Si sedettero uno attaccato all'altra e cominciarono a urlare. Le frasi più stupide, i nomi, i soprannomi, i punti deboli, i difetti, le canzoni, tutto ciò che passava loro per la testa veniva confidato alla valle, che lo ripeteva a eco. All'improvviso il getto d'acqua calò bruscamente, rendendo il benessere termale ancora più lieve. L'acqua calda ovattava la realtà nel tepore. Daniele e Viola smisero di parlare. Stettero lì, imbambolati, prigionieri di un incantamento, cullati dal suono della sorgente e dai rumori di quella notte agreste, l'ultima notte dell'anno.

Quando Daniele guardò la sua ragazza, la trovò con gli occhi chiusi. Piangeva. Non ne era totalmente sicuro. Ma la conosceva troppo bene per sapere che non erano gocce, quelle, ma lacrime. Lacrime di gioia e dispiacere, di rabbia e follia, di infantile rancore. Lacrime di vita piena e intensa, tortuosa, giunta a un bivio, forse. L'uomo che le stava accanto la teneva sull'orlo di un precipizio e le era venuta una paura terribile di cadere, se cado adesso muoio, non lasciarmi andare giù, ti prego.

Daniele la strinse a sé, abbracciandole i seni. Le asciugò le lacrime con le sue mani forti, le accarezzò il viso con baci sussurrati. Le palpebre di Viola si schiusero per un attimo, ma Daniele le riabbassò dolcemente. Continuò a trasmetterle energia massaggiandole il corpo, fino a concentrarsi sui piedi. Era la cosa che più lo attirava di Viola. La conclusione del discorso, diceva, la parte più bella e sexy e indimenticabile di una donna. Il dessert. Sospesi nell'aria gelida, i piedi di Viola rimasero ad aspettare che succedesse qualcosa. Nell'attesa si agitavano come quelli di un neonato che non vuole essere vestito. Vennero presto bloccati – dove credete di scappare, voi? – travolti da un'ondata di foga incontenibile. Il pianto si era fermato di colpo, espulso da quella momentanea sospensione del tempo. Daniele prese a fare versi strani, lupo affamato, Viola lo seguì. Sempre più forte, sempre più su, avanti tutta – dobbiamo morire insieme – fino a urlare ancora. La valle sentì nuovamente tutto ciò che avevano provato, ma non lo avrebbe confessato a nessuno. Fu la loro più bella notte d'amore. Una tequila bum bum bevuta tre volte di fila. La mezzanotte celebrata prima, dopo e durante. La mezzanotte dimenticata. Finite le feste, si resero conto di aver lasciato i vestiti vicino alla pozza più in basso. Il cavaliere smascherato si armò di coraggio e corse giù a prendere le borse di asciugamani. Viola tornò a respirare. Uscì dall'acqua prima che lui tornasse, per il caldo eccessivo. Le mani si erano raggrinzite e i suoi piedi – i piedi – s'intonavano perfettamente al suo nome.

Daniele l'avvolse in un grande accappatoio e la strofinò con forza. Dopo essersi asciugati, si rivestirono senza eccessiva cura e bevvero insieme la bottiglia di brachetto.

Tornò di nuovo il silenzio, e l'incantamento. Non tornarono più le lacrime. Per tutto il viaggio, Daniele non fece altro che starnutire.

45

When Tomorrow Comes
EURYTHMICS

I due angioletti si svegliarono nel primo pomeriggio con le ali stropicciate. CarloG aveva un gran cerchio alla testa, e non era sicuramente un segno di santità. Rocco respirava a fatica, tanto la bocca era impastata e arsa. *What a big night, last night.* Avevano cominciato con una cena in dieci a casa di CarloG. Zia Irvana si era cimentata nel cuscus di carne che la sua amica magrebina le aveva insegnato. Indossava un abito da sera lungo fino ai piedi, con le poppe tirate su da un Wonderbra in edizione limitata. Per la serata era accompagnata da Demian, un modello californiano che arrotondava volentieri il suo stipendio facendo il massaggiatore per signore. E che massaggiatore. Un vero personal trainer del sesso *over fifty*. Quella sera, notte inclusa, costava duecento euro. CarloG gliel'aveva portato come regalo di Natale. Zia Irvana lo presentava a tutti come se l'avesse conquistato con le sue forze. Diceva che anche lei aveva diritto a essere Liz Taylor, per una sera. Così rinunciò ben volentieri ai festeggiamenti in discoteca. Rocco, invece, li ricordò fino al giorno dopo, mentre guardava il disordine della sua stanza.

– È stato un peccato non avere tua zia con noi, ieri notte. Mi sarebbe piaciuto vederla in pista con quella *sex machine*.
– Il fatto che non ci fosse lui è stato un peccato. Per mia

zia è stata una benedizione. Pensa se mi avesse visto mentre mi baciavo con Miriam. Le sarebbe venuto un mezzo arresto cardiaco.

CarloG provò a togliersi le ali, ma era ancora troppo rincoglionito per poter compiere un'azione fisica concreta. Rocco cercò di aiutarlo, le mani più pratiche, anche se di poco.

– Sei il solito esagerato. Probabilmente si sarebbe piegata dalle risate, come abbiamo fatto tutti noi.
– Tu non conosci zia Irvana. Per lei io sono gay e basta.
– Da quando hai dei dubbi?
– Da ieri.

CarloG si staccò dalla presa di Rocco e si tolse le ali da solo, rompendone una soltanto.

– Ma ieri eri ubriaco, ti volevi solo divertire a fare Clark Gable e Vivien Leigh.
– Sì, però mi è venuto duro.
– Duro quanto?
– Che razza di domanda è? Duro. Un cazzo duro normale.
– Woody Allen dice che una ragazza deve farti venire duro il cervello.
– È ovvio che quando non ti viene più duro lì, cerchi riparo da qualche altra parte.

CarloG si fermò di colpo davanti allo specchio con aria interrogativa.

– Non mi vedi un po' giallo?
– Dove?
– In faccia, no? Guardami. È l'epatite K, lo sento. Lo sento che me la sono presa ieri da Miriam.

CarloG cominciò ad aprire le tende per fare entrare nella stanza tutta la luce possibile.

– Perché, quando siete spariti avete fatto qualcosa?
– No, ci siamo solo strusciati e toccati un po', ma da fuori. Nel senso che non ci siamo messi le mani dentro le mutande, anche perché avevo tutta questa armatura che mi teneva su le ali.

Rocco avvicinò la sua faccia a quella di CarloG.

– Allora come hai fatto a prenderti l'epatite?
– Ma non li leggi i giornali? L'epatite K si prende dal contatto con la pelle. Oddio, accompagnami subito al pronto soccorso.

Rocco andò in bagno e tornò con un'aspirina, scuoteva la testa e rideva, ma dove l'ho trovato io, un amico così.

– Per me sei ancora ubriaco. Sei così bianco che sembri più anemico che con l'epatite.
– Anemico? Vuoi dire anemia ipercromica?

Rocco cominciava a perdere la pazienza. Le lentiggini divennero ancora più evidenti.

– CarloG, finiscila. Ti dico che non hai niente. Raccontami invece di Miriam.
– Già, Miriam. Ho una gran voglia di rivederla, sai? E se posso dirla tutta, ho proprio voglia di scopare.

Rocco prese da terra la camicia di CarloG e gliela tirò in faccia.

– Anche se ti è venuta 'sta botta di virilità non c'è bisogno che ti metti a fare lo scaricatore di porto.
– Vaffanculo.

CarloG cominciò a cercare un asciugamano aprendo tutti i cassetti della camera, camera non sua, ma di cui conosceva i contenuti e quasi tutti i segreti. Poi si spogliò completamente e andò in bagno. Rocco gli stava dietro come un cane da guardia.

– Dov'è che l'hai conosciuta?
– Fa le interviste con me alla Proxa International. Hai del sapone di Marsiglia?
– No, solo docciaschiuma.
– Per questa volta passi.

CarloG aprì l'acqua della doccia e ci si mise subito sotto. Rocco gli parlava attraverso la tendina di nylon, spruzzi occasionali gli accarezzavano il viso.

– E non ti era mai venuto in mente niente?
– In che senso?
– Nel senso ciularino del termine.
– No. Mi era simpatica e basta. Adesso mi sono simpatiche le sue tette.
– Be', non ti resta che chiamarla e invitarla a uscire una sera. Vuoi del balsamo?
– Ho i capelli sfibrati?
– No, era solo una domanda così. Una gentilezza.
– Meno male. E dove mi consigli di portarla?
– A casa tua.
– Impossibile, c'è mia zia. Se la vede e capisce mi sbrana. Mi lavi un po' la schiena?

Rocco si mise il guanto di spugna e cominciò a fare la mamma che non sarebbe stata mai.

– Allora vai a casa sua.
– Impossibile. Vive ancora con i suoi.
– Allora che cazzo ne so? Vieni qui a casa mia. Me lo dici prima e te la lascio.

CarloG chiuse la doccia e cominciò ad asciugarsi, la faccia illuminata dalla soluzione appena proposta.

– Vedi che quando vuoi sai essere intelligente?
– Bravo. Allora vedi di rivestirti in fretta e di mettere su il caffè.
– Bastardo. Ne approfitti solo perché non ho avuto il tempo di osservarti, ieri sera. Chissà cosa non hai combinato.

Rocco rise, ma non rispose. Si rivide in un flashback senza capire se si era divertito o no. Di certo non si era annoiato. Vedere tutti quegli angeli travestiti gli aveva fatto pensare alla distinzione tra bene e male.

Li aveva sempre osservati, gli angeli: negli affreschi rinascimentali, nei tormentoni dei poster che vendono vicino alle stazioni. Loro non si baciano mai. In compenso lanciano frecce, suonano arpe, hanno sempre gli occhi rivolti all'insù. Quella sera avevano finalmente coronato un sogno. E Rocco li spiava, senza badare mai alla loro origine umana. Erano angeli che baciavano altri angeli. Anche lui aveva ceduto. Nell'impeto degli auguri, due ali di nome Piergianni gli avevano lasciato un segno carnoso sulle labbra. Scioccato dalla poesia del gesto, si era guardato intorno e aveva visto quella passione contagiosa sbocciare anche sulle bocche di CarloG e Miriam. A Capodanno, la vita diventa un gioco. Ma una volta finita la musica, le regole resteranno le stesse? La notte di Rocco era stata tutta così. Un intervallo delirante di visioni sul mondo. Qua e là dedicava a Daniele un pensiero – un po' triste, un po' felice – che non riusciva a salvarlo né a guarirlo, in quel momento. S'immaginava Viola e un po' l'invidiava. L'essere donna, per una volta, l'aveva privilegiata. Lei era molto più legittimata di lui a essere fragile. E probabilmente era così. Però gli sarebbe piaciuto vedere Daniele con le ali. Osservarne la faccia stupita e imbarazzata nei gironi della discoteca. Era ancora lì a bocca aperta, quando CarloG lo riportò alla realtà.

– Ehi, di casa? Sei collegato? Mi avevi chiesto un caffè o una pausa per pensare?

– Scusa, ero sovrappensiero.

– Quanto zucchero?

– Uno e mezzo.

CarloG cominciò a girare il caffè, mignolo rigorosamente all'insù.

– Cioè, eri sovrappensiero perché pensavi a Daniele?

– Cioè, stavo pensando a Daniele, sì. Secondo te è normale?

– Non è normale.

– Ah, no?

– No. È bello. Vuol dire che ti manca.

– E quindi?

– E quindi chiamalo. E salutalo anche da parte mia. Se riesci a resistere dieci minuti, preparo i bagagli e torno a casa. Così puoi chiacchierare indisturbato.

– E tu puoi telefonare a Miriam.

– Già.

CarloG stette ancora un attimo zitto, impacciato. Terrorizzato dall'ultima verifica allo specchio, me lo sento che me la sono beccata.

– Ma allora sei sicuro che non mi vedi giallo?

– Sicuro, sicurissimo, non hai niente, è stato bello, ciao.

Si salutarono più amici di prima, felici di avere un sogno in comune. Nella loro lotta dei cuori, ognuno faceva il tifo per sé e per l'altro.

46

– Pronto?

   – Pronto, Viola?

   – Sì.

   – Ciao, sono Rocco.

   – Ti avevo riconosciuto.

   – Come stai?

   – Bene.

   – Anch'io. Buon anno.

   – Grazie.

   – Oggi qui c'è una nebbia fitta e fa abbastanza freddo, e da voi?

   Pausa

   – Volevi Daniele, vero?

   – Mah… sì, giusto per fargli un saluto.

   – È a letto con la febbre. Comunque te lo passo.

Daniele era già in piedi, preoccupato dalla freddezza di Viola. Ogni tanto dimenticava di essere Lolita e veniva posseduta da soldato Jane. Daniele le passò una mano tra i capelli, prima che lo facesse lei. Poi diede un colpo di tosse per schiarirsi la voce.

   – Ehi, Rocco, sei tu. Buon anno.

   – Ma cosa combini? Ti lascio solo due giorni e ti becchi l'influenza? Che uomo cagionevole…

– Avrei voluto vedere te ieri sera, passare da zero a trenta gradi ogni quarto d'ora.

– Dove siete andati?

– In un posto che si chiama San Filippo. Abbiamo fatto il bagno nell'acqua calda. Molto new age.

– Eravate solo voi?

– No, c'erano anche altre persone, ragazzi simpatici. Siamo stati a mollo un paio d'ore e poi siamo venuti a dormire. E a te, com'è andata la festa degli angeli?

– Benissimo. Io e CarloG siamo tornati a casa così cotti che ci siamo addormentati con le ali. Ma ti racconto meglio quando ci vediamo. Cerca di riprenderti e dammi uno squillo al tuo ritorno, se ti va.

– Okay. A presto.

Daniele si rimise subito sotto le coperte. Viola guardava fuori della finestra. Il suo silenzio era assordante.

– Viola, che c'è?

– Forse è meglio se adesso ti riposi. Devi guarire in fretta.

– Se vuoi che guarisca in fretta dimmi cosa c'è.

Viola si sedette ai piedi del letto.

– Posso chiederti una cosa?

– Tu *vuoi* chiedermi una cosa. Da quando ho messo giù il telefono.

– Perché non gliel'hai detto?

Daniele si tirò immediatamente su, appoggiandosi alla testiera.

– Detto cosa?

– Lo sai benissimo. Una volta mi hai tenuto tre ore a raccontarmi che devo essere sincera, che bisogna dirsi le cose come stanno. Perché non applichi anche a te la stessa regola?

Daniele si irrigidì, la cicatrice di fuoco.

– Quello che succede tra me e te, Viola, è una cosa che riguarda solo noi. Nel bene e nel male. Quello che io decido di dire o non dire a Rocco non ti deve riguardare.

Vivere, non pensare. Daniele sceglieva sempre la via più diretta, e scaltra, o forse semplicemente la più pragmatica e coraggiosa, che dimentica – rimuove – gli episodi scomodi, uccide la memoria per annullare i rimpianti e le ripicche, le esperienze inutili. Viola capì che forse il problema era all'origine, e non era più argomentabile. Ma Daniele non aveva ancora finito.

– Che bene gli avrebbe fatto sapere della nostra notte fuori programma? Non so come avrebbe reagito. Si sarebbe offeso, irritato. Ripeto, non lo so. E non lo voglio sapere.
Pausa
– E tu sei sicura che ti avrebbe fatto piacere se io glielo avessi raccontato?

Viola non disse niente. Le non parole, segno confuso di protesta e sconfitta.

– Tu sei gelosa quanto me delle cose nostre. Noi stiamo insieme anche per questo. I segreti sanno tenerci uniti più di tanti abbracci.

Viola si avvicinò a Daniele, senza sapere se ne sarebbe mai uscita viva. Sembrava una grande bambina.

– Ma perché io non ti basto?

Daniele ci pensò un attimo. Di colpo non sentiva più i piedi.

– Tu non mi basti perché di Daniele ce ne sono due. Uno lo conosco bene, e lo conosci bene anche tu. Sono io, qui, con la febbre. L'altro è spuntato fuori da poco, e Rocco mi sta aiutando a conoscerlo. Ma non c'entra niente con me. È Mr Hyde, capisci? Non devi chiedere a me, di lui, perché non ti so rispondere.

Viola si sentì sollevata. Temeva reazioni alla dinamite, invece aveva sentito le risposte di una persona contraddittoria, ma leale nelle sue contraddizioni. Affetta da una sincerità lucida e visionaria.

Per la prima volta, da quando era entrato in scena Rocco, Viola riusciva a mettere a fuoco la situazione. Adesso li vedeva, i due Daniele. Ora poteva cominciare a capirli. Provare ad accettarli veramente. La persona che lei amava non stava facendo la doppia vita. Aveva semplicemente un gemello. Sconosciuto, maledetto, affascinante, che non le apparteneva. Ma era proprio qui il punto. Non le apparteneva. Daniele non le sarebbe appartenuto comunque, anche se fosse sempre stato solo con lei. Forse avrebbe dovuto investire di più sulle emozioni, fare in modo che ci potessero essere ancora segreti tra loro, come quella notte. Più segreti riusciva a condividere con lui, meno probabilità aveva che lui scappasse. Questo capì, quella sera.

Daniele aveva chiuso di nuovo gli occhi. La febbre era troppo alta. Viola gli appoggiò una mano sulla fronte e la ritrasse impaurita. Scese dai signori Galluzzi per chiedere termometro e Tachipirina.

Lo svegliò dal dormiveglia e lo curò con un bicchiere d'acqua. Daniele obbedì senza capire e ripiombò nei deliri della febbre.

Viola si sdraiò accanto a lui, per godersi quella sera un po' malata, con l'odore della legna che alimentava il camino. Voci tedesche arrivavano dalla camera di fianco alla loro.

Viola si ricordò allora di avere ancora una sorella. Si mise il piumino e uscì a telefonare. Alice rispose col tono di chi ha fatto cinque più uno al Superenalotto.

– Violaaaaaaaaaaaaaaaa.
– Sì, sono io. Mi dica.
– Infamona, è da ieri che provo a chiamarti ma il tuo telefono è sempre spento.
– L'ho lasciato a casa, tanto c'era quello di Daniele.
– Dove sei?
– A Belsedere, località Trequanda.
– Belseché?
– Belsedere. È un podere in Toscana, in un posto bellissimo.
– Mi sfotti.
– Ti giuro. Sono proprio in Toscana.
– Ho capito che sei in Toscana, ma non puoi essere in un posto che si chiama Belculo.
– Infatti si chiama Belsedere.
– Passami Daniele che glielo chiedo.
– Ha la febbre.
– Guarda caso. A Capodanno.
– Senti, ti devi fidare perché ti sto chiamando io e non ho soldi da buttare per 'ste cazzate.
– Ma quand'è che ti laurei e inizi a guadagnare?
– Alice, ho chiamato te per gli auguri. Non la mamma.
– Sei proprio un concentrato di figlia minore. Viziata e permalosa.
– Se continui così non ti do la marmellata di pomodori verdi che ti ho comprato.
– Hai controllato che sia senza conservanti?
– Oh, ma la vuoi finire?
– Dài, cretina. Ti volevo irritare un po'.
– Ci stai riuscendo.
– Già che ci sei, come va la storia di Daniele con il farabutto? Prosegue?
– Sì, prosegue. Anche se io cerco di non farci caso.
– Sei sicura di non soffrire troppo?

– Io sono solo sicura di voler stare con lui.

– Se non ti pesa, fai bene. Ti ammiro, sai. Perché metti da parte l'orgoglio. Io non ci riuscirei.

– Tu hai altre qualità, Alice.

– Quali?

– La prima è che sei mia sorella.

– Allora passiamo alla seconda.

– Non hai un filo di cellulite.

– Okay, ti ho voluto bene, possiamo salutarci qui. Ti bacio e mi raccomando: bastarda fino in fondo.

– Anche tu. Buon anno.

Daniele continuava a dormire. La bocca semiaperta. La bava sul cuscino. La maglietta sudata. I capelli unti. Il naso rosso. La fronte bagnata. Eppure era ancora maledettamente bello.

47

"Ti devo vedere subito. Rischio un clamoroso flop. CarloG."
Dopo un messaggio simile, Rocco corse subito in aiuto.
S'incontrarono in un minuscolo bar-corridoio che aveva come nome la marca di un caffè. Il luogo ideale se vuoi che il barista intervenga nella conversazione.

– Allora, mi dici che c'è?

CarloG scosse la testa come se dovesse annunciare una disgrazia terribile. La gestualità esplicita era parte fondamentale del suo fascino.

– Devo uscire con Miriam a cena.
– Quella di Capodanno?
– Sì.
– Non mi sembra così grave. E quando?
– Tra due ore e mezzo.
– Quindi forse è meglio se arriviamo subito al dunque.

CarloG ordinò due gin tonic senza nemmeno consultare Rocco. Prese i bicchieri dal banco e li portò al tavolino attento a non rovesciarli.

– Il mio problema è questo. Io non sono mai uscito con una ragazza. Mai. Solo uomini brutali tipo Maurizio-er-

Magnaccia e compagnia bella. Quindi presumo ci si comporti in modo diverso.

– E lo chiedi a me?

– Sì, sei l'unico che conosco che abbia un passato eterosessuale, zia Irvana a parte.

Rocco sorrise.

– Quindi vorresti un prontuario delle cose da fare o non fare con lei stasera.

– Esatto.

CarloG diede un lungo sorso al gin tonic, bevi, bevi e tutto sarà più facile. Rocco lo seguì a ruota.

– Innanzi tutto non devi fare il moderno.

– Cioè?

– Alle donne sta sul culo 'sta storia della parità. Devi evitare in tutti i modi di fare il ragionamento: avete voluto gli stessi diritti? Allora pedalate.

– Non ho capito.

– Ho semplicemente detto che devi pagarle la cena. Niente fifty-fifty, chiaro? L'essere taccagno con una donna non è né moderno né paritario.

CarloG finì rapidamente il suo gin tonic e ne ordinò un altro.

– Ci siamo. Poi?

Rocco cercò d'immaginare tutti gli sbagli detti o sentiti per anni dalle sue amiche, o rubati sugli autobus.

– Be', evita espressioni tipo "sono operativo dalle sette". Fa troppo impiegato sfigato, per di più ambizioso.

– Mai detta una roba simile.

Rocco lo guardò attentamente. Gli occhi dolci, eppure capaci di analizzare con cattiveria pungente.

– Poi forse è meglio se togli tutto questo gioiellame. Una mia collega ha liquidato uno solo perché gli penzolava un braccialetto d'oro a maglia molle.

CarloG se lo sganciò immediatamente dal polso. Insieme a due anelli e a una collana con ciondolo Pomellato, uno struzzo regalato da Maurizio-er-Magnaccia dopo una lite. Rocco continuò la radiografia.

– Evita il profumo.

CarloG impallidì di colpo.

– Allora metti solo il dopobarba. Ma poco, mi raccomando. Tu stasera devi fare il maschio. Il maschio pulito ma che non profuma.
– Hai ragione. Poi?
– Non ti mettere la maglietta BOYFRIEND WANTED dell'altra sera. Vestiti con cura, ma senza esagerare. Però fai vedere che ci tieni.

CarloG era fortemente tentato di prendere appunti. La corte a una donna appariva molto più elaborata di quelle cui lui era abituato.

– E non devi assolutamente cercare di nascondere i tuoi difetti fisici. Per esempio, non provare a nascondere i peli che ti spuntano dalla camicia. Fai la fine di quelli che vanno in giro col riporto.

CarloG vide andare in fumo tutte le sue cerette in programma.

– Sì, ma per i comportamenti pratici?

Rocco si rese conto che stava parlando con un diciotten-ne di trent'anni. Come se quella conversazione fosse stata surgelata per un decennio e fosse ancora lì, buona come i Quattro Salti in Padella.

– Un errore che non devi fare è provare a nascondere l'imbarazzo facendo il protervo. Devi dominare l'imba-razzo, non devi dominare lei.

CarloG chiese al barista un notes e cominciò a scrivere.

– E cosa devo soprattutto evitare, a cena?
– Non guardarle le tette. Mai. Che non ti scappi l'oc-chio. Saresti finito.
– Mai guardate.
– Non toccarle i capelli. Per le donne sono un vero e proprio scudo. E soprattutto non allungare la mano sul genitale fino a che non sei a letto. Per esempio, se fate un po' di petting in macchina non ti azzardare a mettere le mani lì. Almeno, non farlo se vuoi cominciare una storia seria. Frena la curiosità.

CarloG non era mai stato così attento. Scriveva e beve-va gin tonic, bevi e tutto andrà liscio.

– E se state per fare l'amore, affronta subito il problema preservativi.

Qui CarloG sentiva di non aver bisogno di consigli.

– Le chiedi in modo molto diretto: "Come siamo messi a precauzioni? Hai dei preservativi?".

CarloG annuiva col capo.

– Perché forse non lo sai, ma non ci sono solo le malattie sessuali. Una ragazza può anche rimanere incinta.

– INCINTA? No, ti prego. Un bambino all'esordio sarebbe veramente troppo per me. E poi bisogna scegliere il nome...

– Vedi che ho fatto bene a ricordartelo? Ah, dimenticavo. Guai a te se nell'intimità le spintoni la testa per farti fare un pompino. È il modo per non farselo fare mai. Piuttosto glielo chiedi. E poi mettiti in testa che il sesso orale non piace a tutte.

Il barista – capelli incrostati nel gel del mattino – aveva smesso di asciugare i bicchieri e ascoltava interessato la lista di errori che aveva sempre commesso.

– Se vedi che non si toglie le calze, non costringerla. Evidentemente è da un po' che non si depila.

– E per spogliarla?

– Sbottonale la camicetta con molta calma. E togliti un pezzo alla volta. Non metterti nudo in un attimo per poi sederti accanto a lei. Non la rivedi più.

CarloG guardò l'orologio e capì che il tempo stava volando.

– Oddio Rocco, devo andare. Altrimenti arrivo in ritardo.

– Va bene. Cerca comunque di non far succedere niente stasera. Nel caso, queste sono le chiavi di casa mia. Hai tempo fino alle due di notte. Okay?

– Okay.

– E non regalarle nulla di mio per fare il brillante.

CarloG uscì dal bar di corsa, lasciando tutti i gin tonic sulle spalle di Rocco.

Si fece barba e doccia. Riuscì a evitare l'acqua di colonia. Non riuscì a evitare il ritardo. D'altronde, era il primo appuntamento al femminile della sua vita – una donna finalmente – e non gli sembrava proprio il caso di stravolgere le sue abitudini, cosa vuoi che siano dieci minuti.

– Miriam, scusami. È che ho cambiato ali, e queste sono davvero lentissime.
– Non ti preoccupare. Sono appena arrivata anch'io.

Non era vero, ma Miriam sapeva essere una vera femmina. Astuta. *Smart*. CarloG si sentiva agitatissimo, ma si ricordò dei suggerimenti di Rocco. Cercò di convivere con il suo nervosismo. In fondo era un'esperienza così surreale per lui, che voleva godersela fino in fondo. La sua camicia Dolce e Gabbana gli infondeva una strana sicurezza. Chiese a Miriam il lato del tavolo che preferiva, la fece ordinare per prima e si aggregò in ogni decisione.

Gli venne di nuovo in mente la sua ultima relazione, con Maurizio-er-Magnaccia. Quando andavano al ristorante non ordinavano mai la stessa cosa: se lui diceva vino bianco l'altro rispondeva birra, e viceversa. Dietro la teoria degli opposti, mascheravano una palese incompatibilità di carattere.

Miriam stava morendo dalla curiosità. Dopo il San Silvestro dei baci, il suo cervello aveva bisogno di una spiegazione. Sapeva che CarloG era gay, gayssimo. Sul suo conto aveva sentito ogni epiteto possibile, parole senza fantasia. Era stata anche informata dell'attivismo di sua zia. Però l'eccitazione di quella notte le aveva fatto un'ottima impressione. E adesso era lì per indagare. Aveva preso lei l'iniziativa, suggerendo perfino il ristorante. Ora stava conducendo la cena.

CarloG era affascinato da tanta intraprendenza. D'improvviso gli cadde l'occhio sulla tetta. Lo tolse subito, ma fu veramente fiero del suo errore. Si sentiva *very masculine*. Talmente maschio che provò a cambiare timbro di voce, dissimulare per crederci di più, bevi e tutto sarà più facile. Miriam se ne accorse, ma fece finta di niente. Anzi, apprezzò.

Finirono per parlare dei colleghi intervistatori. Un'ora e mezzo di male parole.

Quando arrivò il conto, CarloG se ne impadronì con prepotenza, che bello dover pagare. Poi si avviarono all'uscita senza sapere dove andare.

– Che ne dici di bere qualcosa da me?

CarloG provò una tattica decisamente anni Settanta.

– A casa tua?
– Sì, cioè... no. A casa di un mio amico.
– A casa tua o a casa di un tuo amico?
– A casa di un mio amico, che però è mia. Almeno, stasera è mia.
– Ho capito, te l'ha prestata.

CarloG fece una faccia tristemente sgamata.

– Più o meno.
– Solo stasera?
– Solo stasera.

Miriam era troppo furba per accettare, donna classica, esperta.

– Ti ringrazio ma sono veramente stanca. Facciamo un'altra volta, ti va? Tanto ci incroceremo sicuramente in ufficio tra un'intervista e l'altra.
– Affare fatto.
– È stata una bellissima serata, CarloG. Grazie per la cena.

Si salutarono con un bacio senza sale.

Nessuno dei due aveva avuto il coraggio di agire. Miriam salì in macchina e partì facendo ciao con la mano. Mentre si chiedeva dove avesse sbagliato, CarloG si ricordò di non aver mai rimorchiato una donna. Tornò a casa che non era neanche mezzanotte. Prese un Tavor e si mise a dormire. La mattina dopo venne svegliato da Rocco, l'amico s'interessa a te più di quanto potresti fare tu.

– Mi stai dicendo che a casa mia non ci sei neanche salito?

– No, ti ho detto che non ha voluto. Era stanca.

– Ma sei un grandissimo stronzo. Io sono stato a cazzeggiare in giro fino alle due di notte e tu nemmeno mi avvisi? Ma vaffanculo.

– Rocco, calmati. Mi dispiace. Ero troppo deluso.

– Deluso per cosa? Se mi hai detto che è andato tutto bene.

– Sì, ma non è successo niente.

– Te l'avevo detto che non succedeva niente. Era nel programma. Ma tu non hai voluto ascoltarmi.

– Be', Marina mi ha raccontato che un sacco di volte ha scopato la prima sera.

– Infatti se n'è dovuta andare in Thailandia.

– Adesso sei tu a essere stronzo, Rocco.

– Senti bene: ho dormito cinque ore per fare un favore a te, e poi scopro che potevo evitare di fare il giro dei pub col mio collega noioso.

– Mi spiace. Ci sei stasera, che ti racconto?

– No. Vedo Daniele. Mi ha chiamato poco fa che è appena tornato dalla Toscana.

– Domani a pranzo?

– Non lo so. Vediamo.

– Dài, ti chiamo io.

Quel pomeriggio Rocco era così stanco che per riuscire a seguire la riunione editoriale – le situazioni in cui ti chiedi dove hai sbagliato e perché – dovette riempirsi di pizzicotti. Il dottor Manzoni era in vena di fare battute spiritose, cui rispondevano sorrisi forzati di tutti i partecipanti. Così Rocco elargiva assensi col capo, sperando che il dottor Manzoni rivolgesse le sue attenzioni anche alla segretaria di redazione o alla stagista fresca di laurea in Lettere antiche. Macché. Dopo l'ultimo numero del "Filatelico", gli occhi del capo erano solo per Rocco. Gli chiedeva suggerimenti strategici, gli lasciava carta bianca sulla posta dei lettori. L'aveva perfino autorizzato a uscire senza chiedere permesso. Fiducia piena e totale nel giovin signore che avrebbe fatto rinascere la filatelia italiana.

Una stima che certo faceva piacere al suo umore professionale. Un'altalena continua tra i sogni di inviato sportivo e di cronista d'assalto.

Ora la filatelia sembrava dargli una nuova possibilità: dare colore a una vita, quella dei collezionisti, che lui vedeva grigia e sbiadita, maniacale e frustrata. Una vita di persone sole. Lo capiva dalle lettere che riceveva. Una richiesta di compagnia sotto la forma inconsueta di una domanda sulle ultime emissioni. Era ancora lì, a smuovere con energia la tastiera del computer, quando gli apparve un'insolita hotmail punto com da utente sconosciuto. Bastò leggere la prima riga per riconoscere la voce di Marina.

La bastarda è ancora viva. Credevi, eh, che partissi e lasciassi perdere tutto per stare dietro all'unico uomo che ha piegato il mio cuore? Sei il solito diffidente. Solo che qui è così difficile trovare un internet café e poi, a dir la verità, volevo veramente tagliare il cordone ombelicale con la civiltà. Anzi, già che ci sei, puoi avvisare mia madre che sto bene? Non l'ho ancora chiamata e sarà già preoccupata. Dille che IO SONO FELICE e che la smetta di piangere e di pregare. Quella è capace di fare un voto, e tu devi fermarla. Lo so che è un compito ingrato, il tuo, ma gli amici non servono soprattutto a pararti il culo con genitori e fidanzati?

L'isola di Ko Pha-Ngan è veramente un paradiso. Il tempo è una cosa di cui non hanno mai sentito parlare. I vecchi stanno in spiaggia a fumare e aspettano. So già che stai immaginando gli sfigati dei Malavoglia, ma non è così. I thailandesi il tempo se lo godono senza aggiungere nient'altro. Massaggi a parte, io e Rubens le prime due settimane non abbiamo fatto proprio niente: ci siamo guardati intorno tutto il tempo a elargire sorrisi inebetiti. Abbiamo fatto un sacco di sesso, ma questo lo immagini. Il problema è che Rubens comincia a non bastarmi più. Fisicamente, intendo. C'è un cameriere del residence che mi piace un casino, e secondo me ha già capito con chi ha a che fare. Però se Rubens mi becca è la fine. Lui è così innamorato... Anch'io lo sono, a modo mio, solo che forse non sono proprio fatta per le relazioni. Da qualche giorno abbiamo iniziato tutti e due a lavorare nel residence: lui aiuta in cucina, io sto alla reception. Abbiamo il bungalow più truzzo di tutto il villaggio. L'unico con il bagno da piastrellare. Vorrei che tu fossi qui, con CarloG. Lasceremmo a casa Rubens e ce ne andremmo tutti e tre a fare i cretini in giro.

E il tuo amore condiviso come va? Sei riuscito a trovare un equilibrio? Abbraccialo da parte mia, anche se Rubens in questo momento gli sta scrivendo dal computer di fianco a me. Ora devo andare perché il mio tempo è scaduto. Tornerò qui tra non prima di una settimana. Vedi di scrivermi, capito? Mi manchi.

Marina

Rocco lanciò il documento in stampa. Corse subito a prenderlo. Non voleva condividere quella lettera con nessuno dei suoi colleghi impiccioni. Arrivato a casa, l'appese nella sua bacheca in cucina. Ogni tanto la fissava, immaginando la faccia irriverente di Marina che gli diceva: "Smetti di guardarmi e vai a fare la doccia. Tra poco arriva Daniele".

48

Nightswimming
REM

– Secondo te, noi siamo gay?
   – Noi chi?
   – Noi due. Rocco e Daniele.
   – Bella domanda. Sapevo che prima o poi qualcuno me l'avrebbe fatta.

Daniele si girò su un lato del letto. Emise un lungo sospiro di silenzio, cerca di non pensare.

   – Quindi, cosa rispondi?
   – Be', un po' sì. Anche se tu di più.
   – Stronzo.

Rocco tirò un pugno sulla schiena di Daniele, che reagì con un pizzico sul collo.

   – Scherzo, dài. Anche se io non avevo mai guardato un uomo prima di te. Quando ti ho visto, ci ho messo un po' prima di mettere a fuoco cosa volevo. E alla fine ti ho baciato. Tu, invece?
   – Per me è successa la stessa cosa. Solo che adesso non riesco più a capire cosa mi piace. A parte te, intendo.

Daniele si fece più serio, pensare implica sospendere le azioni e mettersi in discussione.

– Spiegati meglio.

– Voglio dire: sono in un bar ed entra una strafiga. Io mica la noto subito. Mi ci vuole un po'. Ma mi ci vuole un po' anche se entra il cowboy texano.

– Forse perché sei miope.

Pausa

– Però secondo me noti prima il texano.

– Anche secondo me. Tu invece guardi prima le tette.

Daniele mise una mano tra le gambe di Rocco, la confidenza che sfiora l'oltraggio, la passione pura.

– Io noto chi entra per primo.

– Sei il solito maiale.

– Ma come mai questa domanda, stasera?

– Così. Non parliamo mai di noi.

Daniele ritrasse la mano e tornò sul lato del letto.

– Forse perché non ne sentiamo il bisogno. Quando le cose funzionano, vanno avanti da sole.

– Sì, ma tu non hai mai paura?

– Di cosa?

– Che di colpo ti stufi di me o di Viola. O di tutti e due.

Daniele si irrigidì ancor di più, non farmi pensare, ti prego.

– Mi spieghi che c'entra questo adesso?

– Era una cosa che volevo chiederti da tempo.

Rocco cercò un contatto con la mano, ma venne allontanato.

– Tu lo sai perché mi piaci? Perché in tutti questi mesi non hai mai fatto domande. Non hai mai preteso una serata, un regalo, un weekend. Niente. E adesso te ne spunti con il futuro. Magari domani ci stufiamo l'uno dell'altro e finisce tutto. La vita è piena di parentesi di questo tipo.

Rocco si avvicinò di nuovo, ma senza toccarlo, un tira e molla a caccia disperata di conferme.

– Io volevo solo farti capire che ci tengo un sacco a te, a noi.

– Allora non chiedermi niente. Noi stiamo insieme solo quando siamo insieme. Non posso prometterti di più. Mi spiace, ma questi sono i patti. Prendere o lasciare.

Un velo di tristezza era calato sul corpo nudo di Rocco. Aveva sempre pensato che amare fosse anche costruire. Che il tempo non fosse solo presente. Ma l'arrivo di Daniele era stato talmente improvviso che non gli aveva lasciato il tempo di metabolizzare tutti i piccoli traumi. La relazione con una persona del suo stesso sesso. La relazione con una persona già impegnata con un'altra. La relazione con una persona che ti dice "prendere o lasciare". Per distrarsi, si rivestì. Daniele lo guardava nella penombra, chiedendosi se fosse il caso di preoccuparsi. Forse era stato troppo duro, ma lui poteva permettersi di fare il duro. La relazione di riserva lo faceva sentire particolarmente forte, voglio tutto, posso avere tutto.

Andarono avanti per un po' a dialogare ognuno per conto proprio. I loro pensieri erano così forti che ognuno avrebbe potuto ascoltare quelli dell'altro. Per fortuna non lo fecero, altrimenti sarebbero sorte nuove paure.

In realtà Daniele era più scosso di quanto credesse. Quella domanda l'aveva messo di fronte a una nuova possibilità: una vita senza Viola né Rocco. *A lonely life*. Una vita dove occorre anche rinunciare, qualche volta. Cercò subito di correre ai ripari.

– Mi spiace.
– Per cosa?

– Per come ti ho aggredito prima. Non so cosa mi sia preso.

Rocco si sentì rinascere – mi tocca, mi tocca di nuovo – ma riuscì a controllarsi.

– Tutto a posto, tranquillo. Sono io che sono entrato in una zona minata.
– Io non voglio zone minate, Rocco.

Daniele continuava a non muoversi dal letto. Rocco gli parlò aggrappato allo stipite della porta.

– Non sei tu a metterli, i confini. Siamo noi. Per difenderci dalla paura di perdere e per soffrire di meno. Ma adesso non parliamone più. Mi sembra di essermi già esposto abbastanza.

Daniele fece cenno di sì con la testa, basta pensare. Rocco provò a rimovimentare la serata.

– Perché non ti fermi a dormire qui?

Daniele non ne aveva particolarmente voglia. Però dirlo avrebbe innescato un meccanismo troppo pericoloso.

– Va bene. Telefono a Viola. Tu intanto cambia le lenzuola. Non vorrai farmi dormire su questo letto imbrattato di sesso.
– Esci subito dalla mia stanza.

La telefonata durò più del previsto. Almeno più di quanto Rocco si aspettasse. Daniele non riuscì a dire la verità a Viola. Le inventò che era piombato un lavoro in agenzia e dovevano assolutamente presentarlo il giorno dopo. Roxanne aveva chiesto a tutti i responsabili di progetto di fermarsi per la notte, e lui era tra questi. Viola gli dedicò parole dolci e comprensive. Gli fece ascoltare una canzone che stavano trasmettendo alla radio. Gli disse che lo amava. Che sarebbero andati in Brasile. Che non vedeva l'ora di dargli un piccolo regalo.

Lui si sentì una merda, perché mi stai dicendo questo, perché ora, ti sto mentendo Viola, smettila. Ma durò solo il tempo della telefonata.

Tornato in camera, trovò Rocco che faceva gli ultimi ritocchi. Era stato rapidissimo. Aveva impiegato quei dieci, magici minuti in cui riesci a far sembrare presentabile anche Chernobyl poco dopo l'esplosione. Tutto era lindo e pronto e invitante. A tal punto che Daniele si tuffò subito sul letto, tanto per stropicciarlo un po'. Rocco non fece commenti. Era troppo contento nel vedere che la chiamata non avesse lasciato strascichi. D'altronde, non ne aveva sentito neanche una parola.

Da quando si erano conosciuti, quella era la prima notte che Daniele si fermava a dormire lì. Tennero sveglio Morfeo parlando a intervalli regolari, pur di addormentarsi il più tardi possibile.

– Se potessi decidere, in che giorno della settimana preferiresti morire?
– Che domanda del cazzo. E che ne so?

Rocco gli mise una mano tra i capelli, non lo aveva mai fatto.

– Pensaci. Io sono già arrivato a una conclusione.
– E cioè?
– La domenica notte. Però tardi. Sai quelle domeniche in cui te ne freghi che il giorno dopo è lunedì, ed esci e bevi e parli in macchina fino alle tre?

Daniele tolse la mano di Rocco dai suoi capelli e se l'appoggiò sul petto, mosso dai soli respiri.

– Sì.

– Ecco, quando arrivi a casa è il momento migliore per morire. Così ti sei goduto il weekend fino all'ultimo. Pensa che brutto se ti capita di morire il venerdì sera prima di andare a cena.

– Sei veramente pazzo.

– No, è che mi pesa troppo alzarmi il lunedì per andare in ufficio. Allora a volte mi arrabbio per non essere morto e aspetto la domenica successiva. Adesso smettila di grattarmi la pancia che mi fai il solletico.

– Se la finisci di dire stronzate la smetto.

– Ma non sono stronzate.

– Sì che lo sono. Si chiamano "deliri di Robert Smith in pensione".

Silenzio

– Daniele?

– Sì?

– Tu li fai mai gli esercizi quando non riesci a dormire?

Daniele si mise improvvisamente a pancia in giù, con la testa rivolta verso Rocco. Erano due pesci sospesi in un mare di ghiaccio.

– Adesso non cominciare a farmi contare le pecore.

– Macché pecore. C'è una tecnica efficacissima che ho trovato su un giornale: bisogna cantare mentalmente una canzone. Pensa a una canzone che ti piace tanto. E comincia a cantarla, ma solo con la testa, senza emettere alcun suono o mugolio. Arrivato al primo ritornello sei già in catalessi. Se riesci a superare lo scoglio del primo ritornello, la seconda strofa ti è fatale. Basta conoscere la canzone e il sonno è assolutamente assicurato. Daniele?

Silenzio misto a respiro pesante

– Lo vedi? Funziona. Ma te lo spiego meglio domani.

49

Pastime Paradise
STEVIE WONDER

Daniele stava per entrare in ufficio, quando vide un messaggio sul telefonino: *"Thinking of you"*.

Arrossì. Gli venne un nodo in gola misto a rabbia omicida. Salutò minacciosamente i colleghi, accese il computer con foga e liberò le sue grida sulla tastiera.

Caro Rubens, perché non sono anch'io lì in Thailandia con te? Il tuo racconto mi ha fatto venire una gran voglia di fuggire. Le donne che si muovono come farfalle. I bambini che per una volta sono buoni. Qui io oggi vedo tutto grigio, e ho bisogno del tuo aiuto perché non so davvero che cazzo fare. Ho non una, ma due persone che stanno facendo della mia vita una vita doppia. E tu le conosci tutte e due. Ognuna di loro mi piace per motivi diversi e, se vuoi, ciascuna a suo modo mi fa sentire bene. Anzi, ricco. Per questo sono davvero privilegiato. Il problema è che cominciano ad assomigliarsi troppo. Ieri sera Rocco ha iniziato a parlarmi di NOI. Ecco, quella parola mi ha fatto paura. NOI, io e lui. Lui ha tutte le ragioni del mondo per affezionarsi a me, per chiedere. Però io non voglio legarmi, capisci? Anche se stanotte ho dormito per la prima volta a casa sua.

Poi mi sveglio stamattina e mi arriva un messaggio di Viola. Mi manda il titolo di una delle nostre canzoni. Un'idea così leggera da pesarmi come un macigno, ti assicuro. E adesso sto male. Sto male perché hanno ragione tutti e due, e io non so se riuscirò a essere all'altezza di tutti e due. Quello che più mi turba è Rocco: non avevo mai pensato che la nostra potesse diventare una relazione. E invece ieri sembravamo una coppietta alla prima crisi. Il gioco si sta facendo serio, Viola preme e io mi sento soffocare. Forse non sto conducendo una vita doppia. Non ne sto conducendo nemmeno una. Cazzzoooooooooo, portami via. O almeno portami a giocare. Sai che non sto più giocando con nessuno?

E adesso spiegami un po': com'è che stai già tradendo Marina? Non era la donna della tua vita? Cazzo, ti sei appena trasferito, ragazzo. Capisco che la cuoca/massaggiatrice del tuo residence è irresistibile, però minchia… Cerca almeno di non farti beccare.

Che palle. Perché è così difficile avere una relazione? Adesso vado che devo cominciare a lavorare. Ora che ti ho scritto mi sento già meglio. Stammi bene.

Dani

Dopo aver inviato la mail, Daniele venne intrattenuto al telefono per più di un'ora dal signor Casassa Mont. Durante la conversazione, Roxanne gli fece cenno di raggiungerla in ufficio. Lui mise giù e ci andò di corsa, afferrando al volo il primo quaderno disponibile. Bussò anche se non c'era bisogno e se la trovò di fronte, sicura e maestosa. La Vittoria di Samotracia in versione *leather*.

– Buongiorno Roxanne, dimmi.
– Buongiorno, caro. Volevo semplicemente invitarti a una cena a casa mia per domani sera. Vengono anche Ralph Bagutta, un fotografo tedesco e un paio di direttori creativi che hanno lavorato in passato con me. Allora, sei dei nostri?

Roxanne prese il rossetto dalla sua vecchissima Louis Vuitton e si ripassò le labbra.

– Mi dispiace ma domani ho un matrimonio.
– Un matrimonio di mercoledì? Che bella idea. Quindi mi stai dando forfait?
– Sì ma possiamo fare un'altra volta, se ti fa piacere.

Roxanne controllò allo specchio che sulla sua bocca non ci fossero sbavature. Non ne trovò. Il viola scuro era perfettamente uniforme.

– Che ne dici di venerdì? Possiamo andare a mangiare un sushi in un ristorante che ho appena scoperto.

– Adoro il giapponese.

– Bene. Mi raccomando la strategia per il lancio prima-verile di Sweetie.

– L'ho quasi finita. Devo aggiungere solo alcune anno-tazioni di Casassa Mont. A fine mattinata ti porto anche tutti i materiali della concorrenza.

Daniele tornò al suo posto tutto ringalluzzito per un in-vito inatteso quanto importante. Aveva superato la prova, durissima, di Roxanne. La scusa del matrimonio gli era venuta lì per lì. Non ce l'avrebbe proprio fatta a sopporta-re una serata in inglese a parlare male degli spot in circo-lazione. Chiamò Viola.

– Allora, sei riuscita a sopravvivere?

– È stata molto dura. E poi che effetto avere il lettone tutto per me, anche se mi era già capitato. Ma tu non vieni un po' a dormire? Sarai distrutto.

– Sì, infatti ho chiesto mezza giornata di permesso. Per ora ho preso un paio di caffè. Dovrei riuscire a resistere.

– Se fossi qui ti addormenterei di baci.

– Se fossi lì dormirei comunque.

Viola attribuì l'uscita indelicata alla stanchezza, non ci fare caso, pensa come saresti stata tu al suo posto, senza dormire. Daniele lo avvertì.

– Che stai facendo adesso?

– Ho appena finito colazione e ora mi metto a studiare. Letteratura italiana è veramente un malloppazzo, però mi piace.

– Allora ti lascio al Petrarca.

– A Petrarca.

– Scusa?

– Non al Petrarca. A Petrarca.

– Chiamalo come vuoi. Ci vediamo a casa.

– Baci.

– Ciao.

Viola mise giù e andò ad aprire il frigo. Aveva un cestino di mirtilli appena comprati dal suo verduriere-gioielliere. Uno di quei negozietti dove tutto è a dieci euro al chilo, listino da ricchi, retaggio del passato. Riprese in mano le ricette di Sophia Loren e cominciò a preparare una torta. Aveva appena cominciato a impastare, che sentì bussare alla porta. Era Alice.

Viola le si gettò al collo, ma interruppe bruscamente l'abbraccio quando vide il pianerottolo pieno di valigie.

– Sono iniziati i saldi?

Alice la guardò come chi sta per comunicare una grande notizia.

– Niente affatto. Mi hanno affidato un progetto che posso gestire tranquillamente da sola, a casa. Quindi ho pensato che potrei fermarmi qui, così possiamo stare un po' insieme.

Viola sorrise soprattutto per prendere tempo, vedrai che hai capito male, stai calma.

– E per quanto sarebbe?

– Dipende da me. Comunque non sarà per molto.

– Ah, no?

– No.

Pausa

– Due mesi.

Viola ebbe un'allucinazione improvvisa. Vide il suo frigo privarsi di burro, maionese, salumi e formaggi. Vide la coda in bagno la mattina. Vide la faccia scazzata di Daniele. Vide il suo stereo trasmettere solo la Nona di Beethoven. Vide Alice che la stava guardando perplessa.

– Dài, non fare quella faccia. Magari riesco a prolungare la sosta ancora per un altro mese. Allora, mi aiuti a disfare i bagagli?

Viola era sull'orlo di una crisi isterica. Decise tuttavia di trattenersi e ragionare con più calma. Una mossa del genere non se l'aspettava dalla regina della razionalità scientifica. Due mesi. Forse addirittura tre. In quel momento, era peggio di un ergastolo. Alice cominciò a fare un giro per la casa, per vedere cosa era cambiato dall'ultima volta.

– Ma stavi preparando una torta?
– Sì. Per Daniele. Ha lavorato tutta la notte e così, per tirarlo su, ho deciso questa sorpresa.

Alice fece una rapida analisi di tutti gli ingredienti appoggiati sul tavolo.

– Ma non è meglio se usi il latte di soia?
– Non ce l'ho.
– E non hai la carta da forno? Così eviti di mettere il burro sulla teglia.

Viola non riuscì a resistere, adesso mi senti brutta spaccaballe che non sei altro.

– Chiariamo subito una cosa. Spero che tu non sia venuta qui per rompere i coglioni.
– Io lo faccio solo per il tuo bene.
– Se ci tieni veramente al mio bene, vai di là, fai una doccia, ti rilassi e cominci a disfare le valigie. Io finisco la torta. Okay?

Alice annuì senza capire bene il motivo di quell'ester- nazione ingiustificata. L'attribuì a Daniele. Pensò che non facesse poi così bene all'equilibrio psichico di Viola. Andò in bagno e si piazzò sotto l'acqua fredda senza usare né shampoo né sapone.

Viola, intanto, aggiungeva di nascosto un po' di burro nella torta. Dopo averla messa in forno andò a cercare le lenzuola pulite da mettere sul divano letto del soggiorno. Alice era pur sempre sua sorella e non voleva trattarla male.

Quando Daniele arrivò e vide quel letto inatteso pensò che fosse destinato a lui. Si pentì amaramente di aver mentito riguardo alla notte prima. Ma lo scrosciare della doccia lo riportò alla realtà.

– Si può sapere chi è l'ospite?
– Alice.
– Ma dàaaaai, che bello. E si ferma solo stanotte?

Viola fu sul punto di sprofondare.

– Ma… veramente un po' di più. Un paio di mesi.
– MESI?

Alice si materializzò proprio in quel momento. Chiusa dentro l'accappatoio di Daniele, era più sorridente che mai.

– Ciao caro, come stai? Hai visto che sorpresa vi ho fatto?
– Ho visto. Mi fa piacere che tu sia venuta.

Daniele cercò di sembrare naturale. Guardò Viola per un attimo, perplesso. Decisero di rimandare qualsiasi di- scussione.

Dalla cucina cominciavano ad arrivare i primi profumi della torta. Viola andò a controllare che la cottura stesse procedendo regolarmente.

Daniele accese lo stereo. Partì una sonata di Schubert per pianoforte e arpa.

50

The Drugs Don't Work
THE VERVE

– Come sarebbe a dire? Il ragazzo che stiamo aspettando a cena si chiama Miriam?

– Zia, stai calma. È poco più che un'amica. Volevo farti una sorpresa.

– E infatti ci sei riuscito. Peccato che sia una brutta sorpresa.

Zia Irvana era già sul piede di guerra, a un palmo dalla faccia di CarloG.

– Cosa significa poco più che un'amica?
– Che siamo usciti una sera insieme.
– E avete fatto cosa?
– Abbiamo mangiato una pizza e poi ci siamo baciati.
– E basta?
– E basta. Per ora, basta.

La zia cominciò a piangere.

– Cosa sono queste lacrime?
– Ti ho fatto studiare. Ti ho amato più dei tuoi genitori. Sono diventata presidentessa di Equality per te. E tu con cosa mi ripaghi? Con una ragazza dal nome orrendo. Te ne ho presentati a decine, di ragazzi. Ma tu niente. Solo gli scapestrati. Adesso cosa diranno di me all'associazione? Mi costringeranno a dimettermi.

CarloG era talmente sconcertato che non riusciva neppure ad arrabbiarsi.

– Dài, non fare così. Magari è solo una tentazione passeggera. E poi non sei tu la prima a dire che bisogna lasciarsi andare?
– Sì, ma non con una ragazza.

CarloG cominciò a camminare su e giù per la cucina, mentre zia Irvana stava immobile accanto al frigorifero.

– Non essere ottusa.
– Non è una questione di ottusità. È una questione di rispetto.
– Pensavo di avere una zia più elastica degli altri. Invece, sei uguale a tutti quelli che non vedono l'ora di chiederti quando ti sposi.

Il citofono interruppe la discussione. Era Miriam. Il tempo impiegato dall'ascensore servì a calmare le acque. Zia Irvana si asciugò le lacrime e si riassettò il vestito. CarloG ebbe la lucidità di togliersi le ciabatte e di mettersi le scarpe. Miriam arrivò con un grande mazzo di margherite.

– Queste sono per lei. CarloG mi ha parlato così bene di tutto quello che fa per Equality.
– Che facevo, perché forse mi dimetto.
– Mi dispiace. È successo qualcosa?

La zia la guardò con irriverente disprezzo, ti odio con tutta me stessa, maledetta tu e tutte le donne traviatrici.

– La mia faccia la vedi. Giudica tu.

Miriam si sentì attaccata, ma voleva essere gentile.

– Forse è meglio che vada, allora.

CarloG stava per intervenire, quando zia Irvana tornò sui suoi passi.

– Guarda, tu non c'entri. È un piccolo screzio tra me e mio nipote. Comunque non dovevi disturbarti con i fiori. Noi amiamo che i nostri ospiti ci portino solo la loro compagnia.

Un lieve imbarazzo sfiorò Miriam. CarloG la tranquillizzò con lo sguardo, mentre le appendeva il cappotto nell'armadio. Miriam era abbastanza curiosa da non sentirsi a disagio, ma continuava ad avvertire tensione nell'aria. Dissimulò il suo stato d'animo con un'azione efficace: si rese operativa. Affettò il pane, finì di apparecchiare, mise il sale nell'acqua per la pasta, gesti un po' invasivi ma necessari per sbloccare la situazione. E soprattutto preparò il kyr. Senza saperlo, l'aperitivo preferito dalla zia. Quando fecero suonare i bicchieri, CarloG puntò dritto su zia Irvana, che distolse gli occhi altrove. Si sentiva terribilmente stupida. Mise tutti a sedere e portò in tavola gli antipasti che aveva inventato in pochi minuti. Era bravissima nel dare un tocco personale ai cibi più banali, anche se a volte esagerava con le spezie. Non era un caso che il suo pollo al curry fosse stato ribattezzato "curry al pollo". Miriam mangiò tutto con gusto, chiedendo il bis senza complimenti. CarloG la osservava stupito.

Alla fine del pasto, zia Irvana le concesse il primo sguardo non ostile della serata. Lo accompagnò con un bicchiere del suo tanto amato limoncello. Fece bene a berne anche lei, perché presto avrebbe dovuto affrontare un nuovo trauma.

– Zia, io e Miriam andiamo in camera mia. Se devi dirci qualcosa, magari è meglio se bussi.

– Ma non volete ancora qualcosa? Un caffè, un altro bicchierino.

– Grazie, zia. Siamo a posto.

Zia Irvana non voleva arrendersi così.

– Una fetta di torta alle nocciole? L'ho preparata io stessa.

– E va bene, signora. Proprio perché l'ha fatta lei. Ma una fettina piccola, però.

Zia Irvana riuscì così a rimandare la dipartita di suo nipote verso il pianeta donna. Quando la porta della camera si chiuse, si sentì perduta e fallita. Pianse. Sceneggiò. Ma bastò incrociare il suo dolore allo specchio per capire quanto fosse ridicola ad avere una reazione simile. In fondo Miriam le aveva fatto un'ottima impressione. Era simpatica, umile e decisa. Anche abbastanza carina. A parte il sesso, aveva tutte le caratteristiche per essere adatta a suo nipote. Che intanto, dietro la porta, la stava baciando come una turbina impazzita. Sembrava una caricatura. Si dimenava troppo, e non riusciva a stare su una zona erogena per più di dieci secondi. Insomma, aveva dimenticato tutti i suggerimenti di Rocco.

Al momento del sesso vero e proprio, volle mettersi il preservativo. Ovviamente, non ricordava più dove li avesse nascosti. Cominciò a cercarli furiosamente, facendo un gran casino con i cassetti. Alla fine ne trovò uno, sfuso, in mezzo alle calze pulite. Miriam lo aspettava nuda sul letto.

CarloG capì che forse stava sbagliando tutto.

– Ti spiace se ci rivestiamo?

Miriam annuì senza combattere. Era stato comunque un tentativo, il suo. Si era già messa le scarpe ed era sul punto di uscire, quando CarloG l'abbracciò. La baciò come se dovesse imparare a baciare. Come se fosse un eser-

cizio per una gara di baci. Cominciò a sbottonarle la camicia. Un bottone alla volta.

Lei fece altrettanto. Ogni azione era sottolineata da un
bacio. Ogni gesto era accompagnato dalla musica. CarloG
tirò fuori tutta la sensualità di cui era capace, fregandose-
ne dell'inesperienza. Miriam si eccitò ancor di più. Gli infilò con grande calma il preservativo e lo aiutò a farsi pe-
netrare. CarloG seguì l'istinto e la memoria – la memoria
non muore – cercando di ricordare quello che aveva visto
nei porno del passato.

Era molto concentrato e non riusciva a godersi completamente il piacere. Poi smise di pensare e accelerò i colpi,
seguendo il filo invisibile dell'eros. Miriam ansimava
sempre più forte. CarloG visse il momento più virile della
sua vita. Riuscì a non venire subito.

Quando la sentì urlare, liberò l'orgasmo. Fu un evento
davvero eccezionale, per tutti e due. Si accarezzarono senza fare commenti, mentre riprendevano a respirare.

CarloG le sfiorò di nuovo i seni. Cominciò a pensare a
quanto era stato bello. L'unione dei corpi, l'armonia degli
orgasmi, la complementarità assoluta. Quelle tette piccole, sode. Le gambe magre, senza peli.

Ripensò per un attimo ai muscoli di Maurizio-er-Magnaccia.

Capì che non c'era paragone.

Preferiva i muscoli di Maurizio-er-Magnaccia. Non c'e-
ra una ragione razionale, per quello. Era così.

Non disse niente a Miriam. Anzi, fu gentile e un po'
mieloso. L'aiutò a rivestirsi, l'accompagnò all'ascensore.
Le diede l'ultimo bacio. Non l'avrebbe più chiamata né
cercata.

Rientrato in casa, vide la luce del salotto ancora accesa.
Zia Irvana dormiva a bocca aperta davanti alle pubblicità.
Le sistemò la coperta e le fece una carezza.

51

You've Got a Friend
CAROLE KING

Roxanne abitava in un residence per gente ricca. Sul citofono non c'erano scritti i cognomi, ma le iniziali o i numeri. Daniele arrivò alle nove spaccate. Citofonò e attese. Roxanne si presentò come non l'aveva vista mai. Sorridente. Abito lungo a fiori, cappottino di lapin e doccia di profumo alle rose. Senza piercing al naso era quasi irriconoscibile. Dopo due baci sonanti, salì in macchina facendo la spiritosa.

Daniele era sempre più sorpreso, ma non lasciò trasparire nulla, vivere non pensare. Chiese a Roxanne la strada più breve per il ristorante e le obbedì passivo. Il nuovo giapponese in città si chiamava Nobu: l'ennesimo tentativo d'interpretazione dell'"Oriente fashion". Roxanne, ormai, era cliente abituale. Il maître l'accolse con il tappeto rosso, conducendola personalmente al tavolo riservato. Più che un tavolo, un aspirante tavolo: basso, con posti a sedere scavati nel legno e posture quasi obbligate da Paolina Bonaparte. Prima di mettersi a sedere, dovettero togliersi le scarpe. Un momento di panico prese Daniele. Il possibile buco nel gambaletto lo avrebbe marchiato per il resto della serata. Gli andò bene. Una scritta oro "filo di Scozia" campeggiava sotto la pianta del suo piede. In quel momento fu molto fiero di sé.

– Preferisci sushi o sashimi?
– Sushi, decisamente sushi.
– Anch'io.
– Roxanne?
– Sì?
– Cos'è il sashimi?
– È come il sushi, ma senza riso.
– Allora sushi.
– Ma perché non me l'hai chiesto?
– Non volevo irritarti.

Roxanne lo guardò come se avesse avuto una rivelazione, un momento di lucidità in cui il mondo sembra spiegabile in una frase breve, semplice, che nessuno aveva mai detto ma stava lì, alla portata di tutti.

– Sai che sei strano? Chi pensi che io sia, una terrorista?
– Stasera no. Ma se ti posso fare una confidenza, a volte fai davvero paura.
– Non esagerare. Non sono cattiva. È che mi disegnano così.

Daniele rise, e fu una risata abbastanza sincera.

– Devo dire che un po' ci assomigli, a Jessica Rabbit.
– Grazie.
– Vino o birra?
– Decidi tu.
– Allora vino. Bianco.
– Bene, così beviamo alla nostra nuova campagna.

Daniele rimase in dubbio se parlare o no.

– Perché non lo dedichiamo a noi, il brindisi?
– Mi sembra una valida alternativa.
– A questa serata, allora.

Roxanne avvicinò il bicchiere a quello di Daniele, ma senza toccarlo, la classe dissimulata.

– *Santé*. Non avrei mai detto che tu fossi così intraprendente. Mi piaci.
– Mai sottovalutare i sottoposti.
– Mai.

Daniele non sapeva bene come comportarsi. Cercò di essere naturale. Roxanne sembrava particolarmente ricettiva e disponibile. Dopo un paio di bicchieri – bevi, bevi e tutto sarà più facile – si sentirono davvero seduti allo stesso tavolo. Daniele osò più di quanto potesse immaginare.

– Ti sei mai chiesta come sarebbe la tua vita senza l'advertising?
– Puoi ripetere?
– No... dicevo... ti sei mai chiesta cosa avresti fatto se non fossi stata un direttore creativo?

La domanda più impensabile mai udita da Roxanne, la più vietata dal protocollo. Gli occhi ebbero un momento di ribellione.

– Boh. Se posso dirtelo sinceramente, non so come sarei stata senza pubblicità. Probabilmente anonima, triste e senza soldi.
– Ne sei sicura?
– No. Ma il mio lavoro è l'unica certezza che ho. È tutto per me: io non ho più una famiglia. O meglio, ce l'ho ma non mi vuole più. L'unica storia che ho avuto è stata con un musicista, un paio di anni fa. Stava con me solo per i soldi. Quando mi sono accorta che me li fregava dal conto, l'ho mandato a stendere. E da allora non ne ho più voluto sapere.

Daniele prese tempo aggiungendo del rafano alla sua salsa di soia.

– Mi dispiace. Ma non pensi che nella vita ci sia anche altro?
– Tipo?
– Non so, i viaggi, i weekend, gli amici.

Roxanne prese un pezzo di tonno e lo inzuppò nella ciotola non sua, invasione di campo per dominare l'imbarazzo, ma guarda che domande mi fa questo stasera.

– Io faccio un sacco di viaggi. Siamo appena andati in Australia. Per la nuova produzione magari scegliamo una location in Sudafrica. E poi ho un sacco di amici in tutto il mondo: fotografi, modelle, registi... Cosa vuoi di più?
– Il lavoro non è tutto.

Roxanne si fece di colpo seria, le mani inchiodate al tavolo a tenere ferma la tovaglia.

– Originale come pensiero.
– Non volevo offenderti.
– Non mi hai offeso. Mi hai solo detto quello che pensi, e un po' mi fa male.
– Perché?

Roxanne ordinò un'altra bottiglia dello stesso vino, finirà prima o poi.

– Perché è fottutamente vero. Ma non ci posso fare niente. Come ti sembra questo sushi?
– Ottimo.

Anche Viola, nel frattempo, stava gustando la sua cena. Nello specifico, zuppa di ortiche preparata da Alice.
Voleva approfittare dell'assenza di Daniele per parlar-

le. Aveva deciso di aspettare qualche giorno, sperando che la sorella si rendesse conto da sola di quanto fosse scomoda la sua presenza. Invece la situazione stava peggiorando a vista d'occhio. Voleva andare sempre lei a fare la spesa. Ma solo per acquistare prodotti biologici. E cominciava a intervenire pesantemente nell'intimità tra Viola e Daniele. In soli tre giorni si era già intromessa in piccole discussioni, deliberando sulla disposizione dei mobili e su come vestirsi. Viola sentiva il dovere di fermarla.

– Sai, io ci ho pensato.
– A cosa?
– Al fatto che tu sia qui.

Alice sorrise, pronta al più puro dei complimenti.

– È bello, vero?
– Se ti piacciono gli incubi, è bello.

Ad Alice cadde il cucchiaio sul suo bis di zuppa alle ortiche.

– Cosa vorresti insinuare, che ti sono di peso?

Viola abbassò lo sguardo sul piatto, non guardarla o ti sentirai in colpa.

– E tutte le volte che sei venuta tu, allora? Che avrei dovuto dire?

Viola alzò la testa, incredula.

– Alice, io sono venuta a trovarti solo per qualche weekend.
– L'anno scorso ti sei fermata una settimana.
– Una settimana, appunto. Non due mesi. E se mai mi

297

fosse venuto in mente di trasferirmi da te, te l'avrei detto. Non mi sarei presentata dietro la tua porta con la mia casa appresso.

Alice si alzò dal tavolo, inferocita. Lesa sul suo territorio di sorella maggiore.

– Okay, domani me ne vado.
– Alice, aspetta un attimo.
– Quello che dovevi dire l'hai già detto e in modo molto chiaro. Quindi basta. Buonanotte.

Viola la lasciò andare senza provare a fermarla. Era incazzatissima. Buttò con piacere gli avanzi di zuppa alle ortiche e andò a dormire senza dirle una parola.

Daniele e Roxanne – Davide e Golia – erano intanto arrivati al gelato al tè verde.

– Che ne dici se caffè e amaro ce li prendiamo da me, anziché qui? Così vedi la casa di un direttore creativo.
– Comprato. Chiedo il conto a andiamo.
– Vuoi scherzare? Stasera sei mio ospite. Non ammetto discussioni.

Roxanne consegnò la sua carta di credito e firmò senza guardare la cifra. Sulla via del ritorno, Daniele accelerò più del solito. Si chiedeva se avesse fatto bene a sollevare tutte quelle domande personali. Forse aveva esagerato, forse se ne sarebbe pentito. Però le aveva in gola da più di un anno. E il microfono per dire certe cose passa una volta sola. Roxanne sembrava tranquilla. Aveva disteso lo schienale per stare più comoda e teneva i piedi sul cruscotto, piedi di pelle nera, carissimi. Dal finestrino abbassato entrava un'aria gelida. Quando arrivarono al residence, cominciò la sagra del telecomando: cancello, controcancello, ascensore e antifurto. Poi, finalmente, la casa: uno splendido appartamento a terrazza che dava su un campo da tennis in terra battuta. Poco più in là, una piscina.

– Giochi mai?
– No. Qualche volta faccio una nuotata, in estate.

Il suo megasoggiorno era l'edizione aggiornata del catalogo Bang & Olufsen. Dipinti delle ultime avanguardie facevano compagnia a grandi statue neoclassiche, qualche oggetto stonava per rendere il discorso meno monotono. Il pavimento era un inno all'antica Persia. In poche parole, una casa borghese con ambizioni "AD". Roxanne aprì il frigo e stappò una bottiglia di Cristal.

– È il momento del secondo brindisi.

Roxanne riempì due calici. Ne porse uno a Daniele. Bevve tutto d'un fiato e si riempì nuovamente il bicchiere, bevi e tutto sarà più facile. Daniele sorrideva ma la teneva d'occhio, attento che la situazione non gli sfuggisse di mano. Si concentrò sull'argenteria, facendo domande di curiosità generale. Quando non sentì più risposte, Roxanne era alle sue spalle. Gli cinse la vita cominciando a baciargli i lobi delle orecchie. Daniele si ritrasse – che cazzo sta facendo – ma la presa era troppo forte.

– Su, non essere rigido. Dopo tutto quello che mi hai detto, non vorrai deludermi proprio adesso?

Daniele si tolse di dosso le braccia di lei. Lo fece con decisione e con garbo, come se alla situazione ci fosse ancora riparo.

– Hai bevuto troppo, Roxanne. Forse è meglio se ti sdrai un po' di là.

Roxanne tornò a farsi sotto con i suoi tentacoli, dimenticandosi di tutti i divieti imposti dal protocollo.

– Sì, ma tu ti sdrai con me.
– Non posso. E poi sono fidanzato.
– Quindi mi stai dicendo di no?
– Sì. Ti sto dicendo di no. Stasera non mi sembra proprio il caso.
– Allora domani.
– Non è possibile neanche domani. Dormici sopra. Vedrai che ti sarà tutto più chiaro.
– Io posso aiutarti, se voglio. Lo sai?

Daniele cominciò a scuotere la testa.

– Non rovinare tutto, Roxanne. E smettila di bere.
– Allora muovi il tuo fantastico culo e vattene.
– Sei sicura?
– Non farmelo ripetere una seconda volta.

Daniele cercò ancora di calmarla, con le sue braccia rassicuranti. Venne respinto in malo modo da una forza nervosa e brutale.

Uscì chiudendo piano la porta, senza pensare a niente.

Roxanne si guardò intorno, sperduta nel suo regno. Nulla in quel momento sembrava le appartenesse davvero. Afferrò un vaso cinese che si era fatta spedire da Shangai, roba decisamente kitsch per chi non se ne intende. Lo sollevò. Lo tenne lì, sospeso, in balia del suo responso. Decise di graziarlo e lo rimise a terra.

Ma la seconda onda d'ira fu troppo forte per poter essere controllata. Gli tirò un calcio colpendolo in pieno. Si ruppe senza avere neanche il tempo di cadere, innocente, un vaso che aveva attraversato il mondo per morire lì. La gamba destra cominciò a sanguinare per i tagli, ma Roxanne non la sentiva neppure.

Andò in cucina e afferrò un coltello. Tornò di corsa nei

suoi saloni. Si fermò davanti al suo quadro preferito: un incompiuto di Fernand Léger, appeso senza cornice. Cominciò a pugnalarlo. Lo fece tre volte, poi lasciò cadere a terra il coltello.

Entrò in camera da letto. La vide terribilmente deserta. Ripensò a Daniele e cominciò a imprecare. Una bestemmia dietro l'altra.

Le bestemmie divennero presto lacrime.

E altre lacrime. E altre ancora. Afferrò la boccetta del Lexotan che teneva sul comodino. Versò pazientemente tutte le gocce in un bicchiere da whisky. Lo posò per terra. Scrisse un biglietto e se lo infilò nel reggiseno. Poi si buttò sul letto. Riprese in mano il bicchiere. Lo guardò. Bevve.

Mentre sul cuore le battevano le parole della sua ultima headline: "Tutto è bene ciò che finisce".

52

Non Sono una Signora
LOREDANA BERTÈ

Daniele non riuscì a staccare la spina neppure quando rivide Viola. La trovò sdraiata sul letto, col suo barattolo di nutella per dimenticare il gusto dell'ortica, i tacchi per terra. Nel frattempo, ripassava *Guido, i' vorrei che tu e Lapo ed io*.

Salutò Daniele a braccia aperte, come se non lo rivedesse da mesi. Nei momenti duri di studio, qualsiasi pausa forzata arrivava come una benedizione.

– Allora, com'è andata la cena giapponese?
– Abbastanza bene.
– Abbastanza bene con quella faccia vuol dire decisamente male.
– Vuol dire che non vorrei parlarne.

Daniele cominciò a spogliarsi velocemente, facendo una piccola montagna con tutti gli indumenti che si toglieva, scarpe incluse.

– E tu, hai parlato con Miss Diet?

Viola annuì con un po' di tristezza. Si mise la mano davanti alla bocca, per offuscare l'imbarazzo di quella verità.

– Mi stai dicendo che se ne va?

– Domattina.
– SE NE VA?
– Sì, ma non urlare, che ci sente.

Daniele finì di spogliarsi nervosamente, fino all'ultima T-shirt.

– Ecchissenefrega. Non è venuta a trovarci. È venuta a rompere le palle. Ma è sempre stata così?
– Forse sì, ma se non ci vivi insieme è diverso. Però adesso mi dispiace. L'ho trattata un po' male.

Daniele si rannicchiò sotto il piumone, in posizione fetale rivisitata.

– È lei che è stata invadente. E se è intelligente come dici lo capirà da sola.

Viola si avvicinò a Daniele, per scaldarsi col calore del suo corpo.

– E così è andata male con Roxanne?
– Viola, ti ripeto, non ho voglia di discuterne. Buonanotte.

Viola capì che era meglio lasciar stare e si mise a dormire. Non ci riuscì subito. L'impossibilità di dialogo la rendeva particolarmente triste. "Non ho voglia di discuterne" era una delle frasi che non avrebbe mai voluto sentirsi dire. Fin da bambina, il confronto verbale era la linfa che aveva nutrito i suoi sogni. Adesso doveva stare zitta, e per una cosa che non riguardava neppure Rocco. Daniele cominciò a perdere punti, meno uno, meno due, meno venti. Ne avrebbe persi molti di più se Viola non si fosse addormentata nel giro di un'ora.

Fu una notte di sonno pieno, con pochi break. Una risposta dell'inconscio per difendersi dalla preoccupazione.

Venne svegliata all'alba da rumori sospetti. Tracce di sonnambuli, con piedi che fanno scricchiolare il parquet. Entrò in soggiorno e trovò Alice che stava richiudendo il divano letto. I suoi bagagli erano già vicino alla porta.

– Alice, mi spiace.
– Non essere ipocrita.
– Cioè, mi dispiace che sia andata così.

Alice non riusciva a guardarla in faccia. Fingeva di essere concentrata solo sulle sue borse, si mordeva il labbro inferiore.

– Posso dirti una cosa?

Viola si preparò a una lunga serie d'insulti, lascia che si sfoghi prima di andare via, è un suo diritto.

– Forse ho fatto una cazzata a venire. Pensavo che tu avessi bisogno di me, dei miei consigli. Invece sai cavartela benissimo da sola.

Viola nascose l'imbarazzo con la sua faccia assonnata.

– Vedi, per me tu sei ancora una bambina. Quando ti ho sentito dalla Toscana, ho creduto che mi avessi chiamato per chiedere aiuto.
– Alice, ti ho chiamato per farti gli auguri.

Alice si sentì stupida. Molto stupida.

– Perché non ti fermi per il weekend?
– Stavolta no. Ho già fatto troppi danni. L'ultima cosa che voglio è creare nuove tensioni tra te e Daniele. Adesso devo andare, altrimenti perdo il treno. Posso chiamare un taxi?

Viola non rispose, ma corse in cucina a rovistare nella credenza. Tornò tenendo le mani dietro la schiena. Tirò fuori la marmellata di pomodori verdi che aveva comprato a Belsedere.

– *C'est pour toi.*

Alice fece una grande risata.

– Già che ci siamo, posso chiederti una cosa?
– Dimmi.
– Davvero ti è piaciuta la zuppa di ortiche?
– Secondo te?
– Secondo me appena me ne sono andata l'hai buttata nel lavandino.

Viola non ebbe il coraggio di ammettere. Provò a svicolare con una risposta generica, la mano sui capelli.

– Se continuiamo a parlare perdi il taxi.

Alice scosse la testa, scandalizzata e divertita. Non disse più niente. Si strinsero in un abbraccio, il perdono più fisico. Viola riguardò l'ora. Corse subito sotto le coperte.

La partenza di Alice non migliorò l'umore di Daniele. Fu serio per tutto il weekend, e lo fu anche quando vide Rocco. Niente. Diceva che non aveva niente. Che era stanco. Che aveva mal di testa. Insomma, le solite cose. Viola e Rocco fecero una gara di pazienza a distanza e attesero che la luna storta si raddrizzasse. Entrambi, tuttavia, innescarono un meccanismo di non comprensione nei suoi confronti. Quell'atteggiamento da vittima incazzata non funzionava più. Si distrassero con la testa ciascuno a suo modo.
Arrivò il lunedì, annunciato da una sveglia cafona co-

me poche altre volte. Daniele tirò un sospiro sofferto. Quella mattina aveva soltanto voglia di dimettersi. Cercò di distrarsi facendo una doccia più fredda del solito. Quando entrò in ufficio, si impose il consueto comportamento ineccepibile. Arrivarono le dieci e di Roxanne nessuna traccia. Poi le undici. A mezzogiorno suonò il telefono.

– Vorrei parlare con Daniele.
– Sono io.
– Ciao, sono Roxanne.
– Buongiorno.
– Ho bisogno di parlarti.
– Dimmi.
– No, ma non al telefono. Non sto tanto bene. Sono al chioschetto dei giardini dietro l'agenzia.
– Ma non è chiuso, a gennaio?
– Sì, ma non ha importanza. Ti aspetto qui. Puoi scendere subito?
– Arrivo.

Non ce l'aveva fatta neanche questa volta. Roxanne aveva fallito il terzo tentativo di suicidio in due anni. Il suo fisico era talmente abituato all'abuso di farmaci che non reagiva quasi più, neanche alle dosi massicce. A un certo punto di quella notte si era svegliata, moribonda e sola. Il richiamo della vita l'aveva spinta a telefonare al 113. Dopo mezz'ora, era già al reparto rianimazione della clinica universitaria con due flebo come guardie del corpo. Poche ore dopo, come una Cristiana F. qualsiasi, si era staccata le catene ed era tornata a casa a dormire, a dimenticare.

Daniele arrivò quasi subito. Sapeva che nel gioco dei ruoli lui era la parte più debole. Roxanne gli apparve pallida e slavata, senza trucco, vestita con meno cura del solito. Quando lo vide, abbassò la testa.

– Buongiorno, Roxanne.

– Mi spiace averti fatto venire fin qui, ma non me la sentivo proprio di entrare in agenzia.

– Non c'è nessun problema.

Roxanne si spostò per farlo sedere sulla panchina.

– Scusa.

Daniele la guardò sollevato.

– Per venerdì sera, dici? Non ci pensare. Succede a tutti di bere troppo e dire scemenze. Stavolta è capitato a te.

– Lo so, e non riesco a darmene pace. Anche perché un po' è vero.

Silenzio

– Non so come spiegarmi. Non mi ero mai sentita così bene come quella sera. Non ero triste, non ce l'avevo con nessuno. Avevo cominciato a crederci.

Daniele fece finta di non capire, non voleva pensare.

– Voglio dire… Mi sarebbe piaciuto passare la notte con te. E tu sai perfettamente come sono quando mi viene un'idea.

Daniele si alzò dalla panchina, la cicatrice scura.

– Smetti di confondere la pubblicità con la vita. Sono due cose ben distinte.

– Non ripetermi sempre le stesse storie. Piuttosto, dammi un'altra possibilità.

L'Uomo Vogue cominciò a camminare, passi veloci e nervosissimi. Roxanne gli andò dietro.

– Non so cosa risponderti, davvero. Vedi, io non ho una storia, ne ho due. E la situazione mi sembra già abbastanza complicata per cominciare una relazione con il capo.

– Vedi che anche tu confondi le due cose?

Daniele si fermò. Il giardinetto intorno ascoltava in silenzio.

– A volte è inevitabile.
– Sì ma...
– Tu sei una cara persona. Anzi, è la prima volta che ti vedo come una persona. Non hai trucco, non hai le scarpe di leopardo, eppure sei credibile lo stesso. Fragile e umana come tutti noi.

Nessuno aveva mai osato tanto. Forse perché i tacchi di Kenneth Cole mettono sempre in soggezione. Però Roxanne era commossa. Dietro la tristezza del no – mi ha detto no, mi sta dicendo no – si celava la possibilità di un sentimento nuovo rispetto a quelli che aveva provato finora: ira, rabbia, superbia, rancore, invidia. Era ancora troppo presto per chiamarla amicizia. Però qualcosa poteva cambiare.

S'incamminarono a piedi senza una meta, dimenticandosi l'agenzia alle spalle. Arrivarono fino al luna park allestito per il Natale. L'unica attrazione aperta era il castello delle streghe. Roxanne pregò Daniele di accompagnarla, richiesta di bambina, bambina dall'infanzia difficile, o assente, o semplicemente troppo lontana.

Entrarono. Si divertirono. Non appena li avvicinavano tentacoli o ragnatele, urlavano come una scolaresca impazzita. Durante l'ultimo tratto, quello più pauroso, si tennero per mano. All'uscita, alzarono la glicemia con lo zucchero filato.

– Sei ancora triste, Roxanne?
– Un po'.
– Dài, parla. È la tua ultima chance.
– Se è la mia ultima chance voglio giocarmela bene.

308

Roxanne si avvicinò a Daniele e lo baciò sulla bocca. Un gesto inatteso, violento. Un abuso. Lui ne rimase così stordito che non riuscì a capire. A opporsi. Ricambiò il bacio come si può rispondere alle richieste di un pazzo. Assecondando. Anzi, gli venne una strana paura. Era troppo malato, quel gesto, perché si potesse interrompere.

– Ti prego, andiamo a casa mia.
– Sì, forse è meglio se torni a casa.
– No, vieni anche tu. Ti prego. Non lasciarmi morire così.

Daniele stava per avere una crisi isterica ma riuscì a contenersi. Quella che aveva davanti non era una donna, né una caricatura, né un manager in carriera. Era uno straccio. Uno straccio dimenticato in una cantina dorata. L'abbracciò.

– Tu non sei mai stata più viva di oggi, lo sai? Quindi non puoi morire sul più bello. Non avrebbe senso.

Roxanne ascoltava quelle parole ancora ovattate dai farmaci. Non le capiva bene, ma le piacevano. Dure, incoraggianti, virili, sensibili.

– Daniele, cosa posso…
– Non dire niente. Fammi un sorriso.
Fatto.
– Adesso voltati. Torna a casa, dormi e prendi tutto il tempo che vuoi. La vita è bastarda, sai? Devi essere ben riposata.

Roxanne continuava a sorridere, ma non voleva andare via.

– Ti ho detto di andare. E non ti girare. E non ti azzardare a chiamare in agenzia. Ci pensiamo noi alla baracca.

Ci mise un po' a decidersi, ma si avviò. Daniele non aggiunse altro, guardò il giardino appassito e accelerò il passo. Rientrato in agenzia, trovò la sala riunioni su tutte le furie per la sua assenza ingiustificata. Non proferì parola.

Roxanne rimase qualche giorno a riflettere nella sua casa borghese, poi cominciò gli esercizi di riabilitazione. Forse non ce l'avrebbe fatta, ma voleva provarci. Come prima cosa, andò a fare la spesa. Al mercato.

Dopo un paio di settimane, non riuscì più a resistere e tornò a lavorare. A comandare. Ma da quel giorno fu meno stronza con tutti.

53

I'll Take the Rain
REM

– Dentelli&Associati, sono Rocco, in cosa posso aiutarla?

– Sono il dottor Manzoni. Vedo che la sua risposta è sempre ineccepibile.

– La ringrazio. Com'è andato il convegno?

– Molto interessante, molto interessante. Sto rientrando in ufficio, vorrei pregarla di attendermi perché avrei urgenza di parlarle.

– A proposito di cosa, signore?

– Un progetto davvero grandioso. Ma glielo dirò di persona, giovanotto. A tra poco.

Rocco era curioso e preoccupato. La parola "progetto", in ambito professionale, nasconde sempre delle insidie. Spesso è solo un modo più garbato per definire una fregatura. Nel caso di Rocco, fu addirittura uno shock.

– Lei, è inutile che glielo ripeta, è la persona più promettente della Dentelli&Associati. Per questo è stato scelto per rappresentare la nostra società a Londra. Come saprà, quella è una piazza davvero importante per il mercato filatelico. Oltre a Sotheby's, ci sono le case d'asta Phillips, Stanley Gibbons e soprattutto Spink. Il nostro ufficio aste ha urgenza di aprire una sede lì per cercare di togliere a Spink la vendita all'asta di parte della *Royal Collection*.

Rocco rimase di stucco, i ricci sotto shock.

– Scusi, ma io cosa c'entro con l'ufficio aste?
– Niente. Però è la persona più intelligente che abbia-mo. Ovviamente sarà affiancato dai nostri esperti. Il suo compito sarà semplicemente di pubbliche relazioni.

Ecco la seconda fregatura sotto forma di espressione appetibile: le pubbliche relazioni. Un lavoro ambitissimo da dire, ma molto meno piacevole da fare. Una vita di te-lefonate, sorrisi forzati e pranzi in nota spese. Roba che ti passa completamente la voglia di invitare qualcuno a ce-na. Per quanto Rocco conoscesse la seccatura sottintesa da quelle parole, il fascino del PR lo turbò non poco.

– E quindi io mi occuperei dei contatti.
– Esatto: pranzi, cene, serate organizzate con le persone giuste per cercare di arrivare a quella collezione. Natural-mente potrà continuare a collaborare con "Il Filatelico". Oggi con internet si può fare tutto, mi pare. Anche se io non so nemmeno accendere un computer. Allora, che ne pensa?

Rocco si appoggiò alla sedia, in cerca di sostegno. Parti-re significa dimenticare, mandare la memoria in esilio.

– Mi sembra una bella opportunità, anche se vorrei ri-fletterci un attimo. E per quanto tempo sarebbe?
– Potremmo cominciare con sei mesi. Poi se le cose in-granano, come penso, potrà stare quanto vorrà.
– Quando dovrei partire?

Il dottor Manzoni accese la pipa. Lo faceva solo con le persone con cui aveva una certa confidenza.

– Tra una settimana. Dieci giorni al massimo. Dobbia-mo battere i nostri concorrenti sul tempo. Su, non mi guardi con quella faccia. Potrà tornare a trovare la sua ragazza una volta al mese a nostre spese. E in più avrà l'adeguamento del suo stipendio al costo della vita inglese, oltre naturalmente all'alloggio pagato. Le sembrano motivi sufficienti per dire sì?

Rocco si sentì sprofondare. Le gambe, dove sono le gambe, cazzo.

– Sì... cioè... sì, è un'offerta molto interessante. Devo dare subito una risposta?
– Ci dorma sopra. L'aspetto domattina alle nove. Arrivederci.
– A presto, dottore.

Quando Rocco chiuse la porta era di ghiaccio. Un marmo di Carrara dimenticato in freezer. Non capiva niente e niente voleva capire. Il suo encefalogramma era una linea retta tendente all'infinito. Tutto scorre e niente sarà più come prima, tutto svanisce, se manca la tua presenza. Solo il suo ego era felice, per i tanti riconoscimenti. Mentre lui si sentiva già senza amici. Senza Daniele. Senza sole. Senza pasta al dente. Però doveva prendere una decisione, e doveva farlo presto. Era sempre stato un suo sogno – e di sua madre, che sognava la carriera prima di lui – fare un'esperienza all'estero. Gli sarebbe anche piaciuto vivere a Londra, per un po'. Ma quello non era sicuramente il momento, destino indelicato.
Rocco camminò fino a casa di CarloG. In quel momento era l'unica persona con cui avrebbe potuto parlare tranquillamente. Lo trovò che rimetteva a posto le ultime interviste false della giornata. Zia Irvana aveva una riunione a Equality. CarloG sgranò gli occhi come poche altre volte.

– Cazzo, non t'invidio proprio.

Rocco si buttò sul letto galeotto di CarloG e Miriam.

– Grazie. Speravo in un po' di conforto.
– Lo so, scusa. Ma devo prendere tempo per ragionare.

CarloG si sedette per terra, circondato dalla sua collezione di "Diabolik".

– Allora, cerchiamo di capire bene i pro e i contro. Quali sono i pro? Che vai a Londra...
– Esatto.
– Che ti darebbero più soldi...
– Sì.
– Che non dovresti più pagare l'affitto...
– Naturalmente.
– Che faresti un'esperienza assolutamente rivendibile in Italia...
– Perfetto.
– Che mi ospiteresti per il Gay Pride...
– Quello vediamo.

CarloG cominciò a cercare un CD sullo scaffale più disordinato della storia, i suoi movimenti lasciavano lunghe scie di profumo.

– E quali sono i contro?
– Che non vedrei più Daniele.
– E basta?
– E basta.
– Bene, i pro battono i contro cinque a uno. Quindi parti senza nessun appello.

Rocco stava cominciando a irritarsi.

– Ehi, ma mi vuoi cagare un attimo?

CarloG continuò la sua operazione di ricerca più interessato che mai.

– Scusa se non ti guardo, ma volevo mettere *It's Raining Man* nella versione di RuPaul e Martha Wash.

– Non ho voglia di sentire la colonna sonora di *Priscilla*.

CarloG si voltò di colpo, seccato, la mano sul fianco, la schiena all'indietro in posizione premaman.

– Guarda che non c'è nella colonna sonora. Se vuoi, te la faccio vedere.

– Facevo per dire.

– Dài, non t'incazzare. Questa canzone tira sempre su di morale.

– Non mi serve la musica. Voglio un consiglio.

– L'amore ti ha inacidito.

Silenzio

– In questo momento Daniele è veramente importante per me.

CarloG finalmente trovò le facce di Ru e Martha, come li chiamava lui. Li mise a volume abbastanza alto e tornò a fissare Rocco.

– E tu sei importante per lui?

– Sì, penso di sì.

– Allora perché non ha ancora mollato Viola? Perché vi vedete solo quando lo decide lui?

Rocco si sentì colpire al petto, alla nuca e su tutti e due gli stinchi, minchia che male.

– Smettila. È che la nostra storia è nata a metà. È sempre stata concepita così, fin dall'inizio.

CarloG abbassò improvvisamente la musica.

– E a te sta bene? Ti basta? Se ti basta rinuncia a tutto e

non partire. Però sappi che un grande sacrificio ha senso solo per un sogno. Non per un mezzo sogno.

Rocco si mise a sedere ai piedi del letto. I gomiti sulle gambe, le mani a sostenere il mento, un mento triste.

– Quindi tu partiresti?
– Io partirei, certo che partirei. Ma la decisione spetta solo a te.
Pausa
– E poi chi ha detto che la storia deve finire per forza?

Il tono dell'ultima frase fu il meno convincente di tutto il sermone di CarloG. Dopo le ultime discussioni per la sua avventura eterosessuale, era diventato bravissimo ad argomentare. Anche se l'argomento più valido per convincere sua zia era stato presentarle il personal trainer abbordato in palestra.
Per Rocco, invece, gli argomenti latitavano. Perché era una questione fra testa e cuore, e gli amici servono solo a farti sbagliare meno, infondendoti sicurezza, illudendoti che non sei solo, anche se non è così.

– Pensaci su, stanotte. Io posso solo dirti che sono dalla tua. E vuoi sapere una cosa?

CarloG accarezzò la testa di Rocco come se fosse un cucciolo, bello di mamma vieni qua.

– Dimmi.
– Un po' t'invidio.
– Per Londra, dici?
– Sì. Perché te lo meriti.

Rocco tolse quelle mani dai suoi capelli.

– Finiscila.

– Allora vai a casa, fatti una birra, fatti un bagno, magari fatti pure una sega. E dormici sopra. Domani mi chiami.

Si salutarono a pacche sulla schiena, anche se Rocco
non riuscì più a guardare CarloG in faccia. Tornò a casa
senza alzare mai gli occhi dal marciapiede.

54

And No More Shall We Part
NICK CAVE

La notte fu lunga.

A complicarla ci si mise anche un messaggio di Daniele in segreteria, che augurava "buonanotte". Una parola così semplice da dire tutto. Rocco cominciò ad assentarsi dalla realtà, come se vivesse un incubo che non gli apparteneva. Il dolore distorceva a tal punto le cose che nulla gli sembrava vero né verosimile. Daniele, Viola, la Dentelli&Associati. Il suo amore in una stanza con un letto in più.

La decisione, di fatto, era stata già presa. Londra era troppo appetibile perché si potesse dire di no. E Daniele non gli dava sicurezze. Anzi, era proprio la precarietà l'unico punto fermo della loro storia. Per questo valeva la pena viverla così, in diretta. Senza registrare niente. Senza programmi. Ma forse questo era anche un modo per farla morire. Rocco cercò di calmarsi facendo il solito bagno. Aveva bisogno di agire senza pensare. Fu impossibile. Gli sarebbe piaciuto parlare a Daniele. Ma parlare in quel momento voleva dire chiedere, pretendere. Esporsi. Andare incontro al suicidio. Avrebbe voluto dimenticare subito tutto, uccidere la memoria, vivere senza pensare. Ma non c'era scampo.

Doveva decidere da solo, con la sua forza e le sue ragioni. Con i suoi trent'anni. Né troppo pochi per sbagliare ancora, né troppi per non osare più.

Partire era l'unica fuga possibile. *No compromise. No love affair. No risk.* Aprì il rubinetto dell'acqua calda e stette ancora un po' a rosolare le sue preoccupazioni.

Si asciugò nel suo accappatoio turchese, andò in camera e cambiò le lenzuola. Le voleva fresche di Avabucato. Mise gli slip di Vivienne Westwood. Abbracciò uno dei due cuscini, mettendo l'altro sotto la testa. Sul soffitto, cominciarono a scorrere delle immagini. La stazione di Pisa. Il treno strapieno. Un posto miracolosamente libero di fronte a una ragazza. Di fianco a un ragazzo. Nessuno lo aveva invitato a sedersi. Lo aveva chiesto lui. Aveva cominciato lui a infilarsi in quelle due vite già decise e perfette. Troppo. Le aveva sconvolte per una legge chimica di cui era inconsapevole portatore, ma che non conosceva. Pericolosa come la fissione nucleare, nata per creare solo distruzione. Si rese conto che non avrebbe mai potuto essere veramente felice. Il presente è troppo impercettibile perché ti possa bastare a sopravvivere, vivere è anche ricordare, immaginare. Rocco voleva poter pensare a domani. A una vita da dividere con qualcuno, uomo o donna che fosse. Ma più uomo che donna, quella notte. Doveva scendere dal treno. E Londra lo avrebbe aiutato a farlo.

Barando con la percezione del tempo – tempo che sembrava andare indietro e non avanti, il tempo del dolore e della preoccupazione – pensò di aver dormito almeno quattro ore.

Spalancati gli occhi, continuò a pensare che accettare l'offerta fosse l'unica soluzione possibile. Inoltre era una dimostrazione di forza nei confronti di se stesso: una rinuncia per amore viene vissuta come una sconfitta anche dalla persona meno competitiva al mondo. Si vestì particolarmente bene, ma gli ci vollero quattro tentativi prima di annodare la cravatta in modo decente.

Il dottor Manzoni lo riempì di elogi e complimenti, chiamando subito lo staff dirigenziale per metterlo al corrente della nuova mossa strategica. Rocco venne investito come un cavaliere quattrocentesco in meno di un'ora. Presto sarebbe stato convocato in amministrazione per ricevere delucidazioni sul suo nuovo contratto. La tensione dei nervi lo tenne in piedi per tutta la mattina. Al primo cedimento chiamò CarloG. Al secondo, più drammatico, affrontò Daniele.

– Finalmente. È da ieri che aspetto un segno di vita. Come stai?
– Insomma.
– Insomma, quindi male. Posso sapere perché?
– Preferirei parlartene di persona.
– È qualcosa di grave?
– No, cioè sì… ma non è grave, nel senso che tu non c'entri. O meglio, c'entri ma non direttamente.
– Rocco, non capisco un cazzo.
– Se è per questo neanch'io. Dài, vieni a cena da me così ne parliamo. Ti va?
– Con questa voce verrei anche subito. Ma devo passare prima da Viola.
– Ti aspetto dalle otto in poi.

Daniele era incuriosito e preoccupato. Non riusciva assolutamente a immaginare cosa potesse celare quella voce piena di insicurezze. Smise di pensarci – non pensare – grazie a un nuovo brief da mettere a punto.

Uscì in orario. Il tempo di una doccia, una carezza a Viola e alle otto esatte era già dietro la porta di Rocco.

– Allora, si può sapere che c'è?

Rocco lo fece entrare, cercando di prendere tempo, tempo che adesso correva in avanti. La tavola era apparecchiata, ma sembrava una farsa tanto appariva fuori luogo, una tavola stonata e senza futuro. Rocco aprì il frigo in cerca di Coca-Cola. Fece rumore con i bicchieri. Daniele lo guardava insofferente.

– Hai intenzione di aspettare ancora molto?

– No, adesso ti dico. Ne vuoi un po'?

Daniele rispose un secco no. Cominciò a essere ansioso. Lui, la persona più sicura del mondo. Lui.

– C'è un altro.

– No.

– Un'altra, allora.

– No, no. Niente di tutto questo. C'è che... c'è che mi avrebbero offerto un nuovo lavoro.

Daniele lo guardò sollevato: sapere placa gli animi, comunque.

– Fantastico.

– Sì, però è a Londra.

– Ah. E tu?

– Io? Io ho... io... avrei accettato.

Cercò di stare calmo, Daniele. Ma non riuscì più a rimanere seduto.

– Ah. E noi?

– Da quando esistiamo, noi?

La domanda fu più diretta di uno scacco matto.

– Il fatto che io non voglia parlarne non significa che non esistiamo. La mia è quasi una forma di pudore. Ma adesso non ha più senso starne a discutere.

In un disperato time out, Rocco chiamò all'appello tutti i suoi dubbi. Solo contro tutti, solo con la memoria da uccidere – la condanna del ricordo – pensieri che credi non si muoveranno mai da lì. Scendere dal treno non era un cazzo facile.

– Perché non possiamo parlarne insieme?
– Per una ragione molto semplice. Tu hai già deciso. Hai già deciso che non esisteremo più.

Daniele stava in piedi, senza muovere un passo. Inchiodato alla sua delusione. Rocco si avvicinò, ma non osò sfiorarlo.

– Io non posso accettare che le cose vadano avanti così.
– Che ne sai tu come andranno avanti le cose? E non potrai mai saperlo, se parti. Le fai finire e basta.

Rocco alzò leggermente la voce, voleva reagire.

– Tu cosa avresti fatto al posto mio?
– Non lo so.
Silenzio
– Cioè, sì, sarei partito anch'io. Ma io sono egoista.
– Io lo sono quanto te. Sono solo meno fortunato di te, perché non ho nessun altro.

Daniele annuiva, consapevole dei suoi privilegi. Rocco vedeva in quell'assenso il cenno di un addio. Gli venne di nuovo paura.

– Il fatto che io mi trasferisca non significa che non dovremo vederci più.
– E da quando dovresti trasferirti?
– Dalla prossima settimana.

Daniele non disse più niente. Tirò fuori un muso lungo fino alle scogliere di Dover. Era tentato di mandare tutto all'aria sul momento, senza esitazioni. Ma gli mancò il coraggio. Occorreva fermarsi, per una volta, e cercare di capire, voltarsi indietro, pensare. Rocco lo osservava attonito. Aprì il frigo per la seconda volta. Prese una bottiglia di spumante che aveva comprato per un brindisi a sorpresa. La stappò pensando di aggrapparsi ancora a qualcosa.

Daniele provò a rifiutare il bicchiere, quando un sorriso triste – la pistola dei bambini – lo disarmò.

– Smettila di fare così, o non parto più.

– Non ci posso fare niente. Per la prima volta, non posso farci niente. Posso solo stare a guardare.

Di colpo, Rocco si sentì forte. Lo sguardo che aveva abbassato tornò sull'attenti.

– Noi possiamo continuare questa nostra, come dire... avventura anche a distanza.

– Tu ci credi? Ci credi veramente?

– Io ci proverei, ma a una condizione.

– Quale?

Rocco prese fiato.

– Se starai solo con me.

– Non hai nessun diritto di chiedermi questo. Quindi è meglio farla finire qui. Senza rancori, senza proteste. Che senso ha vivere quando manca la libertà?

Silenzio triste

– Ora è meglio che vada, prima che inizi a dire cose a sproposito.

Il silenzio adesso era tutto per Rocco. Un'ombra pesante gli oscurava il volto. Gli occhi lucidi, ma fermi, accompagnarono Daniele alla porta. In quel momento non vedeva l'ora che uscisse.

– Allora vai via così, senza neanche mangiare?

– Ti ringrazio ma non ho fame. E poi forse è meglio se incominci a preparare le valigie. Una settimana passa più in fretta di quello che pensi.

Daniele aveva già chiamato l'ascensore, per allontanarsi prima possibile, per non pensarci più.

– Allora, mi raccomando. Non combinare troppi casini. Non farmi vergognare di te.
– Daniele?
– Dimmi.
– Stai vicino a Viola. Lei ti merita molto più di me.

Daniele rispose senza guardarlo più in faccia.

– Chiudi quella porta. Hai già detto troppe stronzate.

Rocco accennò un sorriso, facendo ciao con la mano. Chiuse la porta senza capire. La musica che arrivava dal soggiorno – soundtrack della memoria, la canzone condannata a siglare la fine – rese i suoi passi ancora più malinconici. La tavola imbandita aveva un'espressione ancora più infelice, con le fettine di bresaola intatte. L'acqua per la pasta era stufa di bollire. Rocco rimise a posto i piatti, fece scaldare un po' di latte e ci mise dentro un cucchiaio di miele.
Per un attimo, l'Inghilterra scomparve dalle cartine geografiche di tutto il mondo.

55

Nothing Compares 2 U
Prince

Daniele era appena uscito quando gli suonò il telefono.
Sul display non apparve alcun numero. Solo tre "x" in fila
indiana.

– Pronto? Pronto?
– Daniele?
– Sì?
– Indovina chi sono.
– Cazzo, RUBENS. Dove sei?
– A Bangkok.
– E cosa ci fate lì?
– Cosa ci faccio, vorrai dire. Ho litigato con Marina e so-
no venuto qui a fare un giro.
– Cosa vuol dire che avete litigato?
– Mi ha beccato in camera con la cuoca del residence. Il
resto te lo lascio immaginare.
– E tu cerchi di farti perdonare a Bangkok.
– Cosa dovevo fare? Mi ha costretto ad andarmene, ur-
lando come una pazza isterica. Comunque ti racconto me-
glio tra una settimana.
– Torni?
– Sì. L'esotismo è molto stancante. Volevo invece sapere
da te che succede lì. Mi scrivi di Rocco, di Viola. Non ci
capisco niente.
– È una storia un po' lunga.

– Vedi di non fare cazzate, che potresti ritrovarti a piedi anche tu da un momento all'altro.

– Ora dovrebbe essere tutto più semplice.

– Perché?

– Rocco si trasferisce a Londra per lavoro, e io non ho nessuna intenzione di complicarmi ancora la vita. Non ci ho mai creduto alle storie a distanza.

– Bravo. Stai ritornando il Daniele pragmatico che conoscevo.

– E mo' che faccio?

– Torna a concentrarti su Viola. Lei è l'ultima persona che merita di essere trascurata.

– Lo so, ma la vedo molto dura.

– È la cosa più bella che hai. Non sciuparla per un capriccio.

Daniele era sul punto di ribattere, quando un *tu-tu* improvviso gli ricordò che stava parlando con l'Estremo Oriente. La linea con la Thailandia era definitivamente interrotta. Conosceva abbastanza bene Rubens per sapere che non avrebbe richiamato.

L'unica cosa che ora gli ronzava in testa era quell'ultima parola. Iniziò a mormorare tra sé.

– Non è stato un capriccio, non è stato un capriccio, non è stato un capriccio, non è stato un capric...

Non riuscì a finire, perché cominciò a singhiozzare. Si nascose in un parco e cercò una panchina su cui accasciarsi. Le lacrime fecero un gran tonfo. La faccia rosso carminio, il naso di fuoco, la bava dei bambini che gocciolava dal mento. Più che un pianto, sembrava un geyser appena esploso di fianco alla casa di Björk. La disperazione di una donna davanti a *Via col vento*. Per la prima volta perse le coordinate delle sue azioni. Era costretto a pensare, e non era mai stato abituato a farlo. Le azioni agite ritornano a chiederti perché, cosa farai, e dovrai dare loro tutte le spiegazioni.

Si ricompose presto. Era troppo razionale per lasciarsi andare. Aveva perduto Rocco, ma gli restava Viola. Che lo aspettava a casa con i suoi libri e le sue facce da Lolita.

Tornò facendo una grandissima fatica. Strani pesi alle caviglie gli impedivano il cammino. Si fermò a mangiare un hot dog per strada, in uno di quei camion che mandano fumi di crauti e cipolla. Aveva bisogno di energie per ricominciare a essere quello che era stato fino a pochi mesi prima.

Trovò Viola assopita sul divano, davanti a parole sottolineate dell'*Orlando furioso*. Le sedette accanto. Mise quella testa di bambina sulle sue ginocchia. Lei ebbe appena il tempo di aprire gli occhi, prima di ripiombare nel sonno più assoluto.

Daniele cominciò ad accarezzarle i capelli. Nel silenzio, i suoi sensi di colpa rimbombavano come in una stanza vuota. L'aveva trascurata troppo, ma sentiva che averla tutta per sé non era ancora abbastanza. Voleva il capriccio. Voleva il capriccio. Voleva il capriccio.

I rubinetti si riaprirono. Viola si svegliò stranita, come Giulietta dopo il veleno. Lo guardò e capì.

– Che è successo?

Daniele ci mise tutta la vita a rispondere. Era arrivato il momento di confessare, di ricordare.

– Abbiamo litigato. Anzi, diciamo che è finita.
Silenzio
– Rocco si trasferisce a Londra e non ha nessun senso continuare.

Viola avvertì uno strano dispiacere, che però non era riconducibile a nulla di razionale. Daniele le sorrise, anche se era un sorriso che faceva a cazzotti con i suoi occhi lucidi.

– Quando l'hai saputo?

– Stasera.

– E tu sei a terra.

– Sono solo un po' triste. Ma ho te, Viola. Vedrai che adesso andrà tutto bene.

Viola tolse la sua testa dalle ginocchia di Daniele e si mise a sedere. La mano sui capelli, i tacchi lontani, una grande, indiscriminata rabbia.

– Allora perché sei ridotto così? Cosa significa questa faccia?

Daniele non diceva niente. Era troppo concentrato nel difficilissimo esercizio di controllare le lacrime.

– Daniele, rispondi. È importante. Per una volta, rispondi. Fallo per me.

Silenzio

Viola cominciò a scalciare le gambe sul divano – i piedi – rischiando di farsi male. L'assenza di parole era la cosa peggiore che Daniele potesse dirle. Provò a rispondersi da sola, in quello che stava diventando un monologo.

– È lui che ti devasta. Lo so. Perché vedo nei tuoi occhi la mia stessa sofferenza. Io non ho che te. E adesso ti ritrovo qui, con una voce che non so riconoscere e che non voglio sentire. Mi hai detto che di Daniele ce ne sono due. E che ognuno non sa niente dell'altro. Come può essere possibile se stai così? Come cazzo fa ad andare tutto bene? Me lo spieghi, eh?

– Viola, stai calma. Io ti amo.

– Tu mi ami solo perché hai paura.

Lo disse, si alzò e andò in camera da letto. Le mani penzolavano giù, attaccate a braccia che lei non riconosceva, che non le appartenevano più.

Daniele si sentì perduto. Provò a inseguirla, ma si fermò sullo stipite della porta, in segno di rispetto.

– Io ti amo perché nessuno mi conosce come te.

Viola scosse la testa. Cacciò Daniele dalla stanza e chiuse la porta. Per non piangere, accese la radio. Si sentiva fredda e ferita. Non poteva esistere un "ti amo" con la faccia triste. Non poteva esistere per una ragazza come lei.

Questo si diceva, mentre una strana frequenza trasmetteva country music. Lolita voleva lasciare Daniele per ripicca. Soldato Jane le suggeriva che adesso avrebbe potuto averlo tutto per sé. Anzi, avrebbe potuto giocare al rialzo, facendolo strisciare, costringendolo alla riconquista. L'avventura con Rocco diventava tutta da scontare, mi hai tradito – perché questo hai fatto – e adesso vedi.

Ma era così sicura che la parentesi fosse già chiusa? Che non se ne potessero aprire altre? Viola vide con chiarezza in che gran casino si era cacciata. Un'acrobazia d'amore, che l'aveva provata duramente. Ma che l'aveva resa più forte. Sì, Viola continuava a non piangere. Resisteva sul suo letto, con le mani dietro la nuca e gli occhi chiusi.

Daniele era davanti alla sala parto. Avanti e indietro, avanti e indietro senza poter bussare mai. Aspettare, la punizione peggiore per chi vuole soltanto vivere. A un certo punto non resistette. Aprì piano la porta. Vide cosa non avrebbe mai voluto vedere. Viola. La sua valigia preferita. Ci metteva dentro cose alla rinfusa, ma con atteggiamento estremamente lucido.

– Vai via?
– Sì. Per qualche giorno. È meglio se ci chiariamo le idee tutti e due, che ne dici?

– Ma io so benissimo cosa voglio.
– Non ero io che piangevo in salotto, poco fa.

Daniele si sentì disarmare. Provò allora ad affrontare il problema di lato, la paura lo rendeva particolarmente reattivo.

– Vai da Alice?
– No, l'ho appena vista e va a finire che litighiamo di nuovo.
– Allora dove?

Viola alzò per la prima volta la testa dalla valigia.

– Barcellona o Madrid, cosa mi consigli?
– Non è fuggendo che si risolvono le questioni.
– Io non sto fuggendo. Mi sto solo riprendendo il mio spazio.

Daniele si sentì spaesato. Uno schiaffo dietro l'altro era l'ultima cosa che si sarebbe immaginato. Sapeva che dire ancora qualcosa sarebbe stato inutile.

– Daniele, io non so se ho ancora voglia di trovarmi in una situazione imbarazzante come quella di prima. Non ha nessun senso. Dobbiamo decidere cosa vogliamo fare.
– Ma io so cosa voglio.

Viola sollevò di nuovo gli occhi dalla borsa.

– Ho detto "dobbiamo". Io e te. Tu e io. Quello che è capitato stasera deve servire a farci riflettere.
Silenzio
– Anche se niente potrà più essere come prima. Lo sai anche tu.

Viola appariva stranamente serena. Una serenità malata, però. Surreale. Era troppo dolorante per poter stare male davvero. Chiese civilmente a Daniele di dormire sul divano. Lui provò ad abbracciarla, ma dovette ritirare l'offerta.

– Posso telefonarti nei prossimi giorni?
– Solo quando avrai deciso cosa vuoi veramente.

Nessuno dei due riuscì a chiudere occhio.
Viola stette un po' a navigare su internet, per vedere come fuggire. C'era un treno diretto per Barcellona alle sette e mezzo.
Avrebbe preso quello.

56

Salutandotiaffogo
TIZIANO FERRO

Cara Marina, scusami se non ti ho risposto prima, ma in questi giorni la mia testa è dappertutto fuorché al suo posto. Lo sapevo che prima o poi mi sarei messo nei guai da solo. Anche tu me lo dicevi sempre. È andata puntualmente così. La Dentelli&Associati mi ha offerto un lavoro a Londra, e l'ho accettato. Non ti chiedo se ho fatto bene o male, perché so che anche tu avresti fatto lo stesso. Questo però significa rinunciare a Daniele. È una rinuncia pesante, ma inevitabile. All'inizio è stato per paura che ho accettato di stare con lui anche se non era libero. Sai, una storia con un uomo, le solite paranoie. Ma forse non è mai stata veramente una storia. Almeno, non la storia che volevo io. L'ho sempre sognato tutto per me, e solo adesso capisco quanto. Forse ho fatto una cazzata, perché con lui ho vissuto cose che non avrei mai immaginato. Ed è stato bello scoprirle per la prima volta insieme, senza discuterne mai. Una fiaba, che inevitabilmente è sempre troppo breve.

Vedi, mai come in questi mesi mi è venuta fretta di vivere. Quasi che un'onda anomala mi avesse portato nuovi motivi per scaldarmi, per dare uno scossone ai miei trent'anni di regolarità.

Speravo che Daniele richiamasse, anche solo per salutare. Invece niente. Parto domattina. Stasera vado fuori a cena con CarloG. Senza di lui sarei davvero perduto. Lo sai che ha avuto un'avventura con una certa Miriam? Sì, hai capito bene. Miriam, una femmina con tanto di tette e clitoride. Però è finita ancora prima di nascere, per il bene soprattutto di zia Irvana (era andata su tutte le furie, sembrava una mamma impazzita).

E adesso a noi due: CHE CAZZO STAI FACENDO?

È la prima volta che incontri uno come Rubens. Lui ti vuole veramente bene, altrimenti non avrebbe mollato tutto per fuggi-

re con te. Una persona così non merita di essere tradita, soprattutto dopo quello che mi hai raccontato su di lui. Non lasciarte-
lo sfuggire per un becco da quattro soldi con il vicino thailandese. Adesso devo andare. Ti scrivo appena mi sistemo a Londra
e, mi raccomando, non fare cazzate.

Rocco

Il tempo di un *clic* e un sospiro, quando bussarono alla
porta.
Daniele.
Testa bassa, barba incolta, aria persa, giubbotto di pelle
sdrucito. Se il fascino ha un look, poteva essere molto vicino a quello.

– Volevo salutarti.

Rocco era così contento che sembrò quasi non esserlo.
La felicità, un attimo sospeso in cerca di proprietario.

– Se non vuoi, me ne vado.
– Sei pazzo? Entra.
– Stavi uscendo?
– Sì, tra poco sarei dovuto andare a cena con CarloG.
– Tra poco tu andrai a cena con CarloG.

Rocco non disse niente, soprattutto perché non trovava
le parole. Da un paio di giorni non ci sperava proprio più.
Aveva già cominciato a seppellire la memoria – ucciderla
col futuro – proiettando tutti i pensieri sul nuovo lavoro
nella *swinging London*.
Entrando, Daniele ebbe la sensazione di una partenza
senza ritorno. Pensare lo obbligava a guardare la realtà
con altri occhi. La casa sembrava già diversa, triste e im-
pacchettata, la tavola senza tovaglia, i fornelli senza pentole sul fuoco. Però non voleva che la fine fosse così netta.
Così dura. Anche se era l'ultima persona a poterlo pretendere.

– Allora, sei pronto?

– Più o meno. I bagagli li ho quasi finiti, come vedi, e sto anche cercando di fare un po' di ord…

Il discorso di circostanza venne drasticamente interrotto. Un bacio composto da tanti piccoli baci. Daniele seppe scusarsi solo così, con un'azione. Non una parola.

– Cosa significa questo?

– Significa che ho ancora voglia di baciarti.

– E basta?

Rocco cercò di avere un'espressione normale, ma non ci riuscì. Daniele riprese a baciarlo con ancora più foga.

– Ti pare poco?

– È che non mi sembra vero.

– Senti un po', prima che diventiamo mielosi e romantici: noi ci rivediamo, vero?

Rocco non riuscì a rispondere.

– Dimmi che ci rivedremo.

– Vuoi dire a Londra?

– A Londra o qui. O dove sarà.

Rocco esitò un attimo.

– Sì, penso di sì. Ma in che modo?

– Devi dire solo sì.

A Rocco venne un nodo in gola. Deglutì. Daniele provò a riderci su.

– Come potrei rinunciare a una camera a Londra tutte le volte che voglio?

– Sei il solito pezzente.

– Sono un pubblicitario. Cosa pretendi? Vivo di piccole cose.

Si abbracciarono senza più muovere un dito. Stettero alcuni minuti in silenzio. Quei silenzi in cui provi a chiederti dove hai sbagliato. Quando ti illudi che durerà ancora. Quelli che vorresti essere ricco per non dover lavorare. Già vecchio per non scoprire le rughe. E non hai paura di niente. E niente ti può ferire.
Poi i battiti ti annunciano che ci sei ancora, e ribadiscono che è tutto vero. Vedi finalmente che qualcuno sta respirando a un palmo dalla tua faccia. Il silenzio non potrà continuare a lungo. Dovrai dire per forza qualcosa. Ma sai già in partenza che nessuna parola potrà tenere testa a un silenzio bello così.

– Allora io vado, altrimenti arrivi tardi alla tua cena.
– Va bene.
– Mi raccomando.
– Mi ha fatto davvero piacere che noi… che tu sia passato.
– Anche per me è stato bello.

L'imbarazzo non permise di più. Si diedero ancora uno sguardo veloce davanti alla porta, sotto gli occhi possibili dei vicini. Rocco rimase appiccicato al vetro dell'ascensore, faccia da pesce, fino a quando la cabina venne inghiottita dal piano di sotto.
Rientrò in casa sollevato. Sapeva che non si sarebbero più visti. Che quella era la fine più bella per una storia così. Perché Daniele non sarebbe mai cambiato. Perché lui non sarebbe più stato lo stesso. Gli sarebbe piaciuto mandare subito a Marina un'*errata corrige*, ma non c'era tempo. Doveva correre all'appuntamento con CarloG.

Viola, intanto, mangiava sola.
Aveva scelto di cenare alla Barceloneta, la storica spiag-

gia di Barcellona, in un ristorante che guardava il mare. Nel suo piatto, una paella classica *big size*. Senza i suggerimenti di Alice, si era trasformata in una vera turista. Però non le pesava affatto. Intorno a lei, i tavoli erano occupati da turisti americani e coppiette educate. Non sentiva Daniele da quasi una settimana, ma ne aveva approfittato per riflettere. Lo scossone era stato utile e necessario. E non poteva che arrivare da lei. Non sapeva cosa aspettarsi né cosa sperare.

Quando il telefono vibrò – e vibrò anche perché non aveva avuto il coraggio di spegnerlo – capì che l'oracolo stava per dare il suo responso. Rispose serena, come poche altre volte aveva fatto.

– Ehiiii. Pensavo che ormai avessi deciso di sparire definitivamente.

– Mi avevi detto tu di chiarirmi prima le idee, e ho seguito il tuo consiglio.

– Almeno te le sei chiarite?

– Sì, Viola, credo di sì. Cioè, vorrei parlarne anche con te.

– Al telefono?

– Se vuoi.

– Preferirei di no. Tu comunque stai bene?

– Sì, sto bene. E ho voglia di vederti. Quando torni?

– Chi ti dice che io abbia voglia di vederti?

– Non lo so… provavo a indovinare.

– È un errore che non devi più commettere, almeno con me. Non darmi mai per scontata. Mai più.

– Quindi ci sarà un domani?

– Ti ho detto che non vorrei parlarne al telefono.

– Sì, ma quando torni?

– Non lo so. Devo vedere.

– E dove sei, si può sapere?

– In questo momento a Barcellona, in un ristorante sulla spiaggia.

– E dove dormi?

– A El Born.

– Che albergo è?

– Non è un albergo. È un quartiere molto bello. Sembra il paese delle fate metropolitane.

– Viola, io ho bisogno di vederti.

– Io invece ho bisogno di stare ancora un po' qui.

– Guarda che non serve continuare a fuggire.

Viola non disse niente.

– Pronto? Pronto?

– Sì, sono qui. È che non so più cosa dire. Aspetta un attimo, che ti passo un mio amico. Sei pronto?

– Chi è?

– Ti ho detto di aspettare un attimo, che è un po' timido. Ascoltalo bene.

Viola abbandonò il ristorante e scese in spiaggia. Corse a riva, poi allungò il telefono fino al mare. Cercava di avvicinare il microfono al punto esatto in cui l'onda s'infrange. Ci riuscì, rischiando perfino di cadere in acqua. Daniele, dall'altra parte, ascoltava concentrato, aspettando l'interlocutore. Ci mise un po' a riconoscerne la voce, poi capì. Capì che era un ragazzo fortunato. Non l'avrebbe mai più incontrata, un'esperienza simile. Bene o male che finisse.

Viola sapeva che, lasciando parlare il mare, sarebbero riemerse le sue debolezze. Ma in quel momento sembrare deboli era la più grande dimostrazione di forza. L'uomo che credeva della sua vita forse era arrivato troppo presto, forse non era quello giusto, o forse non era giusto – alla sua età – non provare a cercarne un altro. Ripensò a Rocco, per un attimo, al cinema – la lingua nell'orecchio – chissà se è felice, chissà dove starà andando. Le sarebbe piaciuto essere corteggiata ancora da qualcuno, uscirci a cena, scoprire come fa l'amore, sperare che non sia un mammone, aspettare i fiori dopo una lite e un anello dopo un bacio. Avere dei bambini, almeno tre, e decidere il nome solo dopo che li hai visti in faccia. Sognava una vita semplice. Perché si avverasse, doveva restare sola. Non ebbe il coraggio di affrontare l'argomento al telefono, le parole mancanti, la paura di una discussione lontana e già per questo insostenibile, gli addii hanno bisogno degli occhi prima che della voce. Daniele continuava a ripetere ossessivamente il suo nome: Viola, Viola ci sei, Viola rispondi. Ma si rese presto conto che non stava sentendo più nulla. Né le onde del mare, né quell'intonazione distaccata eppure ancora dolcissima, né la speranza. Viola aveva messo giù. Meglio lasciare la festa prima che gli ospiti fossero ubriachi e il divertimento degenerasse. Finora era stata felice, ma si era stancata troppo. Rivoleva se stessa.

Il giorno dopo sarebbe volata via, a Madrid.

57

The Long and Winding Road
THE BEATLES

Che serata strana.

Sembrava il paradigma dei loro quindici anni di amicizia. CarloG e Rocco rivissero in una notte tutte le cose belle fatte insieme, la memoria non muore.

Cominciarono con una cena di vino e di chiacchiere. Fecero discorsi da autobus che solo loro potevano condividere. Dalle parole sul menu alle vacanze a Cuba, dalla tristezza di E.R. all'ultimo video di Madonna. Ogni argomento che a prima vista poteva essere compreso anche da altri, sulle loro bocche risultava incomprensibile. Un *sense of humour* accessibile solo a chi è stato vicino di banco. E soprattutto ha passato la vita al telefono.

Prima di uscire dal ristorante, CarloG ebbe anche il coraggio di chiedere a Rocco l'ultima intervista.

– Ti prego, questa è davvero veloce. E poi ti regalo dei buoni benzina.

– Cosa me ne faccio se parto domani?

– Non lo so, li puoi dare a qualcuno. Ma che c'entra? Aiutami e stai zitto.

Rocco si sforzò di essere paziente, la voce calma, voce di chi ha altro per la testa.

– Su cos'è stavolta?

– Sull'uso del telefonino. Posso cominciare?
– Vai.

Il cameriere che stava per chiedere l'ordinazione sui dolci, fece rapidamente dietrofront.

– Lo usi sempre, spesso, abbastanza o poco? Direi sempre. Quante volte al giorno? Fino a cinque, da cinque a dieci o più di dieci? Mettiamo più di dieci.
– Ehi, ma mi vuoi far parlare?
– Non abbiamo tempo, Rocco. Parti domani mattina e la notte è breve. Sai quanto ci mettiamo se la prendi sul serio?
– E vabbè, ma non è giusto.
– Cameriere? Due grappe per favore.

Rocco scosse la testa.

– Dài, così sei più sciolto. Allora rispondi seriamente: quando lo senti suonare pensi che sia una cosa bella o brutta?
– Ma che domanda è?
– Non ti ho chiesto di polemizzare. Ti ho fatto una domanda.
– Okay, quando lo sento suonare penso a una cosa bella. Però se non fai l'isterico è meglio.
– Sei tu che m'innervosisci... Proseguiamo. Quanti telefonini hai?
– Uno.
– Perché?
– Come perché?
– Ti ho detto di non polemizzare. Dimmi perché ne hai uno solo.
– Perché mi piace.
– Che risposta è "mi piace"? Se la scrivo, non mi crederanno mai. Posso continuare a farla a modo mio? Grazie. Allora scriviamo "perché mi è sufficiente un solo telefonino"...
– Ma la vuoi smettere?

CarloG bevve la grappa tutto d'un fiato. Poi riprese, imperterrito.

– Quando sei all'estero, telefoni agli amici molto, abbastanza, poco o per niente?

Rocco non capì se la domanda fosse seria o meno. Provò comunque a rispondere.

– Abbastanza.
– E alla tua ragazza-barra-ragazzo?

CarloG sapeva di aver fatto una provocazione. Rocco decise di stare al gioco.

– Non so se telefonerei. Almeno, non subito.
– E se ti chiamasse lui, saresti contento?
– Boh.
– Ma più sì o più no?

Rocco scagliò un fulmine su CarloG. Guardò la sua maglietta attillata, che non avrebbe rivisto per molto tempo, che gli sarebbe mancata.

– E se vedessi il tuo futuro con un'altra persona, sarebbe più un uomo o una donna?
– Sarebbe il Daniele del weekend a Londra.
– Quindi un uomo
– Non strumentalizzare la mia risposta ai fini delle tue cause per Equality.

CarloG provò a irritarsi, ma non ci riuscì.

– Pensi che tu e Viola potrete mai essere amici?
– No.
– Amanti?
– Non più.

– Fratelli?
– Neanche.
– Rivali?
– Forse.
– Chi vincerà tra te e lei?

Rocco abbassò la testa e vide la sua grappa ancora intatta. La bevve d'un fiato, bevi, bevi e tutto sarà più facile.

– So solo che io non ho vinto. Chiediamo il conto?

Un'ombra scura era calata su Rocco. CarloG chiuse rapidamente il PC portatile che non stava più usando da un pezzo. I tavoli intorno avevano cominciato a tacere.

– Che ne dici di bere qualcosa allo Stardust?
– Preferirei tornare a casa.
– Rocco, scusa. La mia domanda era assolutamente retorica. Volevo solo informarti che stiamo andando allo Stardust. Stanotte sei mio ospite fino alla fine.

Rocco non riuscì nemmeno a proporre un altro locale. CarloG lo prese sottobraccio, lo caricò in macchina e gli mise uno sgabello sotto il culo al banco dello Stardust.

Alternarono margarita con Irish coffee. Un vero schifo. Però seguivano una loro regola non scritta: chi ordinava in quel momento decideva anche per l'altro. Così potevano sempre fare il brindisi con lo stesso drink. CarloG passò gran parte del tempo a raccontare la sua avventura rocambolesca con Miriam. Ringraziò Rocco per i preziosi consigli sulla svestizione, ma nulla avevano potuto contro il ricordo indelebile dei bicipiti. Rocco sorrideva e beveva.

Ma la partenza aleggiava come un fantasma, e rendeva malinconiche anche le battute migliori. CarloG se ne accorse, e propose di uscire. Rocco doveva ancora finire i bagagli, e non gli sarebbe dispiaciuto dormire qualche ora.

– Faccio finta di non aver sentito. Adesso andiamo da te, prepari le tue cose e poi ce ne andiamo ancora da qualche parte. A che ore hai il volo?

– Alle sette.

– Perfetto. Abbiamo ancora un sacco di tempo. E smettila di sbadigliare: non mi commuovi, sai? Non ci provare.

Era impossibile dire di no. E poi quella carica gli faceva bene.

La casa era sempre più in disordine: i cassetti aperti in modo alternato, i generi alimentari mischiati con sciarpe, documenti e fotografie – superstiti del tempo – disseminati qua e là.

– E questo cos'è? Vorrai mica portarti il parmigiano? Dove credi di andare, in Birmania?

Rocco provò addirittura a giustificarsi.

– No, è che questo lo trovi solo da Tesco, ma costa quasi il doppio.

– Rocco, calmati. Capisco che sei un po' sconvolto per la partenza, ma non puoi comportarti come un italiano alle prime armi.

– Hai ragione. Prendilo tu, allora.

Rocco scaraventò il parmigiano sottovuoto addosso a CarloG.

– Grazie. Era quello che volevo.

– 'fanculo.

– *Fuck you and fuck me.*

– Vai da Maurizio-er-Magnaccia a dire queste cose.

– Lascia stare, sai che mi ha chiamato di nuovo?

– E tu?

– Io gli ho detto che non c'ero.

Rocco cercò di capire.

– Ho cambiato voce. Gli ho detto che ero il nuovo coinquilino e mi sono fatto lasciare un messaggio.
– Lo richiamerai?
– Forse. Ma senti un attimo, mi fai vedere che medicine ti porti a Londra?

Rocco cadde dalle nuvole.

– Ti prego, non cominciare.
– Non è questione di cominciare. Bisogna prevenire. Il tuo fisico non è abituato all'assunzione di farmaci stranieri.
– Ma chi ti dice che io debba assumere farmaci?
– Perché non dovresti farlo?

Il risultato di quella discussione, durata mezz'ora o giù di lì, fu che CarloG decise di regalare a Rocco un kit completo di pronto soccorso. L'unico problema era trovare una farmacia notturna. Uscirono a cercarla. A piedi. Camminarono per più di quaranta minuti. Dallo spioncino dietro le sbarre di una saracinesca abbassata, CarloG ordinò quindi Aspirine effervescenti, Tachipirina, Dissenten, Maalox, Tavor, Plasil, Zovirax, Lasonil e una grande confezione di propoli. La farmacista era allibita. Non le era mai capitata una spesa del genere a quell'ora di notte. CarloG pagò tutti i supplementi senza battere ciglio e diede subito la borsa a Rocco.

– E poi non dire che non ti voglio bene.

Rientrarono in casa punzecchiandosi fino alla porta. Poi passarono ai sogni: CarloG avrebbe voluto aprire un locale con Rocco e Marina. Per la precisione, una cotoletteria. Il nome sarebbe stato Betty Cotoletta, o una roba del genere. Uno di quei posti in cui si servono soltanto cotolette alla milanese con diversi tipi di patate: al forno, fritte, alla lionese o le *jacked potatoes*. Più che un sogno, un delirio. Cui Rocco non voleva assolutamente rinunciare.

Le palpebre, però, cominciavano a chiudersi, mentre la bocca sorrideva inebetita. Una faccia che se la vede il tuo peggior nemico sei finito. CarloG capì che era giunta l'ora, e suggerì di avviarsi in aeroporto.

Erano le cinque. L'adrenalina tornò a scorrere nelle vene di Rocco. Gli venne un po' di paura. Mentre uscivano di casa, osservò se nella buca delle lettere c'era posta. Si rese conto che non aveva altro indirizzo, per il momento. Pensò che probabilmente questo gli avrebbe fatto perdere tutti gli amici conosciuti in vacanza – cui non avrebbe mai pensato se non fosse partito – e un po' gli dispiacque. Avrebbe perso anche tutti i numeri di "Q", la sua rivista preferita.

Non si dissero niente per tutto il viaggio. Parlava solo la speaker della radio, che sembrava già particolarmente sveglia.

Quando parcheggiarono, Rocco chiese di non essere accompagnato fino al check-in. Sarebbe stato troppo.

– Ti dico solo una cosa: vai e spacca tutto.
– Sì, ma tu mi vieni a trovare.
– Promesso.

CarloG mandò un bacio con la mano, che Rocco non finì neppure di guardare. Tirò un sospiro, prese la sua casa dentro i bagagli e s'incamminò verso Notting Hill. CarloG attese un attimo, sconsolato. Le sue batterie nervose cominciavano ad andare giù.

Poi si avviò verso la macchina. Ogni tanto si voltava, per avere un ultimo saluto ricordo. Anche Rocco cedette un paio di volte.

Ma non riuscirono mai a farlo nello stesso istante.

RINGRAZIAMENTI

Non avrei scritto – e non ci sarà mai un grazie adeguato per lui – senza l'energia del mio amico Marco Ponti.

Non avrei invece trovato questa storia se non avessi, un'estate, conosciuto Davide Martuzzi.

Grazie ai miei due angeli, Sandra Piana e Francesco Colombo.

Grazie ai consigli e alla passione di Claudia Pasquero, Anita Caprioli, Gaia Salvadori, Giovanna Mezzogiorno, Daniele Ricci, Mandala Tayde, Carlo Bordone, Benedetta Antonielli, Pierfunk Peretti, Carolina Amell Esplugas, Vittoria Pischedda, Palma di Nunno, Diego Formia, Paola Morelli, Chiara Ronco.

Grazie alle mie agenti "speciali", Gioia Levi ed Elena Testa.

Grazie a Franco Angeli, Marcolone e Lucia Moisio – Molli! – per aver portato Rocco al cinema.

Grazie a Joy Terekiev, per avermi fatto sentire subito a casa.

Grazie a Beppe Caschetto per averci creduto, e per aver agito.

Il grazie più grande a *tutti* gli amici: fonti d'ispirazione, ascoltatori, lettori, critici, tifosi o semplicemente amici.

Un abbraccio speciale al "Regno" di LucaG al gran completo (cosa sarei senza di voi?).

Grazie a mio fratello Marco e a tutta la famiglia, per esserci.

Last but not least, grazie a In Adv, Ineditha, Amélie Poulain, Missy, Deejay Superpippo, Trequanda, Mariah Carey e Tony.